涂梦珊

著

漫长陪伴

宽容他人就是保护自己

百花洲文艺出版社

图书在版编目（CIP）数据

漫长陪伴/涂梦珊著. –– 南昌：百花洲文艺出版
社，2025.1. –– ISBN 978-7-5500-4939-0

Ⅰ. I247.5

中国国家版本馆CIP数据核字第2024HF5761号

漫长陪伴

MANCHANG PEIBAN

涂梦珊　著

出 版 人	陈　波
责任编辑	郝玮刚　蔡央扬
装帧设计	黄敏俊
制　　作	何　丹
出版发行	百花洲文艺出版社
社　　址	南昌市红谷滩区世贸路898号博能中心一期A座20楼
邮　　编	330038
经　　销	全国新华书店
印　　刷	江西千叶彩印有限公司
开　　本	720 mm×1000 mm　1/32　　印张　9.5
版　　次	2025年1月第1版
印　　次	2025年1月第1次印刷
字　　数	160千字
书　　号	ISBN 978-7-5500-4939-0
定　　价	53.00元

赣版权登字　05-2024-369

邮购联系　0791-86895108
网　　址　http://www.bhzwy.com
图书若有印装错误，影响阅读，可与承印厂联系调换。

目录

一、忏悔录

我和子悦已经一周没出门了。

原来同卵双胞胎连生活习性也雷同。真切的体验似乎不需要搜索CNS（三大顶级学术期刊《细胞》《自然》《科学》英文简称）论文来佐证。我的生活中充满了类似的臆想。

作为35岁的女性，我对中年充满了恐惧。就像买了蹦极项目的门票，双脚站在踏板上，已无回头路。差别是一个注定走向死亡，一个大概率安全。难以接受暴毙，死缓便成主流。正如有人提到的那样"我的体内有两股力量拉扯着我。一个向上飞升的力量，一个向下沉落的力量"。或者说，我最大的困惑在于寻找生活的意义。感觉生活像一潭死水，我想做事，但兴趣很快就没了，有了开始又坚持不到最后，对一切都打不起精神，偶尔有点灵感、有点精神，火花一闪就没了。

我越来越封闭，从不参加同学聚会，亲戚们也极少联系，朋友一个个远去。总之，我没办法保持稳定的社交关系。

为了接受《魔都女性》杂志采访，周五，我们不得不从楼上楼下分别出发，在电梯厅会合。还好这次采访时间不长，只需撑过两小时，我就能回家继续宅了。

采访地点设在附近一家私人会所、衡复一带的花园别墅。主办方原本颇费心思，约我先到一小时，然后子悦再来。如此可控制孪生话题篇幅，采访到更多私人生活内容。临行，我突然丧失了独自出门的意志，不愿享受所谓的主角光环，便与子悦同去同返。

这是个温暖的午后，微型喷泉池子里放足了干冰，仙气飘飘贯彻始终，百花盛开，绿叶也相当新鲜，仿佛温室一般。记者兼编辑介绍了园子的来头。竟是20世纪40年代某大汉奸的住所，后来作为逆产被没收，近几年才做商业开发的。汉奸旧居？听起来怪怪的，怎么选了这么个地方？近墨者黑，于造访者会产生什么影响？转念想，这对房子最初的建造者、拥有者，以及之后的使用者都是不公平的。何况屋内所谓古董，据说也是近年从市场上搜罗而来，跟大汉奸毫无关系；构成建筑主体的砖与瓦，除了少量更新维护外，大多为初始之物；这些可爱的花儿草儿，今年才出世吧？房屋建成已有百年，单因那短短几年便蒙受精神牵连，实在不该。

据说这是社里采访名人的老"据点"，提供下午茶和晚宴。晚宴不必了，那下午茶着实精致，客人可以像点菜一样选择自己的茶具、餐具。我挑了一只景德镇产的彩陶咖啡杯，子悦对下午茶比我更有研究，她说那些可爱的点心配菊普口感才好，选了一套宜兴产紫砂壶。访谈结束时，会所服务员将咖啡杯和茶具洗净擦干，打包成两个漂亮的礼盒送我们。她们解释说这些物品都是新的，大师级产品，附有作品证书，送给客人以表心意，也是会所的服务内容之一。既如此，便带走吧。子悦问我，假如留下，茶具会被抛弃不？我答未可知。子悦说，有的会扔掉，有的可能拿去拍卖。起拍价参照主人咖位，比如某某明星使用过的杯子，价值数以万计。看来咖位不够还真得将东西带走，否则，杯具后事难料，身价几何尚需他人定夺。

对于采访内容的回顾，可能不如对那座花园的记忆可靠。毕竟不是电视访谈，没有录像，事情过去许久，杂志印出来，又经我和子悦多次讨论，对访谈场景的记忆完全可能被大脑修正过。本期杂志发行后，我们分别收到社里寄来的一本样刊和一束花，算是相当走心。读完文章后，我向子悦抱怨道："有点后悔接受采访。尽管告诉过自己放宽心，最大限度容忍，到头来还觉得没意思。这篇报道对我们毫无价值，只是让杂志显得内容丰富而已。倒不是说文章完全偏离事实，但与自身体验差距太大。讲述一些似是而非的假象，难道成了媒体行业的宿命？可想而知，我们在这个世界上所看到的、听到的，不管花边新闻，还是商界传奇，跟真实情况差距有多大。"

"没错。你看不管她怎么写，还是想吸引眼球，说什么'这对孪生姐妹并未继承房地产事业，而选择了艺术设计的道路，她们坚持了自己的梦想，迄今为止已经举办了多次设计展'。什么梦想？明明就是她猜的。采访的时候，不是说尽量别提我们家做房地产的吗？"

"没这些噱头，人家为什么要采访我们？我们在设计领域名气很大吗？我真该有自知之明。"

"我倒想去做地产呢，至少回到建筑设计专业。可惜公司那些事情太烦，实在办不到。"

"人家会认为我们从小就对艺术很有追求，说什么第一代做实业，第二代才有钱有闲搞这个，又讲什么文化艺术就是有钱人的游戏。其实，我们小时候就是一般公务员家庭，现在搞这个也是迫不得已。"

"读者就这么被误导的。"

"文章里有很大篇幅讲述鹿江的P2P（一种民间小额借贷模式，互联网金融产品的一种）金融风波，我记得她只是问，提到鹿江没事吧？你说没事。结果，人家就开始大篇幅地写了。她知道这个话题不方便多问，素材都不用向你要，网上搜一搜，到处都是。这样一来，又增加一个卖点。有的人未必对我俩感兴趣，但听说过鹿房宝的事。鹿房宝闹得沸沸扬扬，客户和相关上下游，少说也好几万人吧，这期杂志很可以在金融圈传播一阵子了。"

"我们两个就像大宅门外的两个石狮子，当作摆设而已，读者真正感兴趣的，是宅院里的故事。"

还是子悦最懂我，毕竟我是个容易生气的女人啊。她知道我虽然这么讲，但不会拒绝链接媒体的机会，事后例行吐槽而已，附和即可。鹿江就没那么灵光，他总惹我生气。或许不关他什么事，子悦如此附和我能接受，他作为老公，同样的回应我就无法忍受。得换更高层级的抚慰手段，比如买个包、买件衣服什么的，毕竟我是个对情感需求很高的女人哪。

文章不能令我满意，但也没什么负面影响。在我即将忘记这段小插曲时，居然收到鹿江一封亲笔信，从监狱寄来的。信不长，字不大，还算整齐，不多的几行从第四五个字开始往上翘，远远看去像票据打印机过热移位的结果。除签名外，我对他的字迹还挺陌生的。如今是21世纪20年代，除了学校，只有异乎寻常的场景才会出现大段手写文字。

这封信又害我通宵未眠。青春期之后，我的睡眠一直是个大问题，常态是夜里两三点才能入睡，外界稍微有点风吹草动就会醒，何况是狱中来信这样的情绪扰动源。只要心里有事，我就无法放下，除非事情不复存在，或者体力实在不支。我的精力极限一般是

24小时。

有富贵家庭出身的孩子成年后一直走下坡路的吗？真想一起聊聊。在父辈的光芒下，什么才是价值实现，怎样才能开心快乐？可我知道，这种想法是幼稚可笑的。期待抱团被理解不只是奢望，在敌意满满的当下，还是相当危险的。

由于父母的支撑，虽谈不上那种对钱毫无概念的富贵，但我至今未曾为钱犯愁过。我并非不努力，至少中学毕业时成绩优秀，和自己的孪生妹妹子悦一同考取了外省一所985大学的建筑学专业，成为家乡的一段佳话。我们之所以没被送往海外留学，是因为父母认为民营企业的继承者需要更多地了解国内的环境，需要更多的境内同学和朋友。当然，也有另外一个因素，就是方便他们在力所能及的范围内照顾我们。

起身往客厅找饮水机，发现阳台一侧窗帘缝隙弥漫着红光，乍一看像着了火。掀开窗帘，原来是日出的红光反射所致。我的房子居然能看到日出？可惜只体验过这一次。那光照在肌肤上暖烘烘的，我能明显地感受到体内的虚弱，像是僵尸见了光，冰冷的肌肤、血与肉，发生剧烈的化学反应，很快被消解掉。阳光透过手掌，依旧刺眼，现出骨骼、肌肉和血管形状。上一次看到透光的手指，还是在电影《寻梦环游记》中。一阵眩晕袭来，表明我还没成为僵尸，我搀扶着墙面，一步一步撑到厨房。喝下半听可乐，补充糖分后再次躺在床上。

午后，又看了一遍信件，还是不知如何回复。此后的一周，我给自己找了个接送晓鹿去幼儿园的活，一来增加步行量，二来转移自己的注意力。可注意力这种东西，越想转移便越没法消解。每次送完晓鹿回来，或者去幼儿园的路上，一个人走在光启公园的步道上，都会将往事捡拾起，一遍遍纠结其中。

小时候，我也是上的这种机关幼儿园。那时父母刚"下海"，但保留编制，所以我的童年也是在大院里度过的。上完大一后由于某种原因必须转学，他们想办法将我从千里之外转入本省同级别大学的哲学系。从建筑转哲学，并非学习兴趣发生转变，只是为了更好毕业而已。在哲学系我认识了鹿江，大学毕业后我们即举办了婚礼，没过几年，他创业中途出轨，我们离婚，他便成了我的前夫。

前夫、前妻这两个词在我眼中相当滑稽，每每提及都让人尴尬。从陌生人转化为亲密爱人，再回归陌路，当中会经历些什么呢？我知道，这样的故事很多，正如列夫·尼古拉耶维奇·托尔斯泰在《安娜·卡列尼娜》的开篇名言所述"幸福的家庭都是相似的，不幸的家庭各有各的不幸"。我认为这句名言不可能是托尔斯泰的首创，而只是通过他的作品为更多的人所认可。我小时候就听几个老太太说过类似的话，而她们根本不可能读过托尔斯泰的作品。我也坚信，几乎所有的人，经历了生活的磨炼后，都能总结出类似的观点。假如生活都是甜蜜的、波澜不惊的样子，就没什么可讲述的，"王子跟公主幸福地生活在一起了"一句话搞定。大家的故事类似又不雷同，才会产生共鸣，才会有那么多名著小说流传于世。具体到鹿江与我，分开的原因有点复杂，似乎很难用一两段话表达清楚。

我觉得所有媒体对鹿江案子的描述都不公平，而他在狱中无法为自己发声。就拿"魔女"杂志（《魔都女性》的戏称）记者来说，看似为我出气，将他描述成一心追求成功的拜金之徒。他毕竟是我的前夫，我的眼光那么差？！

鉴于媒体报道总是简单粗暴，我也想写文章去纠正。文字表达的优势是它可以不断被修改，比口述、表演等方式更有思考空间，最终也更准确、更有效率。可是从哪开始？写回忆录？还是小说？给谁看？我不知道。我从考上大学后就彻底放松了自己，不管写东西还是做事都不够耐心，最不擅长的就是理头绪、纠细节，许多事只能想到哪写到哪。

总有人比照网络小说，将鹿江和子悦的老公盛夏说成"豪门赘婿"，其中一个原因是我和子悦的儿子都跟我们姓郁。有时我不得不做出澄清，这只是一个巧合。无论鹿江还是盛夏，都出身于事业编或公务员家庭，他们的父母对于所谓的"冠姓权"并没很强执念。晓鹿出生时，鹿江深情地对我说："你太辛苦了，承担了常人难以想象的风险，宝宝就跟你姓郁吧，将来晚辈提起来，都能记得你的付出。"而郁晓夏这个名字，纯粹为了跟郁晓鹿保持一致。我和子悦是孪生姐妹，大家希望晓夏跟晓鹿也像孪生兄弟一样一起长大。

至于上海跟杭州的房产，那是父母在我们上大学时就置下的，我们将来跟谁结婚都一样属于婚前财产，之后再也没考虑过买房的事。鹿江的生意，或者说鹿江的创业，完全是他自己独自完成的。假如我的母亲——我们家族企业的实际控制人，愿意出手的话，他也不会进监狱了。

鹿江所犯的错误，为外人所知的那些，并不是我最介意的部分，跟大多数家庭一样，我和他之间没有特别大的分歧，闹起来的都是零零碎碎的琐事。每次他惹恼了我，我就要生气半天，而这样的日子常有。吵架的时候，我的脸变成了蒙克的画《呐喊》，情绪就像烧开的沸水，壶嘴发出的声音，或者蒸汽机的汽笛声，又急又尖锐，无法短时间平息。所以我最不喜欢有人微信时给我发那个由蒙克创造的恐惧表情。

　　人总是不擅长于讲述自己的缺点。从鹿江的角度来看，我的情绪变化无疑要剧烈得多。在他之前，大一学建筑的那所大学里，我还交往过一个师兄，当时我们也是吵得不可开交，甚至惊动了母亲，她亲自飞到学校来看是怎么回事。这位前男友高我几级，他父母听说此事后就安排他出国留学了。不过事情并未就此结束，我不但与男朋友吵架，挂科也多，从大一就能看到头，一定是将来班里不能毕业的那个，于是父母费了九牛二虎之力，将我转回到本省的一所同级别高校学文科。

　　子悦虽然没转学、休学，不过情形也差不太多，勉强毕业而已。母亲告诫我们，基于我们的性格，将来不必帮她寻觅门当户对的女婿，而应该找性格温和，有足够容忍度，能照顾我们的男朋友。子悦比我听话，于是她找到更听话的盛夏。而我呢，总是于心不甘，所以才会选中我认为有进取心的鹿江。从母亲的角度来看，鹿江和盛夏都出身于教师或普通公务员之家，非官非贵，理论上更能迁就我们一些，不过鹿江总是有自己明确的想法，这点让她感到不安。

　　母亲第一次表露出这个顾虑，是在鹿江参加高级金融班学习之前。我和子悦周末回越阳，喝完那些难吃又没用的燕窝后，子悦上楼休息了，母亲却让我单独留下。

　　"鹿江跑去报高金班是什么考虑呢？"

　　"混金融圈子，有利于今后创业。"

　　"那么，我们家的圈子，还有将来我留给你们的资源，不比他那个高金班层次更高吗？"

　　他们作为知名开发商，接触各界人士层次当然更高。可是作为晚辈，出现的时机很有讲究。父母还不算老，远没到要交接班的时候，生意中有些事忌讳参与的人太杂，所以我与鹿江接触圈内高人的机会并不算多。比如于叔，算是我从小认识的，上海的退休老干部，每次拜访也仅限于喝茶吃饭，根本没谈及任何商业。

于是我答道："那是当然。高金班的学员都是些年轻高管，还有小老板，跟你们的朋友圈差太多。只当他自己学习和社交吧。"

"生意的本质是资源交换。他们在一起，能换什么？"

"换不了什么，就一起上上课吃吃饭吧。"

"不对。他们交换的是做事方法。"

"交换做事方法？不就是相互学习吗？"

"可是这些捞偏门的，做事习惯又很不好。交换做事方法，最终会变成交换风险。"

"捞偏门？怎么交换风险？"我听不懂。

"没发生的事没法讲，只是经验告诉我，很多人读这个MBA那个MBA的，还有什么国学班，后来把公司都做倒闭了。"

"他现在还没开公司，没那么严重吧？"

"所以才提醒你们啊。"

我对鹿江读高金班没什么感觉，说不上特别支持，也谈不上反对，只把它当作鹿江自己的社交活动而已。这次母女对话之后，我也没想去影响他。有时候我觉得，母亲没那么喜欢鹿江，只是性格不对付。因为她是一个"强势"的女人，家中没人可以质疑她。盛夏比鹿江听话多了，鹿江总是想自己做点什么，在她手掌心之外。我和子悦已经在母亲的控制下生活了20多年，现在她想控制我们4个，后来是6个，还有我和子悦的孩子。对这种控制力的反抗，会不经意间转变为对鹿江的某种支持。我甚至想过哪一天可以对我妈大喊："你不必给我钱了，我男人可以赚到钱的。"鹿江在大学里就创业"成功"过，至少他赚到了足够的学费和生活费。所以在潜意识中，我是希望鹿江能够取得极大成功的，比父母还成功那种。

当然，这些都不会成为引爆矛盾的直接因素，哪怕是后来鹿江创办鹿房宝搞P2P融资，虽然引起我妈的极大不快，还不至于令她有什么激烈反应。在一个女性占多数并处于主导地位的大家庭看来，只有不忠才会成为一个男人的致命缺点，鹿江恰恰命中这条导火索。

传统家庭向来以隐忍著称，加之男人偷腥为常事，假如我们一点容忍度都没有，反而会被亲戚朋友们笑话。不过别人偷腥都是悄咪咪的，做妻子的使出私家侦探的本领来也未必能找到线索，然而鹿江的出轨却大张旗鼓，闹得满城风雨。我几乎是应该知道的人当中最后一个得到信息的。我愤怒地提出"离婚计划"的同时，又不得不对他表示谅解，因为我没真正准备好离婚，于是母亲陷入进退两难的境地。鹿江跟我回家过年，她还不得不表现得像什么都没发生过。

那个金薇，我是见过的，他们高金班为数不多的女同学，肤色黑红，身材窈窕，一副捞女（指抛弃尊严、用自己灵魂和身体来换取金钱的女人）气质，搞不懂鹿江为什么会喜欢上她。不过答案没解开，新的问题旋即产生，一个之前从未怀疑过的问题：鹿江为什么要爱我？一个坏脾气的富家女，还是一个情绪起伏很大但诚实的女人，满足了哲学爱好者对生活的幻想？哪一点更吸引他呢？

母亲的提问更加直接："鹿江还有哪一点值得你保留幻想？我甚至觉得他不如你们那个'电二代'。那个叫什么来着的同学？"

"何正太。"

"对，就是何正太。当年你拒绝了他，我还给张书记打电话说抱歉。真后悔告诉你们姐妹两个不必找门当户对的家庭，只要对方对你们好就可以了。现在看来，都是靠不住的。还是家世背景来得可靠。"

作为当事人，我的态度变化剧烈。有时候想想自己的坏脾气，又觉得自己对他不该有太多的抱怨。想想自己平日对鹿江的冷落，甚至觉得他的出轨可以理解。也许婚姻就跟旅行差不多，宅人可以待在一个城市许久都不出行，而有的人就热衷于去别人活腻了的城市寻找新鲜感。何况我这座"城市"还特别像监狱。鹿江原本成功罹患斯德哥尔摩综合征，偏偏有个女人前来"劫狱"。

在他被我揪住"小辫子"期间，得益于公司收益大幅增长，鹿江给我买过许多包包和衣服。只要我有生气的迹象，他立刻用高消费来刺激我的多巴胺分泌。"只要金钱能带来快乐，付出多少我都愿意"，听着像情话。我不缺钱，无论他支出多少，只要我想，我的原生家庭都可以加倍奉还，但那一瞬间我还是感到了快乐。也只有他能经常主动地给予我这些快乐。不过快乐通常持续不了多久。我又疑心他从外面学来这些鬼话，正负相抵，快乐打了折扣。

除此之外，鹿江已经学会日常交流中尽量避免使用敏感词，重要的日子总是不忘早回家、早做安排。就在我认为他因马失前蹄而更注重修行，自己也更加理解他时，鹿江又一次踩踏红线，他不但跟高金班的同学合伙开设了鹿房金服，还涉足了P2P领域搞什么鹿房宝。P2P是母亲认定的红线，她不得不安排人调查他的公司。

调查本是多余的，找他问问即可。母亲偏要公事公办，结果公事里牵出个人隐私，查出鹿江没有遵守承诺，又偷偷地跟金薇在一起了。我别无选择，只得离婚。

如此胡思乱想了一周，又收到鹿江一封信。

这封信篇幅稍长，言诚意切，我不得不小感动一番，答应去探监。

子悦问我："为什么要去？妈妈不是说，又不算家属，去看他对你不好。鹿江的父母会去看他的。"

"三年了，算是替晓鹿去看他爸吧。"

"晓鹿才不愿意有个坐牢的爸。"

"等他刑满出来，晓鹿都上小学了，该懂事了。"

"嘻，不是说监狱还能组织乐队嘛，比看守所条件强多了。看守所人来人往，吸毒的、抢劫的、杀人的，什么乌七八糟的人都有。卫生间连门都没的，跟二十世纪八九十年代的公厕一样。监狱就跟大学差不多啊，分了三五六九等，只不过没自由而已。"

子悦居然能把坐牢说成是件趣事，也是难得。

"你这么说，我更想去参观他们的'校园'了。"

"就怕你去了，又要心软。鹿江那张嘴，保不准说出什么米。"

"他一个直男，从来不懂说好听的。"

"谁知道呢，监牢里锻炼人啊。"

那天，我穿了一身黑，走在路上才发觉像丧服。没别的意思，本想穿得像个律师，免得让人一看就认出是家属，而我现在又算不得家属。由于动作不够果断练达，背的包包也不够商务，监狱管理人员还是一眼看出我不是律师，于是多跟我交代了几句家属探访注意事项。一路上被无数双眼睛盯着，都不会走路了。真该死，早知道不穿高跟鞋，换HOGAN（意大利品牌）厚底鞋多好。

鹿江说话颠三倒四的，让我怀疑他的精神也出了问题。他解释说由于长时间不与人交谈，语言功能有所退化，现在说话不如写字顺。另外，每天都过成一样，睡眠又不好，分不清现实和梦境，记不得谁来看过他，但精神健康是没问题的。交谈的核心意思并不复杂，他想早点出狱。

最后，狱警提示，探监时间到。

他又急切地递给我一沓A4纸，用长尾夹夹住的厚厚一沓。

"这是什么？"

"我写的忏悔录。比那封信要好，我认为。希望你看了不要生气。我想了很多办法，也许只有这样才能更好地剖析自我，表达我的愧疚，让你看到我内心的阴暗与挣扎。"

忏悔？剖析？愧疚？阴暗？挣扎？作为一个从理工科转向文史哲、艺术的女子，我喜欢直白而真诚的对话，讨厌将文绉绉的词句用在口语上。鹿江早前不但喜欢用文绉绉的词句，还习惯倒装句、排比句，以及一堆的补语，自以为很有气势的样子，每次都被我批得体无完肤，后来好多了。不过忏悔是罪人的专利，跟久病成医类似，毕竟他坐了三年牢啊，有资格忏悔。加之"忏悔录"一词，约莫有点卢梭、萨特的意思。一个人想忏悔，不管对象是上帝、主、菩萨、牧师、方丈，还是爱人，终归是向往真、善、美的，不该拒绝。然而他写成了文字，打印出来，这是什么鬼！向全世界宣布吗？鹿江，你以为你是谁？难道能代表人性中的丑恶灵魂？你够格吗？！

可是他说了希望我不要生气。那看似真诚而无辜的眼神，和若干年来若干次一样……最为关键的一点，此刻，是在监狱，让人不忍发作。会见大厅众目睽睽，我决定给他一个面子。

"这么厚，你确定我看得下去？"

"嗯，但愿。"

狱警再次提示时间到。只好说再会。不确定文稿的递送是否合规，于是我将它匆匆扔进那古驰的大手袋中，夹杂在人群当中往外走。

一路上想，他究竟唠叨了些什么？

二、鸿门宴

2022年夏，监狱门外发生了一起大事件：马路边停满豪车，附近每个路口都站满了维持秩序的警察。地上铺满鲜花，一直延伸到星外滩的游艇码头。一位叱咤上海滩金融圈的青年才俊出狱了，瞬间烟花礼炮齐鸣，响彻浦江两岸。在鲜花和掌声中，他登上了一艘豪华游艇，闸门打开，直通黄浦江。

然后，主角代入，那个人就成了我。

哎呀！坠落了，怎么？水面落差这么大，船要翻，沉下去了……

"醒醒，快醒醒"，一个声音在呼喊。另一方面，除了最后的坠落场景，我还挺享受这个梦境的，迟迟不愿醒来。梦境虽庸俗，毕竟是彩色的，这是我在黑白世界里做的唯一彩色的梦。形式的多样有时也可以掩饰内涵的不足，还是可以接受的。在半梦半醒间挣扎了不多的几秒钟，终究还是醒了。

刚才谁在叫唤？这是青年才俊的故事吗？黑社会吧？

故事的主角是我吗？

还能是谁？做梦的妙处就是能以上帝视角看到自己。

抬抬手臂，光影有变化。没错，世界不完全是暗黑的。周边各种鼾声，有的还相当急促。我恼怒地想，你们用不着这么努力地提醒，我已经知道自己身处何地了。

幸好天没亮，还来得及回味。这几年来我一直在做梦，哪一场都像是真的，回过神来又觉得不可能。现实对我来说过于单一，未来将会怎样，有时真的傻傻分不清。就像小时候老师的判语，似乎实现了，又似乎只是梦想。老师说，这小孩子成绩好，有出息啊，将来一定是风云人物；老师还说过，你们这么小就心思活络，敢骗家长说要交钱给学校，结果买了零食，这样骗下去将来保不准要吃牢饭的哦。正反话都被她说尽了，总能中一样。而周围的人总是提出不同意见，说成绩好的孩子将来未必发展得好，心思活络才能发大财。后来的事实表明，巅峰和地狱只差一线，正与邪、现实与梦想的界限都不那么清晰，梦想教化未必能主导人生，环境的潜移默化才是主流生活最大影响因子。

白天想太多，晚上才会做怪梦。都怪马燊，让我写什么忏悔录。他的本意是建议我写回忆录，但狱警在场，就讲成了悔过书。还怕我听不懂，故意停顿强调了一下，挤眉弄眼的，那表情可怪异了。也没错，坐牢的人难道不该忏悔吗？

我说："不确定剩下的几个月里能写成。"

"先构思嘛，出去后再写也可以啊。写好了没准可以找人拍成电影。"

对啊，狱中作家并不少见呢，听他这么一提醒，我又好生懊悔，想着没能利用好宝贵的狱中时光，这牢算是白坐了。我一直认为，人这辈子总是要做点事的，年少时好好学习，成年后在某个领域做出业绩来。自己还算是个自律的人，所以每天都要有新进展，否则就会因为虚度光阴而无法入眠，哪怕是在狱中。

何况监室中有一台我的专用电脑，这是我自己通过努力争取来的。

有一天去机房做除尘劳动时，得知有一批故障台式机早已过保，正准备搬运出去处理，于是向管理员提出我可以试试修理，以避免参加那些带有惩罚性质的重复性劳动。我打内心里觉得重复性劳动就跟惩罚小学生抄写课文一百遍一样，对我来说没什么教育意义。

其实我并没什么把握，既非专业人员，也没有必要的工具，但我有长期使用电脑的经验，大学时就自己攒过机。果然，其中大部分并不是什么大不了的问题，只要愿意动手，就会有进展。有的甚至重装系统即可；有的不知道什么原因，板卡拆了再组装上就好了；有的部件损坏了，就从其他机器上拆……经过我几天的捣鼓腾挪，居然修好了大半。于是我又试着向狱警提出一个更过分的要求，将当中一台电脑分配给我使用。他沉默了，考虑了好一会儿。可能是对我的工作感到了满意，觉得要求合理，于是出去转了一圈，大概是跟领导汇报商量去了。回来后，他指着当中最令人头疼的一台机器跟我说："领导说，要是能把这台修好，就归你用。"

那台电脑的问题是每次开机用不了几分钟就黑屏，反复启动之后，直接蓝屏然后黑屏，连操作系统都进不去，跟死机差不多。花了大半天时间，从系统到硬件，我反复测试，还是没找到原因，直到管理员通知要将所有设备下电，关闭机房。随着一台台电脑关机，机房里越来越安静，只剩下我手上这台机器，突然间我想到了一种可能：CPU的风扇坏了。此前听到的应该都是机箱大风扇的声音，我每次打开机箱前都做过断电处理，所以并未排除其中某个风扇损坏的可能。当我打开机箱再上电操作，果然，CPU非常烫手，且风扇没在运转，一切都得到了合理解释。安装好从其他机器上拆来的风扇之后，屏幕上出现了美妙的开机画面，我又同时打开包括杀毒软件、磁盘整理在内的若干应用程序，CPU资源占用率达到90%以上，然后我玩了一会儿系统自带的小游戏，一点问题没有。于是，我在狱中拥有了自己独立的电脑，从事的劳动也自然与众不同，平时常常处理领导们交办的一些任务，然后是做做课程PPT（一种幻灯片）。

所以，马燚提出我可以写小说时，我头脑中立刻想起了电影《鹅毛笔》中的男主角萨德侯爵，他在那么艰难的情况下都能坚持写作，我的作为可算暴殄天物了。

"要是连思路也没有呢？"

马燚道："那么你找人打一架，加刑几个月，就有时间整理思路了。"

我苦笑，还没偏执到那种地步，也没优秀到如此程度，要以主动失去自由的代价换取创作文学作品的环境。不过呢，我们一起的外面的人这两年过得也不自由啊。这么想想，差距也不那么大。

当我把这个意思跟马燚说过之后，他大笑，"你要比烂啊？"仿佛得了一个有趣的话头，说回去要跟所有的小伙伴们分享。

其实我只是随便说说，并没有思考什么道理。

会见结束时，他说："等你出狱那天，我们高金班同学肯定会一起来接你的，只要人在上海的、能动的都来。"

我很诧异："还有不能动的吗？"

"有的，老张进了ICU，心脏病，估计来不了。"马燚又问，"君欣会来不？"

我说："不来了吧。"

他又问："金薇呢？"

"真不知道，你们都联系不上，我一个失去自由的人怎么会知道？"

"万一她们都来就尴尬了。"

君欣是我的前妻，而金薇就是大家通常所说的小三，后来的同居女友。每次有人用"前妻"和"小三"这么简洁的方式提到她们，我就感到不适，可事实就是如此，任何优美的修辞都不如直接表达更能说明问题。想到这儿，我不免又长叹了口气，房间里的鼾声就停了大半。"忍气吞声"后一刻钟，鼾声才逐渐恢复。

前面提到的老张并不算老，只是看起来比实际年龄大，而且因为家里有"矿"，他很早就成了业内大佬。其实他父母都是胶东地区老实巴交的农民，最大的成就是培养了一个"985"的大学生。老张大学毕业时，社会上流行下海，他便放弃了留校，也放弃了进入省直机关的机会，跑到上海跟着一个民营小老板做通信产品销售去了，这在如今是不可想象的。手持大哥大，腰揣BP机，他一年就赚到了买房的首付款，在上海安家，还拿到了蓝印户口。那个年代房价低，按说买房也不是什么大不了的事，可是就在这一年，他们家自留地的那片山被人鉴定为优质大理石矿。他的父母刚开始并没有告诉儿子这个消息，和邻居一起将石头毛料卖给了闻讯蜂拥而来的收购商，跟他们出售小麦、玉米一样。老张过年回家后立即制止了接下来的买卖，他在上海的石材市场租了门面，开了公司，跑起了石材业务。结果赶21世纪初全国大建广场，他一个订单就净利千万，发财了。后来房地产市场红火，老张的生意越做越大。当然他们家的自留地早开采完了，石材都是市场上采购的，以进口居多。可是人总放不下梦想，老张是学电子的，作为一个"985"毕业生，总要做点跟专业相关的事才好。老张做惯了大生意，视野比较开阔。石材好卖，跟房地产的红火有很大关系，而房地产相关的电子应用，首先就是弱电智能化了，老张做起这个产品来太趁手了，于是他的智能化业务规模超过了自己的石材业务，大到可以冲冲上市的地步。他参加高金班的学习，就是为了管理好智能化业务，毕竟没在大厂历练过。可是，我在监狱这两年，房地产市场也发生了很大变化，老张最大的客户，某万亿级房企爆雷了。下游无法回款，上游天天逼债，老张一急之下，居然心脏病发作，住进了ICU，要做心脏搭桥手术。这下供应商们更坐不住了，纷纷起诉保全资产，老张从亿万富翁迅速跌落成亿万"负"翁，至今没有起死回生的迹象，连手术费都是大家捐款的。想到老张，我有点得到安慰，毕竟自己还保持了身体健康。

第二天，我便开工写回忆录。

故事从哪说起呢？按说该反省错误的源头在哪。可直到落笔的一刻，我并没清醒地认识到源头在哪里。不过谁又能说自己在当下的人生阶段是100%通透的呢？不如边写边悔过好了，总有一天会发现自己潜伏于心的，从未意识到的丑与恶。

还是先做一个自我介绍吧。我叫鹿江，1985年出生于浙江灵江，打小生活在灵江古城，自认为成长环境比较有文化底蕴，所以考大学选哲学专业时没受到太大阻力。作为基础学科，哲学无法成为一个营生行当。虽然从古至今都有许多人打着《易经》招牌招摇撞骗，但算命先生的逻辑跟哲学差得太多。几乎可以肯定，只要是收钱的就算不得哲学。哲学必然是自由而无用的灵魂，它跟柴米油盐离得最远。当时我很感谢父母，他们同意我学这个理想化的专业。然而他们的想法跟我稍有差异，他们并不认为哲学无用，也不觉得自由和灵魂有多大价值，相反，哲学在他们心目中相当现实，能换来体制内的岗位，换来稳定的柴米油盐。关于他们的这点儿小心思，我是大学毕业时才搞明白的。

我的父亲是一位中学校长，现已退休。他来自天台山下的一个小村落，高考恢复后的第一代大学生，他最耿耿于怀的莫过于收到录取通知书才知道学校在金华而不是杭州。这一点我好多年都没理解过来，真有这种事吗？难道招生目录上没写吗？父亲只是淡淡地说，当时信息交流不发达，更没有网络，招生报纸是全班共用的，他只抄了几个校名和专业然后回家填的。另外，据说他毕业时原本有机会去杭州工作，因为母亲的原因才回到灵江。我的母亲是一位普通的高级教师，由于外公20世纪80年代、90年代曾在教育局任职，家中大小事务都是她说了算，直到我上大学后，情况才有所改变。母亲原本想让我毕业后回灵江，一家人好有个照应，所以她认为学哲学毕业后回去当个公务员正好。这打算却遭到父亲的反对，他认为我既然上了重点大学，就应该考研考博，去杭州、上海这样的大城市发展。当年他就是觉得考研考博竞争不那么激烈，才同意我学哲学的。

结果我既没回灵江，也没考研考博，本科毕业直接去了上海从事房地产相关工作，后来又从房地产跨界金融行业，读过沪上某高级金融学院MBA后开始创业。我选择的创业方向是为长租公寓等商业物业提供融资服务，设立私募基金，为有志于该方向的中小投资者建立互联网投资平台。不幸的是，2019年公司业务被认定为非法集资，于是我被关进了这所著名的监狱。

这份个人简介已经汇报过无数次了，我每次都会修改一些字眼，确保它符合监狱的要求的同时还有一定新意。为什么要有新意呢？当然是看人下菜争取减刑了。这一招我很早就开始用了，大学里就成功过，创业时更是屡试不爽，如果你在网上搜索我公司名称的话，主营方向那一段至少有几十种表述方式。而现在，为了讨好读者，我必须用更多的笔墨来介绍自己。

"回望来路，重新做人。"这是监狱管教人员的谆谆教诲，不过他们对每个人都这么说，效果也就大打折扣。说教中不涉及具体事件分析，跟小时候听到的"好好学习，天天向上"又有什么区别呢？况且，听说还有狱长被关进自己监狱的呢。其实我还是比较佩服卢梭，人家能够坦率地将自己的罪恶都写出来，而且还能写得这么酣畅淋漓，让人望尘莫及。我的罪恶和故事都没那么奇特，入狱三年来，我一直以为自己只是犯了一个小小的错误。有人因为我的错误而家破人亡吗？应该没有，他们都是有钱人，都是冲着高收益来的。收益高风险就高，如果不是被查，我还认为业务可持续呢。算了，搁置争议，求同存异，还是先说说为什么转行这件事吧。

或许有人觉得奇怪，一个出身教师之家的孩子，学哲学的，看起来文质彬彬的样子，是如何走到这一步的？怎么突然来个大转折，搞房地产，又转型什么P2P金融？思路倒是先锋时尚，这下好了，搞到牢里去了。没错，我不正在反思嘛。我知道，老家也有人打趣我，小时候进重点小学、重点中学，长大后上重点大学、进重点企业、在重点行业创业，现在连蹲监狱都是个著名的重点监狱。在历史保护建筑里蹲监狱，可不是一般人能享受的"待遇"。周边房价十几万一平方米，按这个地价计算，一间小小的监室价值千万。这里的犯人非官即商，不是处长就是总裁。大多数犯人小时候都学过一门乐器，随便抽出几个人就可以组建一支乐队。说句玩笑话，我是努力了30年，才得以进入这家"人才济济"的监狱的。我这么说并不是在夸耀自己有本事，而是在阐述一个事实，禁闭拿破仑还需要在大西洋中专门安排一个小岛呢，不同类型的罪犯关押条件存在事实上的差异，就不必再追求什么"坐牢公平"了。

一切都要从大学校园说起。哲学作为基础学科被称作"万金油"，在以理工农医为特长的大学校园中地位一直比较尴尬。父母送我去上大学时曾鼓励我说，专业无所谓冷门热门，只要做到最好都有出息，我们是教师之家，应该百尺竿头更进一步，将来你能留在这个学校当个教授就好了。我知道，他们也并不在乎做教授能否出什么真正的学术成就，看重的是面子、社会地位和稳定的收入。

大二结束时，我成绩不错，还得了奖学金。父亲很受鼓舞，他给我一个联系方式，让我去拜访本系的一位同乡老师。我疑心这是他精心准备的一个环节，因为他给我打电话的语气前所未有地体现了平等。像是武林中人训练徒弟多年，自认为青出于蓝而胜于蓝，可以放心地派去参加武林大会了。让我去拜访一位老前辈，看能否讨教一招一式，学个绝招回来也未必。我很紧张，担心他要传授武林秘籍，而自己又不够灵光学不会，于是做了很多功课。这位老教授是研究中国哲学的，专业方向是宗教学当中的一个偏门绝学，说得具体点就是天台宗。为此，我还专门去图书馆查阅了《妙法莲华经》，简称《法华经》。当然没看懂，否则不至于如今什么都不记得。不过我们这些能考上重点大学的文科生有个共同的优点，就是临时抱佛脚的能力特别强，随便抓过来一本书突击几天，懂不懂不要紧，一二三总是能讲出来的，有时背个四五六也没问题，再要深入，老师们也未必能做到。

按说学生拜访老师，该行"束脩"之礼，可在都市中拎着猪肉打车坐地铁乘公交相当不协调，怎么办呢？我又打电话回去问，父亲说这位老师堪称宿儒，见面多说几句好听的，要什么礼物啊。

母亲则持反对意见，她说别空手串门啊，礼多人不怪，带点老家的茶叶、土特产去多好，接着就给我寄快递。那时快递业不如当今发达，她不喜欢我提出的找个长途巴士司机带货的方式，又只相信邮政快递，所以直到约定的拜访日子还没见到包裹的影子。我只好去超市买了龙井茶和水果，硬着头皮去敲门。

事实证明母亲说错了，老教授不喜欢有人拎着东西上门。也许是看不惯那些送礼的，他将那些花花绿绿袋子装着的东西顺手丢在紧靠大门的地上，从沙发椅上看过去相当滑稽，像是一堆即将被顺手带下楼的垃圾。老教授的客厅相当古朴素雅，颇有唐宋之风，但色调比寺庙明快些，简单到除了该有的其他都没有。后来我才体会到要做到素简是极难的，普通家庭里总有随手乱扔的衣服，以及众多舍弃不掉的杂物。墙上有名家字画，还有一个大书架，塞满了连书脊都看不明白的古籍，这就属于更难复制的雅的部分了。我坐在一张宽大的单人沙发上，一看就是专为客人准备的，然而体感却像是蜷缩在角落里的小狗，仿佛房子里的每件家具、每本书都对我形成了压迫，让我的屁股紧贴在靠门一侧的边角和扶手上，以至于能够明显地听到自己的呼吸声，分辨出彼此喉腔中发出的每个字的音强。

寒暄过程中，又证明父亲画蛇添足了，老教授沉着脸说："宿儒、大师都死绝了啊，现在是21世纪，我只是稍微能读懂一点古人的书而已，以后不要这么叫我了，折寿。"

尴尬，只好闭嘴，等老教授提问。

来都来了，总要尽地主之谊。老教授发现还没给我倒水，于是进厨房，叮叮咚咚地找水杯。我还能听见水从杯底上升到杯口的声音变化。我过意不去，算准了他出厨房进入客厅那一刻，一个箭步上前，双手接过水杯，然后小心翼翼地回到位子上坐下，将杯子小心轻放在那看似紫檀木的茶几上。这时我注意到阳台上有一盆兰花，兰花旁边是一株文竹，文竹旁边是一株开得正艳的三角梅。不知为何，当时我看见这些自家也有的植物，仿佛得了救星，放松了许多。还好，老教授并非不食人间烟火嘛。后来谈到家乡的变化、学校的新气象，都是情况的陈列，我并没敢发表观点，气氛就缓和多了。

人家什么专业知识都没考我，只在我告辞前提了一个简单的观点：现在的年轻人是读不懂哲学的，不如先转系去学习理工科，中年之后再读哲学不迟。他彻底否定了我们一家三口的努力和判断，几乎等于又当头浇一瓢凉水。转专业？我没这个本事，一个文科生还怎么转理工呢？我头一回面对如此残酷的场景，只记得当时手脚冰凉，忘了怎么离开他家的，后来再也没去过。

我很快就从打击中恢复过来，因为辅导员和父母都给我讲了另外一套理论，让我相信自己的选择没错。另外，系里还有这么多同学和老师呢，几乎所有好的大学都有哲学系，况且这样的专业设计遍布全球，总不能说全世界都错了吧？我只得选择性地忽略真理往往掌握在少数人手里的说法。这件事说明了一个道理：有时候我们已经做好了选择，需要的只是众人的附和与肯定，立即回头？不存在的，太麻烦了。

学文科还有一个好处，就是必修课时不算多，作业也少，自由支配的时间长。我从入校起就积极参与社团活动，由于小学、中学都担任过班长，所以在各个社团都有职务，最值得一提的是大二成为院学生会副主席。

有天，学院团总支书记黄颖老师说要交给我一项"艰巨而美丽"的任务，我说想象不出这两个形容词是怎么放在一起的，她便露出了玫瑰花一般的笑容，更让我捉摸不透。黄颖比我高两届，留校前是校学生会副主席兼辩论队最佳辩手，我大一时就认识她了，不想她毕业后再次成为我的上级。当然，校学生会里我最熟悉的不是她，而是我的前女友，同时也是她的同班同学、好闺密。没错，就是姐弟恋。人家天生的大女主，父亲还是个局长。我正要受不了她，她就毕业出国了，恋情即告中止。大家挥挥衣袖，不留下一丝牵挂。类似的恋爱关系在大学里很普遍，跟网恋的"见光死"相对应，我们称之为"毕业死"。这位前女友与本故事无关，不做详细介绍了。我想说的是，友谊比爱情往往更长久，黄颖因此对我知根知底，她要我帮个忙。

"有个任务，本来是张老师交给我的，可思来想去，还是觉得交给一个男生更加合适。况且我也才毕业，跟你们年纪差不多。"她说的张老师，是我们院党委书记。任务与性别有关，太有趣了，看来不是什么正儿八经的工作，在她跟前不必假装严肃了。

"师姐，什么任务啊？听起来像谍战片中的卧底，难道是假扮情侣？"

"哎呀！太聪明了，找你没错，还真有这么点意思。不过任务没那么艰巨，不用假扮情侣，也没做卧底这么危险。你知道我们院新转过来一个女生吧？"

"当然听说了，大家都在传，说她原本学建筑的，家里是大开发商。本事真大，居然还能转校。"

"关键是人家长得还很漂亮。转学肯定另有原因的，初来乍到，张老师怕她不能适应新的环境，让我们照顾她。"

"什么人这么有本事？还张老师亲自打招呼。"

　　"张老师也只是经办，具体情况我也不知道，就别打听了。跨校转学的规矩是要留一级，所以她这个情况没法进你们班，只能继续上大二。"

　　说实话，我觉得文科转理工科留级可以理解，理工科转文科完全不必，认可既往学分即可。后来每次提起转学留级的事，我就会说，对于文科生来说，大学只是一群同样年龄同样学习能力的人的一段共同经历，没什么是必须学的，什么样的岁月不是蹉跎，何必在学校多待一年，还多经历那么些考试呢？

　　"不会让我辅导功课吧？她建筑都能学，难道会有学习困难？"

　　"不是这个意思，各门功课有老师们关注，用不着我们操心。张老师的意思是帮助她尽快融入校园生活，所以让我带带她，宿舍的同学关系、社团活动什么的多关注一下。"居然有这种任务？学生当中也有VIP。我对张老师顿时有了新的认识，一直以为他对大家都挺公平的，不想还是厚此薄彼啊。

　　"我明白了。不过，既然张老师不放心男老师，我这个男学生也不合适吧？"

　　"你懂的，女生之间更不好说话，她跟我生分得很，毕竟我还挂着个团总支书记名头。"

　　"理解。师生名分，放不开。"

　　"所以我觉得还是同伴教育更合适，就跟张老师推荐了你。"

　　"啊？已经跟他说过了？"

　　"是已经决定了，这个学期由你来负责引导郁君欣的校园生活，除女生宿舍外，都是你的工作范围。"

　　"我觉得还是别搞得像保姆似的，其实哪个学生都不愿意被整天盯着，搞得好像会闹自杀似的……"

"咦，停住，你的直觉很厉害哦。我听张老师那个意思，还真是要盯紧些。具体原因我也不太敢问，但是你想想，一个有钱人家的漂亮女孩子，学校和专业都很对口，突然要转学，能有什么烦恼呢？八成是情感上的问题，所以家人要给她换个环境。"按这个说法，张老师的安排就可以理解了。

"别这么吓人，学姐，我不会被她前男友追杀吧？"

"扯远了，当演电影啊？你没那么幸运。我已经约了她明天中午在教工食堂吃饭，后面你就自己看着办，任务要完成，但不能出乱子。"黄颖恩威并施的本领还不十分熟练，似乎教师身份只是她演绎的一份职业，她骨子里仍旧是个能说会道的学生会干部。

"感觉像甩给我一个烫手山芋。"

"不甩给你甩给谁啊？废话少说，我手上就你们几张牌，当初我干吗选你当学生会副主席啊？总要帮我挡点事，对不？郁君欣对我来说是烫手山芋，对你来说未必。都说了，是个艰巨而美丽的任务。"

不久，我觉得两位书记多虑了，郁君欣当时的表现一切正常，我既没发现她有自杀倾向，也没觉得有富家小姐的娇气，学习和生活都跟普通女生没什么不同。唯一有所差异的是她作为一个学生花钱特别大方。她刚加入学生会时，有人提了一句，我们是不是应该有个数码相机了？结果她就去买了一台EOS5D（佳能单反相机）大家公用，这台相机的价格比四年总学费还高。总之，我没觉得她需要特别的照顾，我甚至怀疑黄颖乱点鸳鸯谱，至于她为什么要这样做，只能解释为女人天生就有做媒的爱好。反正人家现在是老师了，问她，她也不方便说实话。

　　不过当年君欣确实长得挺好看的，让人一眼望去就心生十分好感的那种。请允许我使用"好看"这么贫瘠的词，因为描写美貌是一件吃力而不讨好的事。古今中外，无论多么高超的手法都无法确切地表达容貌。古人描写美貌就跟水墨画一样，善于白描而不是写实，点到为止，剩下的你自己想去吧。举个例子，我可以制作一道考题，"两弯眉画远山青，一对眼明秋水润"以及"面若中秋之月，色如春晓之花。鬓若刀裁，眉如墨画，面如桃瓣，目若秋波"，分别写的都是谁？如果中学时文章背得不够多，就很容易猜是两位美女，其实第二位是贾宝玉。即便第一句关于杜十娘的描写，放在其他古代美女身上也是成立的。西方作家细腻一些，擅长油画般的文字描写，虽然如此，每个电影版本里的茶花女、苔丝的形象也都大相径庭。所以我说，描写人物相貌是一件吃力而不讨好的事。

　　幸好当今有影视，图像可以替代一部分文学想象，所以生活中大家尽可以用长得像哪个明星来形容人物的相貌。虽然有点俗套，但很实用。请允许我也偷个懒，如果一定要找出一个影视人物来形容郁君欣的容貌，那么我选林嘉欣，没错，脸型、下巴、眼睛都像。此外，郁君欣举手投足中还有一种富贵包容、和蔼可亲的气度，不像有的女生仗着年轻或几分美貌，总觉得天下人都在打自己的主意，一副不屑和拒人千里之外的表情。然而这个世界相当诡异：越是抗拒越容易遭受骚扰，总有人像狗皮膏药似的贴上来；越是自信大方的，别人反而越不敢轻易靠近。不过以上两种情况都不适用于我，我承认自己第一眼见到郁君欣就很有好感，可由于黄颖交给的这项额外任务，反而要刻意地保持距离，仿佛学生会干部也得像公务员一样避嫌。

然而郁君欣也即将成为"公务员"，院里进行学生会换届选举，由于那台相机，大家公认郁君欣即将担任文艺部部长。谁说物质不重要？在物资匮乏的年代，稍微一点儿物质就能体现一个人的精神面貌，只有在物质本身极其丰富的时候，它才显得不重要，越缺乏越重要。

相机只是一个小插曲，大家关注的焦点当然是谁担任下一届学生会主席。竞选拉票的过程相当激烈，我的竞争对手是某地级市电业局局长的公子何正太，跟郁君欣一样也是越阳人，而张老师就是他们老乡。这位公子小时候是妈宝男，长大后则由他父亲一手安排，大家私下里议论多多，管他叫"电二代"。不过，并不是什么好处他都能捞着，有时也要注意一些影响。也许就是因为这些议论，最终选上学生会主席的是我而不是他。

事后这位同学为了表示团结，私下宴请学生会成员，主宾当然是我，郁君欣也在其中。也有人分析说，郁君欣才是真正的主宾，因为他们两个的家世背景旗鼓相当。我懒得想那么多，黄颖之前说过，要团结一切可以团结的同学，既然吃顿饭就可以化干戈为玉帛，何乐不为？当时没有"八项规定"，何况我们只是学生会，职位不能当真，还是同学情谊重要，我便接受了邀请。

没想到现场一看，何正太大摆谱，订了高级包厢，光几瓶进口红酒就好几千块，一桌饭菜下来得上万了。他想干什么？我们都是穷学生，又是这般年纪，哪里见过这种架势。他说既来之则安之，大家体验一下，将来工作后就懂得怎么应酬了，今天尽管消费。

不管怎样，当时我觉得很不合适，但已经这样了，就没再说话。这时在场的几位女生开始教大家西餐和红酒的礼仪，也好，还能学到知识。

酒过三巡，来了两个人。何正太又招呼人家坐下来一起喝酒。这两位大哥社会经验丰富，江湖气很重，几圈酒下来，包厢内的氛围就被他们控制了，明明是膀大腰圆的中年汉子，居然倒过来管正太叫"哥"。区区几杯酒，我的竞争对手就反败为胜，替代我成了这个包厢中无可争辩的核心人物。我正这么想着，他们就端着酒杯迎上来了，具体说的什么已不记得了，反正就是要我跟他们干杯。虽然现场有女生说葡萄酒不是这么喝的，他们还是"先干为敬"。两杯红酒下来，我已天旋地转了。

之后，他们又让服务员开了两瓶酒，要以同样的办法敬三位女生，其中两位顿时花容失色，连连摆手，并站起来解释自己酒量不好。

"女孩最能喝了，一般不动声色的都白酒一斤起步，这点红酒算什么？！"

"真不能喝，我酒精过敏。"

"啥过敏也不可能酒精过敏。给个面子，你一半，我干了，行吧？"两名男子说完就咕咚、咕咚一饮而尽。

只有君欣不说话，面对来人只是笑笑，端起红酒杯抿上一口就放下。两名中年男子见她喝得最少，又开始编造新的说辞，似乎不把全桌放倒誓不罢休。我想如果不出面制止这种情况，那么作为名义上的主宾也是有责任的，便上前跟何正太商量："差不多了吧，你的朋友也辛苦了。"

不料他却说："还早呢，大家尽兴喝。"然后又低声在我耳边道："你老哥放松些，今天就别摆什么学生会主席的谱。不要以为女生喝两杯酒就怎么了，往后我们毕业了就会知道，酒桌上的事多了去呢。她们是你的同学，同时也是我的同学，我能让她们吃亏吗？再说我这两兄弟也不是什么坏人。"他这么说，没有一点儿怜香惜玉的意思，可见关于他和郁君欣的传闻属于无稽之谈。我又疑心他可能是被君欣拒绝后恼羞成怒，故意安排这么个场合来羞辱她和我。难不成这是鸿门宴？

于是，我的态度变得很严肃："不是说他们不好，只是我们学生会的活动，不好跟外面的人混在一起玩，何况还有几个女生。"

"学生会怎么了？装什么清高，玩玩而已。这不，我想不玩就不玩了，副主席也不干了。"他的语气变得轻佻起来。

"你喝多了。"我很不高兴他这么说，脸色一定很难看。

"别说我喝多了，又不是在学校，你凭什么说我喝多了？你学生会主席管得了我喝多少吗？"他的声音很大，整个包厢都安静了。

我也很激动，"好，我陪你们喝"，一边满上酒与他碰杯，他也愤愤地举杯相向，"哐"的一声，两个酒杯都碎了，红酒洒了一地。我们两个双双捏着个玻璃杯手柄，站在那里尴尬得很。

"好，鹿江，你砸我场子？！"

"砸就砸！"我双手合掌，闪电般地接连拍碎了桌前好几个酒杯。同学们回过神来连忙将我拉住，我这才发现掌心鲜血直流。

何正太愣住了，然后瘫坐在椅子上，右手还捏住那破碎的玻璃杯的手柄，左手直拍脑门，既无可奈何又生气的样子，"哎呀！今天真是……哎呀！鹿江，你有种！"

有人帮我清理掌心的玻璃碴，并做包扎；有人说"散了吧，我们去医院"；还有人在叫车……我脑袋嗡嗡叫，记不得谁是谁，怎么出的门，只是说不用去医院，直接回学校。

出租车快到学校时，我才发现身旁坐的是君欣，所以心跳很快。

"谢谢!"下车后,我才说了第一句话。

"醉酒的人当时是感受不到疼痛的,明天你就惨了。回去检查一下伤口,目前看来是皮外伤,只是这么晚了也看不清楚。"

"谢谢!"我似乎不会用其他的词。

"还有,今晚的事,我已经中途出去把账给结了,否则传出去对我们不利。"

我注意到她用的是"我们"。"我们"的范围是指学生会还是单指我们两个?不知道,反正不管是哪一种,听起来都挺受用的,于是我又说出了第三个"谢谢!"君欣买单这个举动确实帮了大忙。俗话说,吃人嘴软。现在嘴不软了,想怎么贬损这位手下败将都可以。

第二天酒醒后,我意识到昨晚的事情闹得有点大。黄颖说:"算你们走运,张老师没有发表任何意见。幸好没让外面的人请客,现在风评有利于我们,知道你有多傻吗?拍玻璃杯伤害的只能是自己。居然有人说郁君欣酷,还说你很勇敢,你练过铁砂掌吗?还是因为有女生在场装英雄啊?呵呵,本来让你照顾她的,不想倒过来照顾你了。"

"我只是觉得,他不应该让外人给女生灌酒。"

"让你关照郁君欣,用不着这么拼啊。现在倒好,绯闻满天飞。"

"什么绯闻?"

黄颖并不应答。她的表情严肃,眼神相当犀利,似乎在求证什么。我这么反问,倒像是心虚的表现。糟糕,有的话确实不能脱口而出的。

"有人撮合两大家族，现在这事被搅黄了，责任在我，你却成英雄了。"

"谁说的，责任怎么在你呢？"又是一句废话。

经过短暂的停顿，黄颖叹了一口气，"唉，我不该多此一举啊。"

"啊？"我不明白。

"哈，骗你的。郁君欣早就拒绝对方了，这回真是一半冲她来，另一半才是针对你。"

黄颖真应该更名为黄蓉，已贵为师长了，还那么皮。

大家都知道昨晚郁君欣买单的事了，但从各种角度来说都不该由她掏钱，而且显得两个男人没担当，所以我打算编个理由向父母要一笔钱，还给郁君欣。不过思来想去，没找到什么好说辞，又觉得这样骗他们不对，就想着去打工赚钱。作为一个学生，打什么工来钱快呢？家教、在宿舍贩卖生活用品都不行，我研究了一下赚钱的基本原理，其实也很简单，想要快速致富必须满足两个条件：一个是可批量复制，另一个是高利润。

于是，我观察到了风靡一时的IP电话吧。这是一个灰色地带，如果公开宣布可行，那么竞争就很激烈，没机会了。幸好运营商态度暧昧，许可证的获取有难度，所以从业者都是偷偷摸摸地做。很多看似复杂的行业，其实只要愿意探究"野路子"，突破最初的屏障之后，就会发现很容易。记得中学参加学科竞赛也一样，刚开始会觉得"哎呀，题目那么难，我怎么做得出来，这是选拔天才的吧？"后来才发现，所有事情都有套路的，世界上根本不存在天才，关键得有老师带你找到那曲径通幽的入口。

我只是某个周末在一座五星级大酒店的宴会厅旁听了一家很

小的通信厂商的公开讲座而已，还享受了美味的茶歇。我一边端着茶杯，一边嚼着蛋糕，还向他们的工程师和代理商提了很多问题。那代理商问我愿不愿意做兼职。我当然说愿意，于是他约我第二天开工。当然，我只干了两周，因为通过那次讲座我也认识了厂商的人，各个环节都打通了，干吗不自己做呢？

IP电话吧的解决方案的落地也非常简单，并不需要了解多深奥的通信知识，设备有成熟的供应商，几种商业模式别人也已经探索出来了。最为基础的一种是自己开IP电话吧，需要租赁场地隔成几个小电话间，一路宽带对接供应商的网关，然后用多路复用器接几个话机，接上计费器或者计费电脑，就可以对外营业收费了。第二种是做解决方案供应商，打包设备、软件、网关资源，提供给杂货铺、水果店老板，让他们开话吧，每个月收租赚差价。第三种是做虚拟运营商，购买虚拟网关跟运营商的对接。

租赁场地太麻烦了，运营商对接的条件暂时不具备，网关资源和设备有现成的供应商，而且价格很透明，所以我就从第二种开始做起。校园人多钱好赚，但每个商业点都有它的来头，另外作为学生会主席，生意得偷偷做，怎么还能让学校的人知道呢？于是我将视野转向城中村，以及城乡接合部的厂区，外来务工人员、厂妹们就是我的主要客户群体。

跑门店需要跟各色人等打交道。记忆比较深刻的是下沙的一家"大型超市"。这家超市只有一个门面，却不知为何起了这么一个直白而粗鲁的名字，难道"大型"两字也能注册？这家店老板操持着浓重的方言，还是个耳背的老头，怎么解释他也听不懂，只能讲"你收一毛而我只收五分，每分钟你净赚五分钱"这么通俗易懂的话。我想等他同意了就把设备留下了，然后再劝他租个宽带。他终于点头了，好不容易谈下一个网点，我松了一口气。为了表示合作诚意，测试完我就将设备留下了。

不想接下来就卡在这宽带租赁上。

"您得租一个宽带，这IP电话才能用。"

"什么？租什么？"

"租宽带。"

"什么带？"

老头的反应，似曾相识，但我还得耐着性子向他解释。

"宽带，上网的网络，叫宽带。"

"啊……我租？怎么租这个……宽带。"

"向电信公司租。"

"电信公司？我每个月都交电话费啊。"

"这是两码事，宽带另外收费。"

"哦，还要交钱啊。"

我觉得，他是故意的。他脸上的褶子，早前还挺质朴的，现在已经变得可恶起来。

"是啊。您办了宽带费，人家来打IP电话，您收的钱更多啊。"

"谁收钱？"

"您收钱啊。"

"我收钱，还要交给电信公司啊。"

"宽带按月交费的。之前不是跟您说过了嘛，这个费用匀在通话时间里很便宜的，每天来打电话的人那么多。"

"什么多？"

"人多，来打电话的人多了，还可能会买东西啊，一举两得。"

"嗯，人，人多，有时候人不多啊，人少一样要交钱。"

我得承认，老大爷就是老大爷，人家吃的盐就是多，以至于再多的饭，都没法让他的经验变淡。几个回合下来，我只好放弃。老大爷既精明又糊涂，始终拖着不办宽带，也不让我带走设备。设备当然是没上电的，不过他觉得这铁盒子挺结实并且隔热，用来垫茶杯什么的不会烫坏下面的东西。后来跑了三趟，他儿子实在看不过去，才偷偷地把东西还给我。

开水果店的年轻人就比较灵光，但往往又被别家抢走了，幸好还有理发店、美容店、五金店、服装店等众多门店也可以开发。经过两周的努力，我在下沙、萧山成功地投放了几个门店，每分钟都在赚钱的感觉真不错。业务雏形起来了，但我还是个学生，没那么多时间，怎样扩大规模，尽快赚到钱呢？我需要业务员。帮我做设备调试的是我的一位初中同学，他就读于一个职校电子专业，他想试试跑业务。一周下来，业务拓展的效果比我还好，因为他更懂得如何跟各类门店老板打交道。于是，我在各职校BBS上发帖招募兼职人员，由他来培训。这是一个不断变化、时效很短的业务，有了人，事情进展就很快，高峰阶段我们放出去的线路一度达到一百多条，几乎每条线路都能在一到两个月内回本。

不过也有很多烦恼，比如设备故障、竞争对手降价、兼职人员和门店反水等等。最让我糟心的是我的这位初中同学后来竟然带着一批人自立门户去了。得到信息的那一刻，我简直不敢相信自己的耳朵。他笑嘻嘻地来见我，说是手头紧，想快点赚钱，反正市场也这么大。言下之意，他还要继续下去。我没遇到过这种情况，脑壳嗡嗡响，耳朵像是塞进了一个劣质助听器，听什么都震得厉害，却说不出一句话来，只应了声"哦"。平时挺老实的一个人，怎么在小小的利益面前变得如此面目可憎？也许是同学情分不够，也许这些钱对他来说太过重要，也许只是我的领导力不够，总之，他丝毫不觉得"背叛"我是件什么大事。

老同学的"背叛"带给我的震撼不亚于那次"鸿门宴"。怎么办？撕破脸也解决不了问题。唉，说到底还是入行门槛太低了，三脚猫的功夫谁看着都能学会，关键在于行动力，而他的行动力，以及跟市井人员打交道的能力比我强。

我想，可否顺着"食物链"升一级，解决当下的矛盾，获取更大的发展机会呢？既然手上拥有众多网点资源，那么跟运营商谈网关对接的时机也就成熟了。不过虚拟运营商的事，在省城是不好谈的。我们的网关对接落地资源都在一些地级市，从虚拟电话号码上就可以看出来。我便找家通信公司挂个名印了名片，跑了趟江北。

到江北后，我叫的第一辆出租车就出了问题。车子行进运河边一个僻静拐弯处，前面出现了几个不怀好意的年轻人。我心想，不好，遇到打劫的了。我身上还真有不少钱，怎么办？保命要紧，都给他们吧。还报警吗？报警后，回去怎么跟学校说呢？

司机平静地对我说："不好意思，他们是冲着我来的。欠他们的高利贷而已，不会真的打人的。车费免了，麻烦你再叫辆车吧。"

这个地方怎么叫得着车？我又不敢跑，好不容易走到热闹的主街上，再也不敢打车，改乘公共汽车去文阁。可下车的时候，我的名片突然洒了一地，我明白了，就是从下车门挤上来的几个中年男子干的，车上人又不算多，他们逆行上来就是为了制造拥挤，好从中作案的，就没打算买票。一车人都鸦雀无声，司机也不敢管，我更不敢声张。还好，钱都藏在我的内裤里，哈哈。

我对江北的印象仅限于文阁周边，因为住宿、吃饭、喝茶等活动地点全部距离300米以内，他们当地人管这个漂亮的亭子叫文楼而不是文阁。对方约定的所谓茶楼在一条小巷中，按现在的看法应该属于小型私人会所。门外无招牌，一扇黑漆木门半掩着，走进去后院子里还晾着衣物，凌乱摆放着拖把、水桶等各种生活用品，分明一户住家小院啊。院里没人，正想退出去再次确认门牌号码，一个声音从高处传出："直接上来，二楼。"

客厅很窄，木质的楼梯更窄，后来我在许多古镇见到过类似的梯子。刚从二楼的地板上探出头，就见窗边的茶几旁对坐着两个抽烟的壮硕男子，怎么看也不像电信公司的人。我吓了一跳，万一被绑架，喊都没用。疑问再生，哪个环节错了吧？地址或电话里的联系人，至少有一个不对的。

"鹿江，是吧？"其中一个能叫出我的名字。该不会是信息泄露，半道被截和了吧？可地址明明是对方通过短信发给我的啊，又没跟别人提到过。

"嗯。"我强装镇定坐下了。

"这小伙子挺赛。"另一个笑着对他的伙伴说道。

不对，他们两个是山东人，方言很明显，肯定不是我要找的人。我正要开口问，楼下大门咿呀一声，有人进来了。

"人到了。"第一个壮汉对着窗子吼了一声，我猜整条巷子都能听见。

紧接着就是上楼的声音，相当有力量且节奏感强，一点儿也不拖泥带水。一个戴眼镜穿T恤的年轻人上来了。

"鹿江？你好，你好！坐、坐、坐。"没错，这才像搞IT的，声线也对得上。

我所谓的起身迎接，并非只是客气，而是经过前面这一幕，见到从未谋面的他反而有种急迫的亲切感，才不由自主地站起来。

"久等了。这两位是山东来的朋友，也是做IP电话超市的。"他又对那两人道，"人家还是在校大学生呢，厉害吧？"

两位壮汉又憨憨地对我笑，我也回以微笑并点头。

"今天周末，就不去公司了。"

随后他又在三分钟内把解决方案讲清楚了，说是可以给我放线路，按最优惠的线路租金月结。

我想，这么简单，然后呢？正疑惑不解，那位更爱表达的大汉说话了。他说这里是私人场合，比较好说话，见我人老实，就直接点。IP电话吧这个东西，目前还是管得比较松的，后面可能会跟网吧一样被规范起来，但跟运营商合作，都是要有资质的，而我是个学生，肯定没有ISP资质。资质可以借用，也不是问题。不过呢，也不是什么ISP人家都愿意合作，说白了还得建立私人信任，运营商的人是不方便出面的。言下之意，要让他们相信我是可靠的。

听到这里，我立马将之前通过各种途径了解的，一路上想了十几遍的"分成解决方案"提出来，不料刚说了一半就被他们的笑声打断了。怎么回事？他们也不回应，一个个笑不可抑。

"我就说，这小伙子挺赛。"

"确实不孬，呵呵。"

"走，吃饭去，走。"

有了与"电二代"们厮混的经验，我当然懂得这些社会交际的规则，吃饭、修脚、泡澡，都悄悄地提前买单。

一时间，大家的关系近了许多，我便讲了白天遇到的两件事，以及刚进那房子的感受。电信的朋友大笑，说："世道就是这么复杂，生意上的担心也不是完全没道理。"

他说在20世纪90年代，各地的骗子还真多，而且这种乱象如今还未消失。他老家在运河边的一个大码头，那里更乱。当时他还是个中学生，想成为治安积极分子，也就是线人，配合派出所、工商所的人抓倒卖物资的人。有次，他觉得家对面通信商店一个推销电话机的人很可疑，就举报到派出所。结果审了一下人家带来的货没问题，根本不是销赃，但派出所的工作人员还是不愿意放人，说他没有单位介绍信及工作证，也没带发票，要么罚款要么明天移送工商局。可民营企业根本就没介绍信和工作证的说法，那人委屈得很，几乎要哭出来了。解铃还须系铃人，作为线人，他感到很抱歉，于是又找到所长，才把那人给放出来。

他总结道："其实这世界上没那么多坏人的，所以我一直以来也没抓到过罪犯。"

我心想，难道他不知道当下所做的事叫作以权谋私吗？现在回忆起来，那根本就算不上什么像样的权力，而是借助职务便利和垄断资源牟取点小利。严格地说也是违法行为，然而当时相当普遍，算不上个事。

第二天，两位壮汉大哥开车送我去车站。临下车时对我说，他们对我这个小兄弟很认可，事情对于他们来说都很简单，让我不必考虑什么分成方案，每月按时支付线路租金即可，他们放弃的分成就当助学金了。我千恩万谢，辞别了两位"露水"大哥，乘上了返回的大巴。当时心情大好，恨不能多住一天，去逛逛，更感叹江北为何不开通大运河的水上航线，让游客也体会一下乾隆下江南的逍遥呢？

人与人之间的关系很奇妙，就在那一两天，我们几个似乎成了最好的朋友，然而也仅限于那两天。后来我对这段经历进行过多次反复定义，最近的一次思考结果是：虽然商场上有无数的逢场作戏，其中也不乏真性情。

IP网关线路顺利落地。这样一来，原来"叛逃"的同学和兼职人员，又"回归"到我旗下。

这趟江北之行，我还从两位大哥那里学到了新知识，那就是效仿电信公司发行IP电话卡。因为网关在手，我可以对所有接入业务发行记账式预付费卡，卡上只印一个账号，消费数据都在我的电脑里。将预付费卡以折扣价分销给我的代理商，然后再由店铺老板卖给消费者。这样一来，就能在实际消费产生之前拿到钱，更快地拓展业务。

电话卡印出来没几天就预售一空，我银行卡上有好几万余额了。有钱的感觉真好，那段时间去食堂从来不考虑菜价。我立即找到郁君欣，要把那笔由她垫付的"鸿门宴"钱还给她。

"这段时间太忙，再忙下去，怕忘了要还你钱这回事。"

君欣一脸诧异，"不存在还钱一说吧？何止太的钱我同样也没接啊。都是同学，大家一起吃饭，谁买单都可以的。"又说，"不管你找的什么理由，总归是骗你父母，这样不好。我平时花钱大，这点钱对我家来说不算什么。"她以为我的钱是向父母要的。

"这钱是我自己赚的。"要知道，我早就在等机会说出这句话了。就像小时候考了高分，最担心过年过节亲戚朋友不问我期末考试成绩。不过这种骄傲的心理只适用于两个人之间，或者相对封闭的环境，一旦遇到开放式环境，我的表现立马表现得大气谦和起来。比如前些天管理员私下表扬我给狱友们讲的东方哲学课相当不错，我便答复说这是小菜一碟，又体验到那种骄傲；然而在大会上接受狱长表彰时，又表现得相当谦逊。

"打工也不容易的，还是自己留着吧。"君欣的语气像说悄悄话，超出我的预期。

"不是打工，我自己做老板赚的。"我也同样放低音量，像情侣间私语。可惜我不记得当时的环境是怎样的，如果有月亮或者昏黄的灯光效果会更好，大概率没有，而且很可能就在嘈杂的学校食堂。即便如此，彼时的场景也让人异常享受，唯一的一次希望时光变慢。

"自己做老板？"君欣一脸诧异。

为了消除她的疑惑，我只好把自己做IP电话吧的秘密简单讲了讲。她先是觉惊奇，然后就笑了。毕竟是见过大世面的，她见我钱来得不那么艰难，便欣然接受。无债一身轻，加之我的零花钱水平也赶上了她，我顿时自信心爆棚，之前的顾虑被抛在一边，那段时间居然敢请她吃饭看电影了。

关于请人吃饭，君欣另有高论。她说在中国请吃饭是件极为普通的事，似乎只要是同学、同事、客户等说得上的关系，就可以彼此请吃饭。其实这是错误的，中式餐饮很少采用分餐制，筷子往盘子里一夹，口水就进去了，很容易传播疾病。

"口水交流等于接吻，是情侣间才能坦然接受的亲密行为，怎能随意推而广之？"

我大吃一惊："我跟很多人吃过饭，难道都等于跟他们接过吻了？"

"不管你愿不愿意承认，实际上和传染疾病的途径类似，程度深浅不同而已。当然，接吻有体感，而我们吃饭时嘴唇和舌头只接触到筷子。"她居然描述得如此细腻。

我说这好办，在学校食堂里请就好，也就刷个卡，师傅将饭菜舀在各自盘子里，不就杜绝口水交流了嘛。君欣欣然接受。她的这番话我还蛮受用的，至少开诚布公且没拿我当外人，我当时甚至认为这种谈话模式应该成为朋友之间，甚至夫妻之间交流的常态，只有这样才不会产生矛盾嘛。后来每次请人吃饭或者接受别人的邀请，我都会评估自己有没达到可以和对方接吻的程度。如果达不到，就尽量选择分餐制的西餐，实在做不到分餐，就不夹别人碰过的那块排骨甚至整道菜。时间长了，许多人认为我很懂餐桌礼仪，其实没那么玄乎，我只是不想和他们"接吻"而已。

说起看电影就有点尴尬，开始她总要求带上一两位室友。进影院后我才明白，后排及靠边的都不是正儿八经看电影的。当然，荧幕上也没什么值得看的，无非提供个影音背景而已。而我们是同学，只能正儿八经地讨论电影，这个习惯的养成相当不好，导致后来经常影响别人观影。人生中有许多第一次，总要体验了才明白，待人接物这些事也一样，当时的她显然比我懂得更多。不过仅限于当时，后来由于经济条件的改善，以及工作需要，我在这方面很快超越了她。

IP电话预付费业务来钱太快了，那时国家对预付费业务还没有许可证制度，随意加印一两倍都能卖掉。还有一个情况是，有的卡售出后被多次转赠，很长时间也不会消费，甚至可能被遗弃。这样就带来一个可能：电话卡可以打很深的折扣，甚至低于话时分销价倾销。另外，只要流量成本可控，钱到手后可以立即挪作他用。怎么用呢？有人告诉我，可以借给别人收利息。回想起来，当时就已经触及了小额金融业务。我知道，故事讲到这里一定会有人说，我犯的错误具有一贯性，"你看，早就有苗头了，上大学那会儿就懂得钻空子了"。可是，换作你该怎么做？难道不思进取吗？如果担心其中的风险，那么整个IP电话吧业务都不符合当时的规定，就会错失这次机遇。

果然，一个月后就陆续有话吧网点反馈IP电话卡被工商部门查处并没收，幸好这些卡号都做了登记，我给代理商退款的同时，作废相应的账号即可。就在我们打电话跟两位山东大哥讨论工商局查处电话卡的行动是否于法有据时，运营商的工作人员告诉我，接到上级通知，所有发行电话卡业务的虚拟运营商必须解除合作关系，并重新审视IP电话业务，不只是江北。紧接着，放置在他们那里的网关就被强制下线并让取走。我想赶紧换个名头去找其他地市的运营商合作，已经来不及了，话吧的业务停一天就很麻烦，我的网点没几天工夫都被竞争对手抢走了，所有的话吧和代理商都来找我退卡。

跟所有的预付费业务一样，即便承诺100%退款，实际退款率也不会太高，总会有些卡找不到了，有些消费者选择放弃。所以在这场挤兑风波中我非但没什么损失，还体验到了预收费的好处，凡事还讲究个落袋为安。这个市场变化很快，一般六个月为一个周期，会迅速被新的商业模式取代，原来的生态很快被重构，尘埃落定后，就像什么都没发生过。我还要准备期末考试，学生会的各种事项也蛮多的，所以果断地中止了这个创业项目并做了总结：它属于边缘行业，然而又触及多数人的生活，不能忍受高额长途电话费的人们都欢迎IP电话；创业规模不大，但足够用作案例；对于学生来说创业体验已经很深入了，而对社会人士来说未免历时太短。总之，我第一次创业就这么结束了，既不能算失败，也不能算很成功。

郁君欣认为我是想还她钱才去做小生意创业的，听说我"爆雷"后，很过意不去，立即提出要把先前还给她那一万多块再退给我"还债"。

我相当感动，同时解释道："没欠债，还小赚一笔，足够接下来的所有学费和生活费了。"

"你的创业还蛮有意思，接地气。"

"小生意而已，跟你们家比起来，简直就是小蚂蚁看大象。"作为一个学生的我，当时就敢跟人家比了。

"大小生意的本质是一样的。虽然没参与过，但从小耳濡目染，我知道房地产生意跟地皮绑在一起，跟政策、资源、产品竞争力相关，其实只要地段好，其他的好不好基本上都卖得掉。我觉得做服务的挑战更大，你做的事情更有意思。"

君欣有资格这么说，毕竟人家父母是房地产大佬。而我呢，自以为比99%的学生都更有创业天赋。大家都故作成熟状，似乎经历过许多。君欣如此称赞我，我不禁有些飘然。此时的我，几乎已经同意那位老教授关于年轻人不着急学哲学的说法了，商业活动要比书本上的哲学流派生动得多，而且还有收益。

接着她问我想不想去房地产公司实习，不远，就在上海。我说很有兴趣，因为想象不出来开发商是怎么商业运作的。她说有个项目部的暑期实习机会，她妈妈朋友的公司。"了解项目大致怎么运作是没问题的，那你就去看看，何况还有工资，不算耗费你的时间。"

就这样，我获得了一个为时虽短但对我影响极大的实习机会，它使得我对于房地产行业的了解从想象落到现实。

有一天大早，部门老总亲自开着商务车带我们去外地参加土地投标，一群人居然入住了总统套房。当然，不是每个人都有床睡，有的睡沙发，有的打地铺，我们要的只是一个良好的封闭式环境。

"这里叫鹿城，我们有鹿江，幸运星啊！胜利一定属于我们！"领导说完，转身出门去了，剩下的几个人立即按预先的分工忙碌起来，我负责检查标书及打印、盖章、装订，确保第二天一早9点之前将标书送到招标办。这是个大项目，整个街区按城市运营的理念开发，分为几个包，吸引了全国几十家地产商"逐鹿中原"。

约莫忙到下午3点，领导回来了。他一言不发，坐在沙发上抽烟，三支烟结束，又开始在会客室、房间、卫生间、阳台来回踱步，最后看了一眼手机上的短信，对我说："小鹿，走，上街喝杯咖啡去。"

准备标书的紧张当口，停下手上的工作，跟他出去逛街喝咖啡？我不理解。

结果电梯直下地库。

我们上了车，却没有启动车辆。他焦躁地看着手机，没过两分钟等来了一个电话。

"一直往里面开呀，不要停。不在酒店大堂电梯这边。怎么可能把车停在人来人往的地方？"

话音刚落，传来车辆急刹的声音，领导立即打开了车大灯及双闪，迎面开来一辆跟我们一模一样的商务车。

不过，为什么不是沪牌？

那车速度很快，直冲冲对着开过来。不会吧，它要撞我们？我几乎要大喊出来。

结果那车"嘎"的一声90度转弯横在我们前面，吓了我一跳。

没等车辆停稳，后座双门开启，下来两人，我认识其中一位，财务部的小李。终于松了一口气，不过，小李也来出差？

不过小李没说话，另外一位年纪稍长的道："快换车。"

于是，领导开上那辆车，带着我又冲出了地库。

没过两个红绿灯，我们来到区政府门口的停车场。

"小鹿，看看手机上这张照片，见这个人出门，就告诉我。"我点点头，又开始紧张起来。照片上就是个普通的中年干部任职公示头像，万一照片上这人年纪更大了，换上不同的衣服，或者戴上墨镜、帽子，没认出来错过了咋办？唉，不是万一，大概率跟照片上装扮不一样。

就在我胡思乱想时，领导继续道："我见过他的，也会一直盯着，就怕眨眼工夫，人给跑了。"言下之意，他并没有指望我，只是让我协助而已。也可能只是紧张，需要旁边有个同党。呵，同党，这个词好，似乎我们在做什么违法的勾当嘛。

下午4点过后，下班的人陆续走出，没有发现目标。

我疲惫极了。一直等到6点出头，天快黑了。

"我看到他了。"他小声地说道。车内的气氛立即凝固，似乎就要爆炸。

我的大脑高速运转，将现实中的人脸与照片做比对。

"没错，就是他。"多年以后，我一直怀疑自己的判断是先入为主，因为我从来都是脸盲，那人没有任何明显特征，怎可能如此确定？

被跟踪对象是步行，走得很慢。我们要干吗？领导不会带着我去撞人吧？应该不会，君欣介绍的公司，领导又说我是幸运星，不太可能带上我去做这种事……不过，万一，唉，一切都完了。

我还没理出个头绪来，跟踪对象走进了一个小区。小区围墙外绿荫匝道，一看就是机关宿舍。

"小鹿，车就停这儿，你坐到驾驶位来，警察来了就开走。"

我的领导下了车，从后座的地板上拎起一个黑色小行李箱，直奔小区大门而去。

可是，我不会开车，也没有驾照，这里肯定不能停车，万一警察来了怎么办？这些疑问来不及出口，领导已经追到小区大门处了，只见他与保安三言两语对话便进去了。他说的是什么？知道对方的单元号吗？行李箱里装的是什么？招投标的当口，行贿还是威胁？行李箱是小李他们从上海带过来的吧？怎么刚才没见交接呢？小李他们回上海了没有……

我在车内猜了半个小时。警察也没来。领导回来了。

他很兴奋，"小鹿，我帮你把明天的工作完成了。"

什么？明天我不用去投标了？

他继续道："明天你正常投标就好。我们不会一无所获的，等着公司发嘉奖令吧。"

发生了什么？我想知道。不过领导兴奋时，不能多嘴，不能打听，附和着听就好。于是我也装作开心的样子。其实内心很焦虑，压力很大，事前工作再圆满，标书也不能出错。何况这是在外地，接下来24小时文印店是否真的夜间开放？我的工作不能有丝毫错误……

一个通宵过去。第二天交完标书后，我在回去的车上睡了一路。

招标公示出来了，我们取得了1/3地块的开发权，拿下了最大、最靠近地铁口的黄金地块。公司颁布了嘉奖令，我的名字位列其中，虽然排名最后，却是唯一的实习生，荣耀至极。

领导却并不高兴。后来他私下透露，"假如行李箱再大一号，我们就能拿到50%的地块"，集团领导没有完全听他的，低估了对方的胃口，不认为会按投标人的"诚意"分配份额。"不过也不错了，目标太大容易出事。我的头悬在人家的裤腰带上呢。唉，算了，这天底下的事情，不能太圆满。"仿佛他已经七八十岁了，惯看世事无常。

我原以为开发商拿地都跟影视剧中一样，处理政商关系全靠最高层的老板们的利益交换，实践中发现不完全如此，经办角色也很重要。有时候招投标的项目多了，得失就在毫厘之间，老板也未必插得上手，越大的开发商越是如此，所以这项实习还是相当有价值的。另外，由于熟人介绍的关系，同事们都高看我一眼，因此电视剧里的职场潜规则，上司下属同事之间的争斗，一概没体会到。我总结了一下，所谓的世道艰难、怀才不遇、人心险恶，还是资源不够、社会地位不高造成的。

就是从那时起，我彻底觉得自己没必要准备考研，以当下的履历和经验，完全可以在国内大展宏图。社会这么广阔，干吗要闷在书房啃那些根本看不懂的东西？不过怎么说服父母呢？这是个大问题。

后来才知道，房地产公司一般来说根本不会有暑期的项目部实习机会，暑期两个月的实习机会完全是人家为君欣量身定制的，她居然不想去，为了不让别人的好意落空，才推荐了我。补缺的人更适合缺口的位子未必不是件好事，它让我全力以赴，扎扎实实地把每个细节做好，也让同事们感到满意。只是初心被辜负，不知安排此事的双方会不会觉得尴尬。几年后的婚礼上，这个心结也打开了。君欣向一位雍容华贵的中年女士介绍我说这就是当年的实习生，对方惊得嘴都合不上了，随后表现出恍然大悟而又赞叹不已的夸张表情，我才知道当年真正的老板居然是她。心想当时八字还没一撇呢，不过大家都开心，我也就跟着傻笑，似乎这恋情被双方家长认可的历史能够追溯到实习之前。

三、"房间里的大象"

实习结束后正好赶上开学，我准备掏出实习工资的很大一部分感谢君欣。感谢的套路一般是送礼和请吃饭，可是我很难定位我们之间的关系，所以找不到适合体现"友情"的餐厅，只好简化用餐环节，订个环境好点的西餐厅，但另外准备了一份礼物——一条国际一线品牌的丝巾。我自以为那样比较合算，至少丝巾比顶级牛排"耐用"，而且只要君欣今后用到它，就会想起我。为什么要她想起我？又是什么心态呢？我至今也说不好，只是时间越长越觉得不可思议。

挑好丝巾后，店员说去里面帮忙装盒，窸窸窣窣了半天才出来，原来她在礼盒之外又加了一层粉色的包装纸和一条玫瑰色的丝带。店员是个圆脸的可爱小姑娘，她对待顾客的眼神过于低垂，声线太温柔，如果将她递给我盒子的瞬间切片旁观，别人一定以为是她爱上了我。

我看着那粉红色的包装纸心里直发慌，就问这是标准包装吗？她答复说是根据产品以及客人的年龄来选择包装类型的，买这款丝巾，100%是送女朋友的。我自己都不知道君欣算是我什么人，又不好否认，便红着脸说了感谢，也不知道这红脸是因为君欣还是可爱的店员。

前往餐厅的路上，这个礼盒还在提醒我今天这顿饭非同一般，因为那粉嫩的色彩几乎在向所有人展示一种热烈的情愫。我一直在犹豫要不要将外面的包装纸撕去，然而始终没行动。一个声音问自己，会不会太早了？而另一个声音则告诉我，又不是表白，对于有钱的君欣来说，这只是她收到的日常小礼物而已。

我提前了半个小时抵达餐厅。这家餐厅通体檀香木色装修，鲜花和书籍点缀其间，餐位沿着连廊一线分布，几乎都是靠窗的半包隔断，宽敞而静谧。说实话，店铺更像茶馆而不是餐厅。我将礼盒放在对面的座椅上，然后又移至桌面，想了想又将它收起放在旁边的窗台上，最后决定还是放在桌面上。正犹疑不定，服务员上前通告，"先生，客人到了"，我忙起身。

紧接着就有两个打扮得一模一样的时尚女生出现在眼前，每个气场都很强，两个并列，逼得我几无立锥之地，不禁后退了半步。定睛一看，居然有两个君欣，不会搞错了吧？我有脸盲症，她们又化浓妆，每一个都像，又好像都不是，一时不敢相认，着急之下一阵眩晕，更说不出话来。糟糕！连人都认不出来啊，刚才买礼物时还觉得自己跟郁君欣走得很近，看来只是幻象。服务员见状也慌乱起来，以为领错了人。这时，其中一个指着我对另一个道："这是鹿江。"然后又向我介绍，"这是我的双胞胎妹妹子悦。"服务员松了一口气，低声说了句"先生，有什么需要请按铃"，便退去了。

她俩入座后，我还是没缓过神来，直盯着刚才说话那个仔细辨认，她为什么让她妹妹坐我对面啊？接下来出现了更让我迷惑的一幕，她拿起我放置在桌面上的礼物，说了句："呀！好漂亮啊，怎么只有一份啊？！你的。"说完就递给另外一个。果然，有钱人家的女孩子不会在收到贵重礼物时尖叫。虽然……但是，君欣为什么要将礼物让给妹妹？

对面这个终于说话："子悦，别逗他了。"

原来她才是君欣。

她解释道："子悦明天的航班回学校。我们来前说好的，打扮得一模一样，然后交换身份，看你能认出来不。"

我被她们惊得魂都没了，心脏怦怦直跳。由于化妆的原因，君欣也跟平时不太一样，我感到既熟悉又陌生，加上子悦也在一边，就不知道该说什么好，于是问道："怎么从来没听说过你是双胞胎？我还以为你们模仿Twins（一个演唱组合），没想到是真的。"

"之前我们双胞胎的事闹得满校风云，所以我转学后决定对现在的同学保密。"

明明要保密，为什么还要让我知道呢？

"张老师、黄颖他们呢？"

"黄颖不确定，张老师知道。现在还有你。"

看来，全院掌握"核心机密"的人只有张老师和我。我的待遇居然跟院党委书记一样，真是受宠若惊。

子悦："鹿江，你要说出去，我们就杀你灭口。"

她第一次开口是骗我，第二次开口就要杀我，真可爱。我只好故作惊恐状配合。

"我们刚上大一的时候，闹过很多笑话，比如说一起去食堂，打饭师傅就被吓了一跳，这不是刚舀过一勺嘛，怎么又来了？他说以为自己头昏眼花，老年痴呆提前了。"

她还说："没一起出现的时候也有很多玩法。我们不是同系但不同一个班嘛，有些课时是错开的，所以经常替换着上课，比如今天我有事要出去，全部的课都由子悦上。明天有君欣不想去的，我替她去，老师点名啊提问什么的，都看不出来。"

子悦和君欣讲话的语气、声线都差不多，外人确实很难分辨。我断定她们这些故事讲过很多遍了，为了"报复"子悦今晚捉弄我的一"见"之仇，也为了表示我对子悦没兴趣，我便对她道："你说，有没可能，食堂师傅在逗你们玩？他在食堂工作那么多年，一届一届的学生来来往往，怎么会没见过双胞胎呢？还有，老师点名的时候，其实知道换人了，他只是不想点破，做个顺水人情而已。"

子悦："咦，呀！这人没劲，太较真。明明你刚才就没认出我们来，难道其他人就能看出来？"

"我现在回过神来了，刚才主要是两个问题：第一，你们化了妆。小朋友化了妆上台跳舞，连他们的父母都认不出来。第二，刚才君欣没说话。如果两个人一起讲话，或者君欣先说，我就认出来了。"

子悦："哎呀，你们学哲学的喜欢搞解构，还一二三的，没意思，不好玩了。"

她真的好可爱，比君欣还活泼。怎么办？想到这里，我的小心脏又开始乱跳了，早上为君欣，现在是子悦。她们俩一个动一个静，相当于小青与白娘子。不过理性告诉我，不可以。什么都得讲究个先来后到，何况子悦平时远在天边，跟我的实际生活并没什么链接，根本够不着。于是我告诫告诉自己，她们姐妹俩是一模一样的，只是熟悉了一个，另一个更具新鲜感而已。子悦的美好跟我没关系。我迅速地调整了心态，不管什么话题只能浅尝辄止。

成功地"破坏"了自己在子悦眼中的形象之后，我将话题转向实习见闻，毕竟君欣才是今天的主角。

子悦那天泄露了一个重要信息，君欣在她们学校交往过一个男友。后来了解到，那人是她们的师兄，毕业即出国留学，君欣又办转学，自然就分手了。也就是说，她和我的"前度"都出国了，而我们俩都不想出国，又多了一项类似的经历。

除了必修课，君欣的选修课都是美学和艺术设计方向的，她还加入了一个美术协会。有段时间一个留长发的小伙子经常来找她，这让我有点莫名的紧张。君欣说他们在策划一个校园设计艺术展，如果我感兴趣，也可以来帮忙，我便毫不犹豫地加入了。

我很快就后悔了。跟长发小伙比起来，美术方面我一窍不通，自己的特长完全不能发挥，只能做些打杂的事，在展位的安排方面还总是犯错。一个跑龙套的，跟风流倜傥的男主角怎么比？偏偏君欣又是女主角，如何是好？协会中大一的小朋友都开始同情我了，堂堂哲学学院学生会主席呀，怎能把自己弄得如此狼狈？于是我挖空心思要跳出这个圈子给他们做点什么。赞助？我没君欣有钱。找校领导给活动开幕发表演说？他们搞艺术的最不喜欢官腔了。组织同学集体参观？都是外行，更不合适。

就在我一筹莫展之时，君欣找我谈话了。

"最近你是不是很焦虑？"

"啊，哪有？"我一脸尴尬地笑。

"别做不擅长的事。你很紧张我吗？"她莞尔一笑。

"嗯，有点。"我只好承认了。

"这就够了，我很满意。"

"啊？什么？"我一时没反应过来。

"别傻了，人家不喜欢女人的。"

人家是谁？我装作有点蒙。

"再说了，我怎么会找个跟自己一模一样的人？搞艺术的，都有点神经兮兮的。有时候我连自己都不喜欢，怎么会喜欢他？"

她这两句话我想了好几秒钟，似乎有点明白地点点头。退出美协之后，我轻松多了。不时刻在视野中的君欣，会更加美丽。

初入高金班，还有人问过我和君欣之间"谁追谁"这种幼稚的问题。基于自尊以及双方家庭的巨大差距，我怎么可能承认先追的君欣呢？何况当时我还有一肚子苦水无处倾诉，所以答案只有一个："谈不上谁追谁吧，我们就是很自然地走到一起了。"不过这个问题还是引发了我的回忆，什么样的标志性事件算是恋情的开始？我回想了无数细节，最后确认就是从那顿饭开始，我和君欣同时有了一种依恋感。理由有两个：第一，我准备礼物时无比慌乱，说明当时我已经非常在乎她；第二，子悦曾提及，她第一次见我就是为了替姐姐把关。

记得大学时还有同学非常猥琐地对我发问："你是什么时候搞定君欣的？"我明白他这个"搞定"是什么意思，当然不会给他答案，否则他就会继续狞笑着追问事件发生地点和细节，我不能允许这样的场面继续下去。我知道有些男学生在校外租房，甚至合租豪宅，就是为了骗女孩子上床，还相互交流经验，但我从未租住过房子，也从未与他们讨论过相关话题，直到现在。我当时银行卡上的数字对于大学生来说无疑是巨款，长三角许多五星级度假酒店一天的消费也不过千元，完全负担得起。大三下学期开始，君欣和我在校园中就是公开的恋人，我当然记得我们的第一次假日旅行是什么时候，但是，两个人之间的回忆，为什么要告诉别人？

我倒是愿意透露一些女生关注的细节：第一次跟君欣一起外出

旅行，酒店的洗手台有两个面盆，应该说相当开阔，属于君欣的那一侧居然摆满了几十种护肤品、化妆品的小样，那时我才知道有卸妆油这么个东西。退房时，君欣收拾物品就花了一个小时。如果一定要说跟富家女在一起有什么不一样的，这算一个吧。至于我对那些名牌的认知，我承认也是跟君欣在一起才开始的。甚至，我对音乐的欣赏能力也大多源自君欣。我是跟她在一起之后，才喜欢上了日本纯音乐，而且了解到邓丽君、徐小凤、谭咏麟、张国荣、李克勤、陈慧娴、刘若英等等明星，有许多"经典神曲"都翻唱自中岛美雪、五轮真弓等人的日文歌曲。这些流行歌曲的翻唱真相也给了我一个启示：生活中许多习以为常的认知，往往不是我们以为的那样，只是局限于信息差。互联网确实让世界变平了，但远远不够。想要突破更多的认知障碍，必须获得更高的视野，而这一切，需要更多的资源支持。

另外，有人总把肌肤之亲当作恋情的开始，我觉得这两件事未必总是同步的，所谓的肌肤之亲，既可发生在恋情开始之后，也可能发生在恋情产生之前。我和君欣明显属于前者，而金薇则属于后者。

开始我以为，郁君欣跟大多数情侣一样，有过亲密关系之后容易闹情绪。当时，我观察过许多夫妻和情侣，觉得这是一个正常现象。比如在家时我爸就得让着我妈，所以觉得君欣有点小情绪没什么。我还分析过原因，恋爱时大家都体现美好的一面啊，非常亲密之后，性格不用伪装，就可以放飞自我了。

君欣第一次生气是因为课程补习。由于转学的原因，她有一些课程需要自己跟随低年级补修，与必修课时间上有冲突，加之她常翘课回越阳，所以拖延到期末就得考前突击。我告诉她，已向黄颖要到办公室的钥匙，可以给她补习功课用。每到期末学校教室资源都很紧张，所以我会想办法提前一个月弄到单间自习室。房间里可以煮东西吃，还有原本供午休的行军床，关键是不受打扰，可以通宵达旦地学习。不过君欣一直都没来，直到临考前最后几天。

那天早上，她临时找我帮她串讲逻辑学，我正好也在准备考试，计划被打断，心里凌乱得很，于是道："逻辑学对于你们理科生来说应该不难啊，还需要我这个文科生来给你补课？"这种直男式的反问句式，大学毕业后再也没敢用过。刚开始君欣还挺有耐心的："不一样啊，理科的东西都是数学公式、定理，推导下去就好了，这个逻辑学的东西全是文字概念，太抽象了。"

"都转学一年了，还没适应啊？"我居然又用了一次反问句。

"逻辑比西方哲学史麻烦多了，西方哲学人名多、流派多，但老师上课的时候会讲故事，我脑子里就能把这些名词串联起来，而逻辑这个东西，完全找不到方法，所以才叫你帮我讲讲。"

我翻了一下她的课本，"词项逻辑、命题逻辑、谓词逻辑、模态逻辑、归纳逻辑，还有后面的同一律、矛盾律、排中律，这些基本的东西都能理解吧？"

她疑惑地摇了摇头。

"搞了半天，你不是找我答疑来的，而是让我整门功课从头开始讲啊？我又不是大学教授，哪有这个水平拿起一本书一天就讲清楚？再说很多内容都忘了。我现在开始怀疑你是不是连课本都没怎么看过？"应该就是最后一句让她开始焦虑的。

"你们不是说理科生学逻辑很简单的嘛，我就一直没看，今天早上一翻，才发现什么都不懂。"

我震惊了："什么？！真连课本都没看，那我怎么讲？"

"可是我一点头绪都没。还有几天就考试了，我留了两天，在这里熬个通宵，应该够了。"

"不够，你得先自己看一遍书，然后做题。逻辑学考得很灵活，不是让你默写概念，而是类似中学里的应用题，光背书根本没用。两天时间根本不够。"

君欣突然就愤怒了："讲了半天，还是要我自己看书。又浪费半个小时，不讲算了，我不想考了！"说完就开始手撕课本。她的表情让我觉得极其陌生且恐惧，像是完全变了一个人。这还是君欣吗？

无奈书本太厚，撕了几页后，觉得费力，她便用力将课本往窗外一扔。

我被吓傻了，幸好周边没人，赶紧去握她的手："没说不帮你啊。"

君欣一把将我的手甩开："我要回宿舍。"说完就冲出去了。

我只好回宿舍找到之前的逻辑学教材，大致复习了一遍，然后去女生楼下找君欣。过了许久人才下来，似乎刚睡醒，应该是梳洗打扮耽误了时间。我知道她习惯过黑白颠倒的生活，可这是期末，时间相当珍贵。早上耽误半个小时她就焦虑了，而现在大半天都过去了。不想这时她却很放松，说："抱歉，早上情绪失控，现在陪我去吃点东西吧。"

晚饭后，开始帮她补习逻辑学。我先讲半个小时知识点，然后让她做半小时习题，翻看一刻钟课本，随后我再讲一刻钟习题，如此循环，很快就深夜了。

君欣越学越精神，提到一些自己做错的习题，居然笑得咯咯响，说她的逻辑就是没逻辑，也可以叫逆向思维。我都搞不清楚这有什么可笑的，逆向思维根本不是这么回事。夜晚的她跟白天的她根本就像两个人。白天河东狮吼、苦大仇深；夜晚温柔体贴、清新可人。我已经有些疲惫了，这时她主动给我泡咖啡，再次给我道歉，并且说道："我有个秘密，想听吗？"

"当然，洗耳恭听。"

"上大学后，我经常会情绪失控，之前每次不高兴了，就让子悦陪我去逛街，下雨天就在床上睡一个白天，然后晚上特别精神，一个人跑去教室看书。"

"这算什么秘密，女孩子情绪失控不是很正常嘛。"

"不觉得我生气时很可怕吗？"

"还好，撕了一本书而已，再买就是。"

她抱着我的头说："你对我真好。你，会不会以后一直照顾我？"她提出问题的语气中充满了对答案的不确定。

"当然了。我现在不是在照顾你吗？"

她又抚弄我的头发跟耳朵："我说的是一直照顾下去。你知道，很多人忍受不了的。"

我一直认为，女孩子抱男友的头是一种母性的泛滥，它表达的更多是温情和关爱，所以我并不是很喜欢这个动作。不过既然她喜欢这个动作，我也只得顺着，只是耳朵和脖子都被抚得有点热。

"我不觉得这有什么问题啊。"我的语气平稳，发出那种连自己都感到真诚的胸腔共鸣来，相当有确信感。

她继续搂紧，进而亲吻我。我顺势来了一个横抱。可她又说没时间了，得赶紧补习逻辑学。好吧，继续下一个课时的学习。

君欣身上有一种婴儿般的体香，这种气味延续了10多年，并深深植入了我的大脑。按一般的说法，婴儿体香有一半是奶香味，一半是肌肤自然发出的气息。君欣并不是很爱喝牛奶，因为她说喝了牛奶肚子总是咕噜、咕噜叫，她也并不比别的女生使用更多的奶油沐浴露、洗发露、精油，而且她惯用香水的，那么只有一个解释，就是她的肌肤一直保持婴儿般的气息。这种气息更多地给人以安宁并令人心生爱怜，而不是激发欲望。她的鼻子也很可爱，鼻尖像有个小珠珠，圆润而俏皮。后来我分析过什么是恋人之间特殊的吸引力，绝不是那些标准化的选项——双眼皮、瓜子脸、大长腿等，而是稍稍有些特点的指征。有些人找不出好来，便说是爱对方的缺点。那不对，缺点就是缺点，只不过没意识到缺点之下被掩盖了的某些指征才对。

天蒙蒙亮，她说对逻辑学这门功课已经心里有底了，明天自己学习，六十分应该没问题，便躺在折叠床上睡着了。她蜷缩的样子像只小猫，脸部轮廓还遗留着孩子般的天真，睫毛又长，便可爱得像个天使了。

至于她提到的情绪失控，我觉得这正是她需要我的地方，需要一个人作为情绪树洞啊。本人从小接受无形的情商训练，什么家庭矛盾、同学矛盾，经历过许多啊，所以我才能成为学生会主席，这点小问题不在话下。如果我不能接受挑战，不能承担相应的责任，那么谁能够呢？又比如，今晚我不帮她补习功课，她挂科了怎么办？她怎么跟父母交代，到时候不免又是一场情绪波动。回想起来，我不从事教育工作真是太可惜了，拿逻辑学这门课来说，我只备课两三个小时，就能让初学者听懂，并很快入门，真是天才！当时我就是这么自信，一副舍我其谁、救苦救难菩萨下凡的样子。后来才知道，有些困难无法克服，有的煎熬难以忍受，并深刻领会到"未经他人苦，莫劝他人善"的朴素道理。

大四学生的主要精力都放在对未来的选择上，如果不考研，我就得提前给出一份可靠的就业前景展望。我有不少选择，比如：作为院学生会主席，可以去竞争留校机会，跟黄颖一样做辅导员；可以成为选调生，走公务员的路子；可以选择去事业单位、央企、国企做行政工作。对母亲来说，我还是回灵江更稳妥，家里的资源才能发挥作用。而父亲则认为以上这些出路都可以在研究生毕业之后再次选择，而继续读研读博，将来可以在大学从事教职。可是我又没办法告诉他们，其实我最想进民营企业，学了本事之后方便自己创业，他们甚至不知道我在学校偷偷创业，还赚了一笔小钱。

君欣不需要考虑就业问题，又比我晚一年毕业，她对我的烦恼表示不可理解："你为什么要去找工作？难道我不好吗？"

"我找工作跟你好不好有什么关系？"

"你说过，要照顾我一辈子。"

我记得之前提到的是"一直照顾下去"，一直和一辈子，严格来说并不是一回事。一直表示一种愿望，它持续的时间不确定，可以是永久性的，就跟一辈子一样，也可以是阶段性的，两个人在一起时一直照顾下去，这么说也没毛病吧？比如现在回顾起来，我跟君欣在一起时一直在照顾她，这话绝对是成立的，可决不能说自己照顾了她一辈子。当然，"一辈子"也只是君欣的愿望，这么说来就是同样的意思了。我能猜到她接下来要说的话，而且是值得认真考虑的。如果我们将来在一起，我确实不需要自己去找工作，之前听子悦说过，她和姐姐都不想经营家业，她们家将来肯定是要招上门女婿的。可是，我又想成为一个独立而自由的"别人家的女婿"，该怎么平衡呢？

无论如何，我不应当在此时对"一辈子"提出异议。

于是答道："是的。"

"周末跟我回越阳吧。"

回越阳意味着见她父母，而我还没准备好，但觉得可以带她见见我的父母。这是为什么呢？我认为婚前女方有权利反悔，而男人一诺千金，万一有什么变化就成渣男了，何况面对君欣这样的性格、这样的家庭，哪有回头路啊？

于是我道："这么快？要不我们先回灵江？"

"嗯哼？不，我一定能把你爸妈哄得很开心的，加上我这么聪明美丽，你爸妈没理由不喜欢我。所以，我们得先回越阳，而且这周子悦也会带盛夏回去。"

我明白，君欣可不只是聪明美丽。对于我父母来说，他们需要考虑得更多，一般来说，家庭财富、地位的碾压式不对等，会干扰人们对许多事情的判断。我不能确定父母对此有什么态度。

君欣又说她爸妈听了她们的介绍，觉得妹妹的男朋友盛夏比我更"乖"一些。是觉得盛夏比我更适合做他们家女婿吗？不是说企业家需要开拓精神吗？世上真有乖的男人吗？我大惑不解。君欣解释道，之前提到的开拓精神只是她父母对自己的要求，毕竟才50岁，最近希望将业务拓展出省。对双胞胎来说，守成即可。时至今日，我知道这些想法均不成立，甚至君欣父母对双胞胎的规划也时过境迁，完全不可执行了。国内的房地产开发是一种时效性很强的商业活动，土地资源、合作各方变化很大，完全不能指望代代相传。一个行业利润越高，风险程度也会越深，做父母的当然不希望子女继续游走其中，一般会另作安排。然而隔行如隔山，安排也往往不能奏效，于是有的父母会设立家族基金，或者致力于提升孩子们的自身素养，另寻出路。

在越阳，我见到了盛夏，一位跟自己各方面都有些类似的小伙子。至于他更"乖"这一点，我至今持有保留意见。世上大多数形容词都无法量化，何况还是一个用来形容小朋友的词。

她们家真大，假如从空中俯视的话，建筑物只在院子的角落里占很小的面积。底楼是客厅，顶楼是她们父母的，我们四个年轻人各住了一层，电梯开门的声音就可以替代门铃。晚上，君欣跟子悦分别打电话让我和盛夏去后花园消夜，说厨师已经准备好了。我问厨师也住家吗？她说就住在后花园的一栋小房子里，骑电动车来回很方便的。哦，原来厨师也住独栋。

盛夏是子悦的同班同学，他们形影不离，直到晚上才分开。而君欣跟我则采取了相反的策略，我们白天在各自房间里始终保持一定的距离，只有吃饭时才在一起。君欣跟她妈说在准备考试，实际上是因为她又一次焦虑了，希望独处化解。而我呢，只能在房间无聊地翻看她九年级时的课本，除此之外，就只有《美少女战士》之类的漫画书了。

没错，我所在的楼层是她们童年时代的住所，而她们现在住的才是前几年刚布置的闺房。儿童房色系粉嫩，门后粘贴有量身高的长颈鹿，天花板上有彩色的绘画。这幅画据说是根据她幼儿园时期的作品制作的，一位妈妈拉着两个小女孩的手，这让人想起了米开朗琪罗留在教堂穹顶上的画《创造亚当》。也许房间没再装修也得益于君欣的这幅画，虽然并不是她亲手描绘上去的。我还想当然地以为房间的某个角落会有很多她小时候的照片，然而并没有。我看到她童年的照片还是婚礼前夕，从越阳和大学分别搬运一些行李物品到上海后，君欣有天晚上特别兴奋，说要对她的未婚生涯做个告别，这才将柜子里的相册搬出来。高中之前的为实体相册，往后几乎都是电子图片。从君欣学龄前的照片看来，她们家当时就是一个普通公务员家庭，而后的照片质量以及反映的经济状况迅速提升。她的电脑里有两个相册是不对我开放的。一个是艺术照、写真照合集，因为她怎么看都不满意；另一个是她自己创作的摄影作品，偶尔给我瞧见的几张都是黑白的，比如有一张是一只鸟站在烂木桩上，水中的倒影正好占据一半的画面，那只鸟大概看过八大山人的画，戏精附体：吊白眼，一脸不屑的表情。正当我好奇如何拍摄才能不惊动那只鸟儿的时候，她不高兴了，认为我没将注意力放在构图体现的意境上："你不觉得倒影中的愁云惨淡像一幅画吗？""当然，还用说。"我连忙补上一句，可惜为时已晚，她"啪"的一声将电脑屏幕合上。其实我早就懂得了表达的第一要务应该是夸奖对方或对方的作品，而自己想了解的，对方未必愿意告诉你。但好奇心的驱动力如此之强，往往令人无法遵守原则，此时脱口而出的往往是其他词句。

午饭时，子悦被妈妈问："君欣和鹿江都在看书。你们在忙什么呢？"做长辈的一脸严肃，这时换作别人会闹个大红脸。子悦只紧张了两秒钟就反应过来了，答道："在跟盛夏下盲棋，只是我退步太大，都输了。鹿江，你会盲棋不？"看来有钱人和普通人关心的事情也都差不多，家长的口气都是居高临下的，当时我只想到这个，并不关心答案。

子悦显然在向我求助，以摆脱目前的尴尬局面。一个本与我无关的话题，居然几秒钟之内就轮到我了。我暗自庆幸没在她家干什么坏事，回答起这个问题来也底气十足："盲棋？会一点儿。"不知从什么时候开始，我学会了这种听起来很谦虚又相当体现实力的回复。我当然会下盲棋，作为"别人家的孩子"，从小到大，这类小众智力活动怎么少得了我？只是我跟盛夏生分得很，两个成年男子在一起就像从山上随机蹦下来的两块石头，虽然来源类似，还是硌得慌。

接下来的半天我们刻意保持在长辈们可监控的范围内活动。姐妹俩以窗帘绑带替代眼罩蒙上我们的眼睛，一边摆上了棋盘实际操作。姐妹俩的欢笑声时不时透出客厅传遍了整个院落，长辈们对此感到了满意，再也没过问。子悦说她和君欣小时候也下盲棋，不过长大后记忆力退化，没耐心，就没继续。她又说盛夏与我下盲棋的水平，比她和君欣直接在棋盘上下还要强一些，居然能走到"帅五进一"的地步。这算是对两位选手双双褒奖吗？她可真会说话，不提比赛结果，就好比说英超比中超水平高，至于谁得冠军，不重要的。可是，明明三局我都赢了呀，看来选择对手很重要。子悦不甘心，建议换成国际象棋，结果我犯了一个低级错误，让盛夏侥幸赢了一局。紧接着，子悦又建议换成围棋。"围棋没法下盲棋的"，盛夏先这么说了，省去了我提出反对意见的麻烦，反正我的围棋也达不到盲棋的水准。可第二局国际象棋刚刚开始，她们家的阿姨来叫我们吃点心："妈妈在等你们呢。"于是，我丧失了复仇的机会，家中舆论成了我擅长中国象棋，而盛夏国际象棋下得比较好。

显然，点心吃得最香的是盛夏，人家如释重负，关注点都在食物上，而我依然沉浸在那个低级错误中，目光呆滞而出神。今天明明是我占优啊，为什么容忍不了一点小小的错误？君欣倒是跟子悦有说有笑，不再眉头紧锁，几乎每种点心都尝遍了。我心想，女孩子一回到娘家，便不再担心吃胖。看到君欣情绪逐渐转好，我也释然，如果今天下棋我全胜，气氛岂不尴尬？完美主义确实有必要让位于中庸之道。

子悦的学校离得远，平时少回家，是以外出找工作为由向学校请假的，所以还要住几天，而君欣周末常来常往，所以第二天我们便从越阳赶往灵江。我心想，他们以找工作的理由回家也不算骗人，因为老板就是他们的父母，盛夏和我等于接受了第一轮面试。

一路山水相拥，风光旖旎，商务车宽敞舒适，郁家的司机开车也相当平稳，君欣却一直闭目养神，似乎在表达对这段旅程的厌恶。我的心不禁悬起，昨天才好，怎又卷土重来？不禁感叹女人的情绪多变。感叹之余又纠正自己不该有偏见，情绪不只是女人有，男人也一样。她什么话都没说，什么也没做，甚至眼睛都没睁开，便让我想这么多，难道不正说明我的情绪也有问题吗？我没敢说话，只好一直给家里发信息，安排接下来的细节。又担心父母多心，以为我给家里请了个活菩萨，得一直供着，所以字字斟酌，费劲得很。

说来奇怪，可能是睡够了，也可能灵江的古城风貌超出预想，一路上昏昏沉沉的君欣到了灵江便精神百倍，话也特别多，对这座城市极尽溢美之词，用上了诸如"海滨邹鲁"之类平时从不涉及的文绉绉的词语。我故作慌张状："不会是错把子悦带回了家吧？"君欣翻了个白眼，便自我解嘲说是路过天台山时吸收了天地灵气，所以能量充足，看什么都顺眼，包括身边人。如此分裂的表现，用佛家教义解释，似乎也讲得通，真假美猴王便是案例。我疑心君欣的表现跟佛家所讲的心魔是一回事。六耳猕猴就是孙悟空的心魔所化，郁君欣的心魔又该称作什么呢？

郁家的司机向我父母问好，并转交了从越阳带来的礼物，我便意识到他并非一般的司机，而应该是一位助理。果然，郁家的影响力立即传递到了灵江，父母对美丽活泼又懂事的君欣赞美有加，母亲说她温柔贤惠又大方，父亲则表示完全尊重"青年在选择职业时的考虑"。当然，我知道他们满意的不只是君欣，尊重的也不只是我的选择。君欣对教师之家也赞美有加，毕竟我的父母是知书达理之人，而她十几年来都与老师打交道。另外，为了防止心理落差太大，我从一开始就说自家很穷，结果她进屋之后充满惊喜："这里比大学宿舍强多了呀！"

父母还是做了不少准备工作，虽然家中相对朴素，但窗明几净，绿意盎然。他们也坚持了年轻人婚前在家不能同宿的原则，将书房收拾出来给君欣做了客房，整套被褥都是新买的。不过夜里君欣还是偷偷跑进了我的房间，她说一个人有些害怕。我知道她不是害怕，而是失眠，不禁又紧张起来，担心她的情绪再度失控。我的房间一直没什么变化，小学、中学时代的旧书摆放得整整齐齐，看得出来父母会经常打扫。只是床铺有点小，君欣靠墙躺着，而我翻个身就可能掉下去。虽然不能乱动，但低声聊天还是可以的，于是絮絮叨叨地说了些胡话，一些将来再也不会有的胡话。

我说明明记得之前靠墙放一大堆书还能翻身呢，是不是胖了？君欣说她实际上不占地方的，因为她是狐仙，从书架上那本我从未翻开的书中跑出来的，也就是书中所谓的"颜如玉"，入夜幻化成人形，天亮前消失。我说那糟了，没翻开的书不止一本，将来可能会有很多"颜如玉"跑出来。刚说完就后悔了，因为这句话很可能引发她的情绪。果然，她厉声道："怎么可以？"立即翻身起床，检查房间里的每个角落。从动作幅度可以确定她的情绪又爆发了。果然她又找到一本尚未拆塑封的书，"既然之前没看，今后也不会看了"，说完从窗口扔了出去。我大吃一惊，幸好窗外只是个绿化带，平时没人从那里走过，更不用说半夜了，明天再偷偷去捡回来也是可以的。我说了很多好话，至少道歉一百次，直到天蒙蒙亮，君欣终于睡着了。

第二天上午比较麻烦，父母肯定要叫我们吃早餐的，我只好自己提前跑出来跟他们说君欣有点不舒服，让她在客房多休息会儿。吃了早点回到房间，君欣说她不要躲在我房间，万一被发现不好。侦察了好几趟，才找到一个父母都不在客厅的间隙偷偷将她送回去，像电影里演的一样。不过，我总觉得稍微敏感点的人都能猜到，只是长辈们全都喜欢装聋作哑罢了。结果，她一直睡到下午，父母紧张了半天，不知道生的什么毛病，问要不要送医院，我解释说她只是累，并没别的病因。看他们紧张的样子，又确信他们上午没起疑心。她昏睡了半天，后来我又哄了半天，她终于回转过来，神采奕奕地出现在我父母跟前。

君欣昨夜的高空抛物没造成什么后果，否则今天一早就会有麻烦了。当然，我还是得去找回那本书，它毕竟是个违法行为的证物。捡拾书本时，我发现了一个被压碎的蜗牛壳，君欣问起，我便实话实说。

她的脸唰地红了："什么？我杀死了一只小蜗牛？"

"这只蜗牛还蛮大的。"

"啊！我要去看看。"她平时对小猫小狗甚至小蚂蚁都疼爱有加，但每次因为一点小事不高兴都声称要置我于死地，我说她总是小爱泛滥而乱大义。

这一回，她又泪流满面，在绿化带里挖了个坑，埋葬了可怜的蜗牛。之后又在上面放了个花环，也就是说她又杀死了些植物来祭奠一只被自己害死的动物，最后带着伤感的微笑离开。我难以解释她的行为，更无法描述她此时的心态，只好目瞪口呆地旁观她做这一切。而我父母似乎不知道这些的，虽然就在楼上，投射距离近在咫尺，透过窗户便能看见，他们的表现就跟那些观察力不够敏锐的老人一样。

这时，我又多了一句嘴："人家黛玉葬花，你君欣葬牛……"

"胡说，什么牛啊，是蜗牛。"

"都有生命的。花也有。"

"蜗牛很可爱的。"

"跟猫一样？比人还可爱？"

拿自己跟宠物相比，实属不得已。她明白我在说什么，瞪了我一眼，不说话了，继续默默地拿那些花给蜗牛陪葬。

回学校的途中，我开始反思，双方家庭地位不对等是事实，所以君欣说得有道理，确实应该先得到她父母的认可。当然，我也可以认为自己有追求，喜欢君欣不意味着一定要接受她的富贵家庭，或者说她父母对未来的安排。现实是面对悬殊的地位，所有的调侃都是无力和不必要的。

毕业前几个月的我相当悠闲，主要精力用于帮君欣补习功课，只恨自己不是子悦，无法替她姐姐去考试。另外，我还属于大学生中零花钱最多的那一类，"小鸡崽掉进了白米箩"，所以能将清明节、端午节、毕业典礼等一切节日和活动都过成狂欢节，电影上那种不用学习整天参加各种社团活动的大学生活，便是我大四生活的真实写照，结结实实地过了一把瘾。

接到母亲一个电话，说我上次回家太匆忙，没来得及讨论正事。平时都是父亲给我打电话，此次她亲自出马，说明事情非同小可。我问什么正事？她又绕了半天，让我以为她要调查君欣的情史。可我也了解不多啊，她最好别提这么尴尬的问题。随后她又说了些君欣的好话，客客气气的，似乎当我是郁家驻鹿家大使，最后才提到：既然我要去上海工作，将来该帮我准备多少首付款，该买多大的房子才能配得上郁家大小姐？我说还没毕业，没结婚，怎么考虑起这种问题来了？母亲说："你不懂，越是普通人家的孩子，越是不用考虑这种问题，因为无解啊，而我们家是有点小基础的，托举你在上海安个窝的能力还是有，只怕入不了人家法眼。知道上海房价在疯涨吗？现在不做好准备，将来就是大问题。如果一直不出手，等个一年半载，我们能买的面积缩水一半。知道你考虑不到这些问题，让你问问君欣而已。"我发现，妈妈的年纪并不算老，她对身边发生的事情清楚得很，有简洁明快的判断力。我也终于搞明白自己的定位：鹿家驻郁家大使。婚姻就是无间道，即将结婚的年轻人都是双料间谍，你搞不清楚他会偏向哪一方，做家长的只好谨慎行事，关键时刻才出手。

不得不说，父母考虑问题还是相当有远见的，毕业那年暑假，上海房价迎来历史最大涨幅。不过，我刚跟君欣提及这个话题，她便一句话打消了我的顾虑："我妈已经为我们在杭州、上海都买好房子了，以后，上海、杭州、越阳都是家。他们说，你和盛夏只要安排好婚礼就可以了，不用操心房子的事。"事实证明，普通人的购房能力，还真入不了人家法眼。

我们上海的住所在徐家汇，两套大平层楼上楼下，杭州的则是两栋半山江景别墅。姐妹俩的职业理想从来不是接班，她们说国内的房地产行业不适合代际传承，更不要说女承母业，她们最初想成为林徽因一样的建筑师、设计师，后来由于数学跟力学知识跟不上，只好放弃了建筑师的梦想，专攻家居设计和艺术设计方向。而君欣还有过一个想法，是成为访谈节目的主持人。当然，她们的母亲作为家长，不会一味顺从儿女的想法，而是根据自己的认知与人脉资源做安排。毕业后，我和盛夏分别进了两家常年稳居全国前二十的知名房企，而子悦去了一家建筑设计院。君欣迟一年毕业，被安排在国土资源局工作。

毕业最初的两年，我总是避免与同学或任何外人谈到这些安排，但不知怎么回事，似乎所有人都了解我们的去向，而且连谁住楼上、谁住楼下都一清二楚。有的人注意力总在一些与自己无关的财富、资源分配上，似乎八卦一番，便与自己有了某种关联。这对君欣和子悦来说未免不是种困扰，实际上她们对居住环境的要求很高，如果半生不熟的朋友突然出现在社区门口，会难以应付，情绪陡然发生变化，甚至好几天都缓不过来。她们在外人跟前始终保持着和善可亲的面貌，没人知道美丽可爱的背后是什么。背后的一切，都得由我和盛夏来承受。

关于君欣和子悦的情感婚恋问题，她们的母亲跟我和盛夏在婚礼准备期间有过一次开诚布公的谈话。在君欣大学毕业后不久，菊黄蟹肥前的中秋之夜。虽早有心理准备，可是听到前两句话就感到事态严重。这或许是我们成年后经历的最重要的一次谈话。准丈母娘的这番话像桌上摆放的五仁月饼，谈不上喜欢，但大家都说它经典，总归还是要吃一点，否则没有节日的仪式感。那带有越阳口音的语句中透着些许长辈的威严，些许威严中又包裹着星星点点诚恳，星星点点的诚恳之外是深深的无奈，深深的无奈里还残留着一粒粒如坚果般的意志。

"想了很久，觉得还是要跟你俩说清楚，毕竟结婚是件大事。对我们这个家庭来讲，君欣和子悦的婚姻，跟普通人家的要求有很大不同。我的意思，并不是像外人说的那样，因为我们家多富有、多有地位，而是考虑到我们家确实有自己的特殊情况。等我慢慢讲来。我这对双胞胎出生的时候，我和他爸还是政府的普通工作人员，那时还不兴叫公务员，工资也非常低。（20世纪）90年代初流行下海，我们就跑出来做生意了，刚开始几年是赚钱的，后来都亏在股市里了。按常规的办法，欠亲戚朋友的钱一辈子也还不上，所以从1998年开始我们选择了房地产，到现在10年了，这个市场一直发展得不错。你们知道，君欣和子悦从小的生活条件还是不错的，她们从小被保护得很好，比较单纯。不过，你们可能也了解过，她们的情绪经常不稳定。"

她看了看我们的反应。我见盛夏点了点头，顿时有种不祥的预感。

"君欣和子悦高考结束被录取后，是我们全家最开心的时候。一对双胞胎都考上同一所重点大学，放在全国也许不算什么，但对于我们家来说，有特殊的意义。我和她们的爸爸高兴了大半年，这半年是我们一辈子最幸福的时光。

"直到后来接到子悦一个电话。子悦电话里说君欣闹得很厉害，原因可能是跟男朋友吵架。我一听她那个表现，太熟悉了，所以整个人都蒙了。怎么说呢，情绪的毛病容易通过情感触发。后来君欣说子悦也跟男朋友吵架了……我这个做母亲的，只能说相当崩溃。

"飞过去后，我把君欣和子悦叫到酒店。她们以为要接受我的批评，都低下了头。

"我说'大象'终于从房间里跑出来了。然后眼泪管不住了。

"子悦问，'大象'是什么啊？是不是心理学名词？'妈妈不要哭啊，我们改还不行吗？以后不闹事了。'

"她们这么大了，还是第一次见我流泪。

"我说不是你们的错，是妈妈的错。

"君欣也问怎么回事，说没听懂，'大象怎么跑出来了？不要吓唬我们，妈妈，告诉我们这只是个童话故事好吗？'

"我告诉她们，她们的外婆，也就是我的妈妈，是一个很容易焦虑的人。我还有个妹妹，就是她们的小姨，也有这方面的问题，所以到她们这里算是隔代遗传。之前不让双胞胎跟外婆和小姨有太多接触，就是这个原因，所以她们不了解这个情况。她们小时候都没问题的，否则也考不上大学。她们考上这么好的大学后，我还以为安全了，以为这个毛病到此为止。但是，这个毛病像'房间里的大象'，它是一直在的，我们视而不见，内心里却无比恐慌。现在她们有了症状，就是'大象'从房间里跑出来了，藏也藏不住了。

"君欣说，'我控制不住自己，生气的时候，想法跟平时正好相反，不能做的什么事情，我偏要去做。还有，妈妈，生气的时候整张脸都是扭曲的，好丑啊。能不能帮我们把病治好啊？妈妈，求求你了，真的好痛苦，我宁可什么都不要，就像普通人家的孩子那样。'

"我没法回答这个问题，只好说'我带你们去看医生'。

"子悦又问'妈妈，为什么你没这个毛病啊？'

"我说'不知道，概率吧，妈妈自己没事，但是遗传基因害了你们'。

"君欣说，'既然是遗传的，也不应该怪妈妈，只是我们运气不好。也不是运气不好，妈妈给了我们需要的一切，世上没有完美无缺的事。'

"于是，我们母女三个抱着痛哭了一场，从来没有过的。

"我带她们去看医生，医生说就是这个毛病，遗传的，跑不了。这个毛病最大的问题是给身边最亲近的人带来麻烦。在这个世界上，并不是所有的疾病、所有的患者都会得到别人的同情。如果得了双相情感障碍（躁郁症），别人不只会嫌弃，还会觉得患者的品行非常差。

"可是我照顾不了她们到老。不管什么样的孩子，长大了总归要结婚成家的。在我们老家，傻子长大了也要娶妻生子的，何况她们不是傻子。所以我会问她们，都交往到什么男朋友啊？对方性格脾气什么样？家世背景什么样？一听到什么官二代、富二代，我说算了，这些小伙子要么一门心思往上爬，要么一门心思搞钱，哪有心思来照顾你们。事实证明也是这样，她们两个都是因为谈恋爱开始闹情绪的。

"后来子悦说有个同班同学叫盛夏，人挺好的，一直照顾她。又说君欣找的男朋友也很会照顾人，又上进。我说蛮好嘛，学校里谈的总比外面找的好。我们家人都是这样，知根知底的好，我跟她们的爸爸还是中学同学，后来一起上大学一起回老家工作。所以我赞同你们交往。你们学习成绩都很好，鹿江是教师之家出来的，盛夏父母还是公务员，卫生局对吧？盛夏？"

盛夏点点头："是的，妈妈。我爸是卫生局的，我妈在防疫站工作。"他的这句话让我想起了某位竞争对手。盛夏也太会奉承钻营了，这时候就改口叫妈妈了。作为相同境遇的一个男人，哪有退路啊，接下来我还怎么称呼君欣的妈妈呢？

"没错，我去成都的时候见过，人都很好。"

我们家除了退休的外公，都不是公务员，似乎棋输一着。事实上教育和卫生行业差异不大，不过这不是重点，人在紧张的时候容易走神，才关注这些题外话。我第一次见君欣的妈妈这么完整地讲述一个故事，她作为一个生意人，居然能讲出"房间里的大象"这种抽象的词语来，让我感到意外。另外，多数浙江人并不像北方人一样擅长讲故事，加之普通话比较生硬，能把生活中的事情表达出来已经不错了。浙江人之所以给人印象比较直接干练，主要原因还是口才不太好，只能说该说的话，多余的修辞一点儿没有，至于骗人，不存在的，编故事需要绘声绘色，实在做不到啊。之后的话，我不太记得细节了，大概意思是要我们好好照顾君欣、子悦，她们做不了太细致的事，但并不是天天发脾气的。家里会帮助我们事业成长，未来是我们的也是你们的，但终究是你们的……

这是一次摊牌，可没有不接受的余地。盛夏和我都已经有心理准备，如果想提出异议，也不该是现在。我当时应该也有点头，但没说什么话。怎么说呢，像是中学时班主任找学生干部谈话，总归是布置任务为主，恩威并施。盛夏听得比我认真多了，难怪君欣说他很乖。

当晚我做了一个梦，梦见自己总也毕不了业，像进了另一所学校，丈母娘是老师，君欣是我的同桌，前排是盛夏和子悦，当下盛夏比较听话，而我有点儿调皮。我们的工作是一门又一门的功课，可是，我已经不想上学了啊，有时候觉得自己也可以做老师了，我的自由呢？

君欣睡不着，便将我唤醒来陪她。我把这个幼稚的梦讲给君欣听，她问我为什么不想上学，是不是害怕考试。我说倒不怕考，我总能考到前面去，只是觉得上学没自己做点游戏什么来得快乐。她说："那么我每次生气你当作考试好了。"我说考试太难了，这些题我根本不会做，梦境过于痛苦。问我梦见什么才快乐。我说有时梦见很多小朋友一起玩，我当老大才快乐。她又问当中有没她。我想了想，说好像梦里面没女生。她说"你又不带我玩，才不要做你的同桌，你去找你的小伙伴吧，转学也可以"。我见她有点不高兴了，便哄她说我们可以创办自己的学校，她来做老师。她说做不了老师，做学生时害怕考试，做了老师也肯定不想去考学生的，不如我带着她一直逃学好了。可是，逃学做什么呢？她说"我画我的美少女战士，你玩你的游戏好了呀"。

好了，不能再说但是，说这种恋人间的清新可爱话也会引发情绪。我已经有经验了，不管是现实的还是虚拟的玩笑话，都得顺着她，否则容易爆发。

怕什么来什么。

君欣又忧心忡忡地说道："盛夏已经改口叫妈妈了，我在一边观察了你的表情，好像还有几分不乐意？"

我连忙解释："我是想，生活要有仪式感，等合适的时机再改。"

君欣："去你的仪式感，什么时机？非要等到婚礼上改口吗？当初你要我的时候怎么不等？今天我妈话都说到这份上了，你居然还不表态。她从来都说一不二，你还真把自己当根葱了？我还以为你只是腼腆，才开不了口呢。"

"别生气，我明天就改。"

"明天？过了这个时机，气氛就不对了啊。"

"有什么不对啊？"

"你想想，妈妈今天眼眶都湿了，就是气氛到了，盛夏这时候顺着叫妈妈，多感人啊。明天早上起来吃饭，你在大厅里突然叫句'妈妈'，所有人都会觉得尴尬。男人把丈母娘叫作妈妈，就是表示始终跟自己的妻子站在一起，'你的妈妈就是我的妈妈'，表示有同理心啊。我和子悦只见我妈哭过一次，就是我妈去大学看我们那一次。昨天，她连这个细节都讲出来了，眼泪都快出来了，你要是有同理心，就该那时候叫妈妈。等到明天早饭叫妈妈，那不成了'有奶就是娘'吗？那时候所有人都会觉得你虚伪。"

她居然觉得盛夏昨天的改口很感人。唉，原来，人们非但悲喜不能相通，连对甜言蜜语的感受也不能相通。

君欣继续道："你不改口就算了，还说什么总也毕不了业，像进了另一所学校，还不想上学。话说我们这所学校，是想上就能上的吗？"

"那不是做梦嘛！只是看你睡不着，觉得这个梦有趣，拿出来讨你开心而已。"

"有这么讨人开心的吗？这叫讨人厌！"

我只得停止解释，并道歉再三。不过心里还是不服气，想着君欣也没改口叫我妈为'妈妈'啊。我居然还没意识到，自己应该彻底放弃对等的想法。这已经是君欣最讲道理的一个晚上了，她以极大的耐心抑制住了自己的情绪爆发。今后再也没这样的好事了。

她还是睡不着，突然说起一个人名，说这个人也很坏，我想这个人大概跟我一样不解风情，但又不知道这个人是谁，明星还是书中人物？虚拟的还是现实的，只好回应"是吗？"

她觉得我在敷衍，我便问这人是谁。她便爆发了，她说我是明知故问，故意找碴。可我真不知道这人是谁，更不知此时该怎么做。只得立即停止解释，又道歉再三。

后来时间长了，每次遇到这种情况，我会逼迫自己强忍倦意，装着很仔细听讲的样子，对她的故事很感兴趣，并且避免讨论她提到的人名。如果这个人名实在绕不开，才会趁她开心时很有心机地问一句，刚才提到的这个人叫什么来着？然而这种用心并不会每次奏效，只要有提问，语气不够精巧，她便有发作的可能。

白天丈母娘的谈话，和今晚君欣生气时的对话，我当时觉得无论如何都不能对我父母讲。君欣的小毛病只是一个美丽的烦恼，与她相处的时间里90%都是快乐的。严格地说起来，每个人都有遗传病，只是表现的方面不同而已。什么肿瘤、糖尿病、心血管疾病就不说了，单拿性格和精神方面来说吧，总有人缺心眼，总有人好冲动，总有人一肚子坏水，而这些毛病君欣都没有。她只是被遗传了几个"不好"的基因，导致多巴胺分泌出现问题，容易情绪低落或者亢奋而已。虽然她生起气来我度日如年，可生活不就是充满缺憾吗？哪有真正的万事如意啊？总有一些路需要自己独行，总有一些危险在父母视线之外，我又不是妈宝男，有什么事情可以自己担当，不想告诉他们，让他们担心。年轻就是好，我总以为自己什么困难都能克服。

当时的我不明白，婚前90%的快乐，婚后会变成10%；而那不快乐的10%，是会迅速扩展成90%的。事情的反转往往只隔一张纸，也就一张结婚证的事。

对于自己的学习能力，我从不怀疑。针对君欣的症状，我也查询了很多资料，我确信，自己比大多数医生更有应对经验。有的精神科医生见到处于发作状态的君欣只会喊："别在这里吵了！"他们做的治疗方案在我看来只是开开药、打打镇静剂，并没起多大作用，至于什么心理咨询，良莠不齐的。这个领域过于隐秘，无法形成真正的衡量标准，有的心理医生自己也有心理疾病，情况就会变得异常复杂。我知道有的心理医生喜欢打听隐私，喜欢了解私生活，君欣不止遇到一个，有几个还建议我们一起接受面诊，有的所谓心理问题几乎就是生理问题，令人难以启齿。

比如有个心理咨询中心，那里的医生几乎不开药，以谈话治疗为主。

医生："你们性生活正常吗？"

啊？这么直接，连个隐喻都不用。不过还好，没跟上一个医生一样用"夫妻生活"这么古早的词。

我看了看君欣，示意她先说。

"正常。"

医生："频度呢？一周一次？"

君欣不想回答，又看了看我。

我想了想，究竟是撒谎呢，还是说实话？为了君欣的治疗，还是说实话吧。

"已经隔一个月了。"

医生："啊？这样也算正常？"她看了看君欣，"分析过什么原因吗？还是说就是不想？"

君欣："我觉得……我觉得是没想起来。"

我："不是这样的，医生。前几天她还拒绝我。"

君欣急了："什么时候？你说这个。"脸也红了。

医生笑道："没关系的，你让他说好了。这个有利于我判断你们的情绪变化规律，更好地帮助你。男生要是一个星期都不提要求，就不正常了啊。"然后转向我，"然后呢，你有没有做什么努力？"

什么努力？难道我要霸王硬上弓吗？

"哦！她说'哎呀'。我看她不想，就算了。"

医生扑哧一笑："就这样啊？"

君欣："我觉得是他没有营造好的氛围。"

我惊呆了，什么氛围？难道我们的卧室不够温馨吗？难道我不够温柔吗？记得好多次，还特意准备了君欣喜欢的日本纯音乐，甚至烛台和甜点啊……

医生一下子来精神了："说说，你认为什么样的氛围比较合适？"

君欣："比如给我买个包。"

我大大地松了一口气，君欣终于给我解围了，不关我的事，谁家天天买包啊？医生赶紧给她开方子吧，什么都行，别再问了。

医生："这个要求有点高。你要知道，适当频度的性生活，特别是有质量的性生活，有助于缓解症状。在中世纪的欧洲，有的医生是从这个角度来治疗的。你们可以看看资料……比如电影《红色恋人》里，女主角为了让男主角安静下来，采用了这个办法；欧洲还有部电影叫作《歇斯底里》……"

前面说过，我们跟很多大学生情侣有所不同，从未在外面租房同居过，朝夕相处的时间仅限于为数不多的几次旅行和期末复习冲刺，所以我觉得君欣提到的情绪失控并不频繁，甚至认为偶尔发泄和吵闹会促进相互了解和信任，这些小事都会成为我们之间的秘密，成为不可替代的独特经历。没冲突，怎么能将内心的想法完全暴露出来呢？人只有在激烈冲突中才会不假思索，将潜意识表现得更直白啊，所以我一直很怀疑所谓"相敬如宾"的说法，说白了这是两个人都隐藏了一片"秘密花园"啊。虽然保持距离也是一种相处之道，但在亲密关系中要做到这一点确实很难，除非在心理上根本不够亲密，始终刻意向对方关闭自己的内心。婚姻跟情感确实不是一回事，不过对我们来说，两者交融一体很难区分，主因是她的情绪在亲密关系中根本无法保持克制。

后来君欣还承认，她知道自己无法控制亲密关系中的情绪，所以上学期间，刻意控制了我们的相处时间，以免影响我们之间的关系。比如有一次去盐官观潮，其他同学都是在景区的普通看台上等候潮水，只有我们另外购买了茶座的门票。茶座里环境虽好，气氛差了不少。空气炎热潮湿，君欣很快疲惫了，她说想独自休息一会儿，让我去跟同学们会合。我正求之不得，跑去岸边跟同学们会合。潮水过后，大家都退场了，君欣才缓缓走出来，当时我以为她中暑了。君欣回忆道，那一次她觉得自己情绪要爆发了，故意将我支开的。她对自然界很容易审美疲劳，尤其是在嘈杂的环境中，所以从不去凑热闹看日出什么的。

她几乎天天做噩梦，直接原因跟睡姿相关，比如自己的手臂压住了胸口，或者卷了厚厚的被子压在胸前。假如君欣独自入睡，醒来时被子至少旋转90度或180度，且经常呈现不规则的扇形分布，要么是人转了个方向，有时枕头掉在地上，有时整个被子滑落在地，最夸张的是人也会摔下来，哪怕两米宽的床。总之，像斗殴现场。为什么无意识中也会产生比普通人更多的错误呢？医学上将普通人排除风险的能力叫"避错倾向"，而躁郁症患者这方面的控制能力比较弱，导致行为不自觉地偏向于错误方向。也就是说，什么行为最不理智，病人偏要往这方面靠，直到钻进死胡同，让自己气愤不已，最后爆发歇斯底里的症状。

有天夜里，君欣"啊"的一声大喊，全身颤抖，像恐怖片里被异形追杀的一个小女孩。

我去抱她，身体一接触，她更恐惧了，继续大叫。

我轻声地唤她的名字："小欣，宝贝，别害怕，我是鹿江。"她才醒过来猛地抱着我大哭。

"你梦见鬼了？"

"我做噩梦了。"

"别怕，我去给你倒杯水。跟我说说，鬼什么样子？"

"没看见。啊，你要听我讲吗？"

"嗯。"

"刚才梦见上课，老师要抽查作业，我躲在角落里不出声。然后不知怎的发现自己藏在被子里了，心想这下好了，没人能找到我。可是，黑暗中突然有个力量拖我被子的一个角。我拽紧被子，它更加拼命扯，我很快要被它拖出去了，就大喊一声：'啊！'真是太可怕了，我吓死了，心脏都要跳出来了。"

就这？！晕倒，如此普通的梦境。我刚刚被她的喊叫声吓着了，感觉世界末日来临，以为她受了多大的刺激，居然告诉我只是梦见老师检查作业？至于拖拉被子的鬼，实际上只是她将大半个被子踢下了床，重力作用在梦中的反馈而已。我不禁感叹，唉，连噩梦都做得这么可爱。

君欣恢复过来之后有时会说："鹿江，辛苦了。没有你我真的不知道该怎么办。幸亏有你，把我照顾得这么好。可是这下去，我胖得连婚纱都穿不上了。你不会抛弃我是吗？你会这么照顾我一辈子吗？"

听到这样的话，我的心都要化了，便深情地对她说道："不会的，小公主的婚纱只要深呼吸就能穿上。

"抛弃这个词怎能轮到我来说？

"没关系，这不是你的错，是基因的错误，是你妈妈，哦不，是外婆，也不是，是很久、很久以前，先人遗传下来的，跟你没关系。我会一直照顾你的。"

然后她会说我太好了，太温柔了，这辈子遇到我太幸运了。可是下一轮发作时，她会以此攻击我很"娘"："你是不是同性恋啊？"再往后，她开心时说的那些夸人的话，我也不当回事了。

科研工作者估算，双相情感障碍在女性中的发病概率要高于男性，大约四分之一的女性有轻度症状，至少二十分之一达到人们通常以为的疾病程度，需要治疗。不过，我对所谓的治疗一直心存疑虑，我认为多数治疗方案都是治标不治本的，比如镇静剂、电击疗法，对于君欣、子悦这样的患者来说副作用大过疗效。幸好丈母娘跟宛平南路600号的医生早有合作，否则我和盛夏就说不清楚了。这些经验都是用青春和健康换来的，是无数个通宵，以及我们头上的无数白发换来的。可惜，外人对于这些经验毫不珍惜，因为他们还没陷入狂躁、抑郁中，或者暂时没有遇见这样的病人。

去宛平南路600号，每次都是艰难的决定。刚开始，我跟盛夏都会征求丈母娘的意见，她同意的情况下我们才拨打120。仅凭我们两个的力量，很难将她们带去医院，除非她们主动要求，这样的机会少之又少。至于治疗方案，我们也会详细地向丈母娘汇报，确保一切可追溯，双胞胎清醒之后会认可。

对于电击疗法，我和盛夏都有一个缓慢的认知过程，刚开始以为这是一种类似酷刑的不得不采用的办法，后来才发现它的安全性和效率都很高。只不过频率高了，效果就减半。

君欣曾经对我描述过电击疗法的感受——

"其实进入治疗室要先麻醉的，不是像电影里那样被大家按在病床上。现在科技进步了，电击的安全性也越来越高。你知道吗？电击后的感觉，就像大脑重启。比如电脑发烫、死机，或者要崩溃的时候，你关机、重启，一切都重归于好。当我醒来之后，有一种新生的感受。它把我从狂躁的状态中解放出来。

"最早做电击疗法的时候，我以为自己会丧失记忆。等在治疗室门口时，前面出来一个小病友，他很夸张地对我说，他什么都不记得了，把我吓了一跳。医生在一旁笑了笑，就跟那个小朋友说：'刚才这会儿，你妈妈已经帮你把小海报画好了。'小病友高兴地跳起来：'我就知道，妈妈一定会帮我做的，昨天晚上她跟我一起看的《功夫熊猫》。'原来他什么都记得，只是现在轻松了，心情好了，要将之前负面情绪那一段有意识地略过去。这就是所谓的失忆。

"作为一个有经验的病人，对于双向循环是怎么回事，我是很清楚的。多巴胺分泌出了问题，自己怎么也快乐不起来，开始对身边人鸡蛋里头挑骨头，并且把自己的情绪逼到死角里……电击疗法过后，就像早晨从噩梦中醒来，被扼住的喉咙突然通畅了，深深地吸了一口气，转过头看到窗户上的阳光，一切都变得可爱了，没那么讨厌了。昨天晚上的那种石墨的苦味没有了，闻到的是被子晒过的香味。电击疗法就是那么神奇，可以将当下不好的情绪瞬间隔离开来，一切忧伤和愤怒就像发生在昨天或者更加久远的过去一样。这不就是失忆的感觉吗？不过也可能真的失去了某些记忆片段，比如我的衣服好几次都买重了。可是我认真想了想，似乎接受电击疗法之前，也出现过这样的情况，也许局部失忆是'双相'本就会出现的症状。"

类似君欣和我、子悦和盛夏的故事，如果不小心泄露在网上，网友们一定会天马行空地猜想：诱发精神病"元凶"；将有钱的妻子送进精神病院；邪恶的赘婿；财产控制权争夺之战……然而什么是精神病，没几个人能说得上来。相对于君欣和子悦，我更倾向于将盲目发言的网友称作病人，他们思路过于简单，相当于思想界的腔肠动物，经常在自己不擅长的领域发起网暴，言论的社会危害性极大。还有的网暴者基于获利目的，故意歪曲事实，引导舆论。说实话，真正的罪犯不一定在监狱中，而监狱中犯人也未必罪大恶极。这并非为我自己辩护，而是在描述客观事实。

四、高金班

　　等待毕业的那段时间，君欣在商场的宠物店看中了一只刚出生不久的加菲猫。她一直很喜欢小猫小狗的，因此寻了我某句话的不是，闹着让我买猫。

　　我说："买猫容易养猫难啊，最后你还得把它送走。"

　　"之前因为住宿舍没法养，现在可以了。"

　　"现在不一样住宿舍啊？"

　　"你啊，你可以在上海帮我养啊。"

　　于是，我花8000元供了个"祖宗"。它总是喜欢爬到床上来睡，偶尔还会尿床，怎么赶也赶不走，将房间弄得骚臭无比。她给这只猫起名"灰蒙蒙"，我认为这是一个无创意且过于直白的名字，但她喜欢，说宠物的名字跟人的小名一样要随意，更好养活。我调侃道："随意也好啊，俗一点叫二狗、翠花，雅一点叫苏格拉底、柏拉图、亚里士多德。"她说："别搞得跟电视剧里一样俗，给宠物起哲学家的名字，我起的名字中有叠词，可爱担当，头一个字表示色彩属性，有什么不好？"我因此信了她，有如此爱心，一定会好好养猫。

　　我们三个还没等君欣毕业便开始筹备婚礼。我认为盛夏的想象力不够，他安排的婚礼相当平庸。其一是去欧洲婚纱旅拍，第二项是在越阳举办三合一婚礼。所谓三合一，指的是男女双方共三家人的婚礼一起办，如此可以缩减环节，避免疲惫。旅拍很简单，那几年特别流行，请个摄影师跟着我们去拍婚纱。我们四个一起旅行没毛病，相互照应，但跟个摄影师算什么？不过他这个设想一提出来，立马得到君欣和子悦的一致欢呼认可，我还能说什么呢？为了君欣能够开心，我恨不能戒掉口语中"但是、可是"等带有转折意味的连词。

只要超过三天的旅行，途中君欣一定发作，症状轻重而已。子悦也差不多，一旦审美疲劳，会觉得生活好没意思，这个世界很无聊。她们两个对自然景观没什么兴趣，跋山涉水容易引发情绪。最麻烦的环节是换婚纱，需要束腰，一个人完成不了，且耗时长。经常是衣服穿上了，兴头早过去了，一脸疲态，这时摄影师再要求做什么动作表情，一概难以配合。幸好她们说婚纱有几张够了，后面都拍生活照，就随意多了。

盛夏和我费尽心思寻找旅行中的兴奋点，比如当地特色的表演、餐饮小吃，不太费力即可抵达的风景。她们的情绪也不是很有规律，比如在瑞士，我们以为她们的体力无法支撑一整天的高山滑雪活动，结果恰恰相反，她们相当兴奋，一直玩到天黑，工人前来清理滑雪场还不愿离去。第二天没太阳，双胞胎性情大变，大家在酒店窝了一天，三餐都是服务生送到房间来的，她们也没洗脸，没换衣服，披头散发，像个幽灵似的在房间里游荡，不时向各自的未婚夫咆哮，便很像病人了。

在戛纳海滨，姐妹俩去换泳衣，很久都没出来，盛夏甚至顾不上他是我手下败将，主动邀请我下盲棋。我很担心姐妹俩等会儿出来之后跟换了个人似的，万一闹着要回上海怎么办？她们已经开心了两天了，这第三天很可能会爆发。回想起来，姐妹俩盲棋能力的退化也跟疾病相关，只是到了年龄才体现出来。正当我纠结该如何熬过这一关，输了两局的盛夏开始主动与我讨论对策。

盛夏说子悦有时候会把自己锁在洗手间里一两个小时，一会儿看手机，一会儿洗澡，怎么叫她也不愿出来。我说那还好，君欣会把洗手间里的东西都扔在地上，还将整瓶的沐浴露和洗发水倒进浴缸或马桶里，一不小心把自己滑倒了……谈及姐妹俩的表现，还是可以同病相怜的，何况在这个沙滩上，除了我们几个没有其他可交流的对象。虽然我对盛夏向来是有成见的，他的言谈举止中总有一种小城公务员家庭狭隘可笑的优越感，以及不可避免的视野局促，在我这种"玄学"科班出身，将"自由无用的灵魂"看得无比高大上的人眼中，简直像深井里头眼泡总是昂扬的青蛙，甭管他后来是否真的成了王子，都摆脱不了我对他的鄙视。正因为如此，一路走来也缺少同盟。

但那天她们并没有立即爆发，从更衣区出来后便冲向欢乐的大海。

后来回到沙滩椅上，子悦和盛夏两人还讨论起如何清理肚脐眼里的积垢问题，并且提出了若干种方案，一本正经的样子仿佛在讨论某个建筑设计项目。子悦最后还向君欣总结介绍了一种简便可行的办法。君欣只得点头。然而还是盛夏行动力最强，他立即遵循子悦的方法，从她的包包中掏出一个奢侈品商店送的指甲剪、修眉小礼包，从中取出一个精致可爱的小镊子，现场帮她清理肚脐眼。哎呀，这是在撒狗粮吗？简直难以想象。不过也可以理解，沙滩虽是公共场合，但沙滩椅算私人领地，否则大家为什么穿那么清凉呢？相比某些裸着上半身的西方女孩，他们的举止并不算什么。何况在国内、洗脚、修指甲、推拿、按摩也都是半裸且半公开的。君欣在一边看着都脸红，转过头来对我挤挤眼便开始假寐。我可没这么细腻的本领，难道要去帮君欣推拿、按脚以示对等？似乎有东施效颦的嫌疑。虽然她们是双胞胎姐妹，但我和盛夏并非兄弟，没必要事事对应。于是我转身去了服务站，取了几听可乐默默地放在大家的茶几上。

之后，子悦还欢乐地回忆起大学时光。

她与盛夏同校而不同院系，他们相识于大一的国际课程周活动中。课程由本校建筑学院以及德国某大学联合举办，主题是"我心目中的城市"，每个学生都需要用英文发表演讲。子悦的发言给盛夏留下了深刻的印象，他觉得子悦表达能力和英文能力都很强，形象也好，于是一阵猛夸。子悦则被盛夏"丰富"的历史地理知识所折服。有一次，盛夏邀请子悦去旁听一个房地产行业协会的座谈会，据说这个座谈会只开放几个学生名额。他在女生楼下等子悦，子悦换装一般需要半个多小时，这次却很快，几分钟便下来了。盛夏去牵她的手，她却很惊讶地将手缩了回去，一脸陌生的表情，"你是等子悦的吧？她还要一会儿才下来。"原来是君欣，盛夏这才知道子悦还有个双胞胎姐姐。会议结束后，有一个参会代表热情地向旁听座上的子悦打招呼，还给她带来了家乡特产。盛夏后来知道那人是子悦的母亲特意安排过来的，而且这家公司还是协会的副理事长单位。

君欣也很兴奋，她把我赴"鸿门宴"拍玻璃杯的英雄壮举又讲述了一遍。不知为何，君欣这时讲述故事的神情跟以往有很大差别，甚至连她身上的气息都不同了。记得"鸿门宴"那天晚上，我坐在车的后座上，以最大意志遏制住自己胃中翻腾的酒水，使它不至于漾出喉咙，幸好旁边的君欣一直在搀扶着我，正是那一缕缕无以名状的芬芳压制住了我身上的酒气，才不至于让我表现得狼狈。如今却大不一样了，她眉飞色舞地重复着那些经过加工的细节，像在讲述某个成语故事，时而让我感觉自己像个历史人物一样光荣，时而像童话里的小丑无地自容。渐渐地我也忘记了事实和真相，究竟自己拍碎了几个杯子呢？反正当时也喝醉了，数字不重要，君欣开心最重要。

直到在尼斯乘上火车后，我们才发现子悦眉头紧锁不说话了，而君欣则将帽子盖着脸睡觉。第二天，她们果然闹着要提前回国，我与盛夏费了许多口舌都不管用，最后还是巴黎街头的奢侈品商店将她们留住了。

我终于明白盛夏如此安排婚事的原因了，任何有想象力的活动，都必须有新娘的深度参与才能完成，而过程越复杂，她们坚持下来的可能性越小。盛夏安排去欧洲旅行，也是出于这个考虑。只有拍婚纱的环节绕不过去，于是他安排旅拍，以跨国旅行的兴奋点覆盖无聊的拍摄流程，在设施完备的城市里找个博物馆逛上一个小时顺带拍照，然后回酒店休息。原来这小子还是有点想法的。

回国后，三合一婚礼的进行也算顺利，没发生新娘子由于恐惧仪式繁复而逃走的新闻。由于婚礼规模空前，各方面协调的难度也是空前的，宾客集中的同时，风险也大大提高。为了提升她们的体验，当天只有我和盛夏站在现场迎接亲朋好友，而她们则藏在房间里休息。外人一看，像两个男人的婚礼嘛，所以我总是往后退，或者往幕布边躲，跟盛夏保持一定距离。可许多客人都是共同的，有的还要求一起合影，我的脸上不得不堆上笑容，真是尴尬。直到婚礼开始，两个一模一样的新娘突然出现在草坪上，成为一道奇观，我们才松了一口气。她们也因此得以在精神饱满的情况下获得最优的曝光效果，得到最多关注。只有宴会环节，她们才由于需要接待众多女宾而感到一点疲惫。不过当晚，君欣还是很纠结自己在白天的表现，多少有些焦虑。我只得不断地跟她说，她们是越阳历史上最漂亮的新娘，从此小公主过上了幸福的生活……诸如此类换作平时只有幼儿园小朋友才信的话。

婚礼的顺利进行也给我带来了错觉，以为今后遇到任何问题都能闯过去，事实正相反，后来她每次发作都像过烂泥潭一样惊心动魄。那种深陷其中，急切而不能自拔，愤懑而无法发泄的状态让人感觉生不如死。虽然多数人生都难觅意义，然而我并不想这么熬过毫无价值且完全负面的日日夜夜。

君欣和子悦喜欢购买漂亮的衣服和包包，并交换着使用。开始我认为，所有女孩子都是喜欢这些东西的，也可以通过选择和打扮提升自己的审美。时间长了，发现她们买东西并不是为了使用这些物品，而纯粹是为了获得新鲜感，用以压制莫名袭来的情绪变化，而太便宜的物品不足以形成有效刺激。她们的衣服和包包多到连自己也记不起来，有一年整理师来给君欣的衣服包包保养时才发现她有好几件东西都买重了。衣服买重了可以跟子悦换着穿，买得不合适就麻烦了，会被永远冷落在柜子里。比如她的博柏利大衣不下十件，这些单价万元以上的服装衣袖都要长出一两寸来，因为那是欧洲人的尺寸，拿去给裁缝整改之后，又不可避免地会出现少许皱痕。有一次，我居然傻乎乎地问君欣，博柏利在中国销售这么些衣服，难道不能按中国人的尺寸定制吗？商家难道不懂得同样身高的欧洲人手臂比亚洲人更长吗？难道我们花了十几万还买不到一件合身的衣服吗？话刚出口，我后悔了，这些抱怨话可以对别人说，但不能对她讲。她需要的是肯定，无论如何，购买行为已经发生了，她与商家已经形成了"声誉共同体"，需要有人在旁边说好听的话，否定商家就是否定她。果不其然，她一听急了，说我这是典型的经济适用男思维。眼看要发作，我连忙将话题岔开，哄她说博柏利的衣服不如她设计得好，将来她一定会成为顶级设计师。当然，我不会总是这么好运，大多数情况下，只要说了类似的话，她至少得闹腾上一天一夜。我终于明白为什么福楼拜笔下的包法利夫人最终走向了毁灭，主因就是躁狂症，但钱多的话，她可以不必死了。

上海房子里已经装不下这些衣服和包包了，于是盛夏又找人在杭州的两栋房子里分别安装了许多柜子。

我并不觉得这是一个好主意："这样一来，她们买东西的时候不更无所顾忌了吗？"

"算了，她妈妈说过，只要是钱能解决的问题，就不是大问题。"

"可君欣这段时间每个星期购物费用都好几万。"我停顿了一下，"还是挺吃紧的。"

盛夏沉默了。我知道，君欣和子悦每个月都会收到她们妈妈给的零花钱，但我并不想让君欣从家里拿钱，何况她花钱无度，不够了再去要，会很没面子，毕竟她已经结婚有了自己的小家。虽然我们的收入跟一般的打工族相比已经不少了，而且不需要养房子，但薪金收入还是无法支撑君欣的购物欲，我得想办法赚钱。

还有一个情况是，婚后没两年，君欣和子悦先后辞职了。对她们来说，稳定的上下班时间和工作流程无疑是种折磨。为了让她们有收入，她们的妈妈还在自己的公司里虚设了岗位，她们可以做一些建筑设计工作，情绪不好时也可以什么都不做。君欣的设计主要偏向室内，特别喜欢做一些造型奇特的橱柜，另外她还喜欢时尚设计，比如设计帽子和服装。服装设计是几乎每个女生都尝试过的，并不足为奇。

另外，丈母娘还让她们参加了一个全部由富太太组成的哲学与女性智慧学习班。君欣并不想去，因为她大学里已经学了三年哲学，按说给富太太们上课也没问题。"是让你去学哲学的吗？"做母亲的反问道。君欣明白，有钱人送自己的太太去上学，只是给她们安排一种有约束力的社交活动而已，并不期望她们学到什么知识。她们进自家企业未必能起到正向作用，更谈不上接班，在外创业又容易被骗，四处游逛或待在家里没事做都容易弄出乱子来，读个哲学班，会被课堂上传授的一些认知限制住，不易做出格的事而已。对于绝大多数这个层次的家庭来说，家庭成员的情绪稳定是一笔极大的财富。可事与愿违，这些富太太聚在一起只会攀比，无形中拉升消费。所以姐妹俩购物频率虽然降低了，消费金额反而大幅上涨。再次证明，说教的力量难以长久，远不如潜移默化来得直接有力。

此外，学习班里有很多活动，大多由学员自己组织，君欣和子悦便牵头举办艺术展，以校方的名义邀请业内名家参与。这样的活动当然会得到校方的鼓励，可活动只是赚个人气，收益寥寥，所以亏空大得很，一次展览下来，惊动了她们的父母。就在我和盛夏以为她们的铺张行为将会得到遏制时，意想不到的事情发生了，丈母娘支持她们成立文化艺术公司。

一次活动，盛夏帮子悦处理一份资料时偶然发现她的文化公司注册资金1000万，然后他又好奇地看了看打印的银行对账单，公司账户上可不止1000万。可是丈母娘明知道双胞胎不善于经营啊，这是为何？盛夏打算找机会去跟丈母娘谈谈。我也想跟君欣好好说说，商业是商业，不能因为冠以文化的名义，受了别人几句好话，就将大把的钞票往外扔，做慈善也比这个强。

君欣名下也有文化公司，但她和子悦一样从来不理账目，所有细节都由地产公司的财务总监指派人员处理。后来我偶然看到过一次银行流水，被上面的数字震惊了，一切都明白了。盛夏跟我嘀咕过两句，他认为子悦和君欣不该在文化艺术公司中作为法人或股东出现。我也这么想，可君欣说这种事情外人担任法人代表可能会有更大更直接的风险，何况权利和义务是对等的，哪怕在家庭内部。以君欣的日常消费用度，不如此根本兜不住啊，我们只好闭嘴了。

盛夏也想过创业方案，比如做个建筑设计或家装设计类的App（指手机应用），可子悦、君欣都认为没什么商业价值，她们觉得在房地产领域的任何创业想法，如果脱离了土地，都掀不起什么浪花来，倒不如跳出这个圈子另寻路子。当然，盛夏是学建筑的，坚持他自己的专业方向也没错，而我的大学专业跟这个行业毫无关系，倒是可以海阔天空地畅想。

如果说赚钱和创业只是为了满足太太的高消费，格局未免太低，应该说高消费只是让我想创业的愿望更加迫切而已。大学时的梦想呢？人生价值如何实现呢？

不着急，每一步都没脱离既定计划。我的职业规划实施得很顺利，每两年换一个公司，六年后开始创业。因为我估算过，两年便可以把一家企业和一个行业的核心运作机制学到手，所以我先后进了房地产公司、互联网公司、金融公司，这也是近十年来诞生富豪最多的三个领域，依次担任前期部主管、销售部部长，以及投融资副总经理的职位。六年来，我积累很多经验，认识了很多人，一定比盛夏多。我知道这一切得益于我的婚姻背景，也从不否认这一点。我也知道这些年总有人忽视我的努力，说什么吃"软饭"，似乎如此羞辱我便可以掩饰他们自己的失败。没关系，我并不依靠他们获得成功。总有一天，我也不必靠丈母娘的光芒获取资源。所有的大获成功，仔细分析起来都是借力打力的结果。我并不是一个野心家，只是觉得自己的能力和努力配得上背后的资源，无论它们是谁给予的。而给予我资源的人，终将得到回报。

话说跟君欣在一起，我确实得到了提升。我获得的每个职位都跟这个家族相关，别人一打听背景，就愿意跟我合作。陪同君欣拜访各种亲朋好友，出入各种高档酒会，也会给自己增加人脉资源，这便叫作借力。另外，高消费客观上也会带来更高的视野和品位，我甚至觉得住豪宅、开豪车跟读书一样可以"陶冶情操"。读书可以获得知识，跟学识渊博的人达成共识，住豪宅、开豪车可以获取体验，跟有钱人达成共识。穷人是无法理解高消费市场里的运行规则的，只有消费升级才能触及更高层次的商业机会。当然，这些话我永远不会在同学聚会时说，避免大家认为我很拜金，说我娶了富家千金便"脱离群众"。跟昔日同学们在马路边吃烧烤喝啤酒时，我会告诉他们：其实车只是一种代步工具而已，能用就好，太复杂了开起来反而不方便；住豪宅也没什么意思，一个人只能占半张床，保姆住家的时间都比自己长；有钱不过是一种数字游戏，并不能让人减少烦恼。他们听了很开心、很满足。我说的只有最后半句是真的，君欣有时真的让人烦恼，不只是烦恼，应该说是痛苦。

在第三家公司，一位高级副总裁推荐我进入某高级金融学院学习。他说，你想要的一切资源都可以在学院甚至班级内找到。我很感谢他的引荐，于是去报名了。君欣并不很赞同我去读这个MBA，当然也没花什么力气反对。我觉得十有八九是她自己不想去那个哲学班，一种不想上学的情绪代入其中，另外，人的时间总是有限的，外出上学就不能陪她了。

高金班的同学主要来自银行、证券、基金公司，还有一些投融资公司、互联网金融公司，不全是高管，也有许多挂着高管名义的小职员，只不过他们愿意支付这么高的学费而已。大家都是来寻找人脉的，但真正的金主并不在其中，因为国内的MBA非常注意圈层的差异，绝不会将不属于同一圈层的学员放在一个班级中，于是大家便互做彼此的人脉，反正牵线搭桥也算一种本事。

有的学员原本不是做金融的。比如马燚，他很年轻，只是一家小型互联网公司的职员，名片上印的是高管，但公司盘子本来也不大，人也不多。马燚给人的第一印象是油腻。油腻对于靠市场谋生存的年轻人来说未必是个贬义词，毕竟生存比面子重要，圆滑世故相比一扎就破更容易适应环境。他表情丰富，似乎整张脸都布满了笑肌，嗓音高亢，让人感觉笑容的背后似乎还有另一张脸，声音的背后藏着另一层意思。他开学典礼上穿的是白西装红领带，肤色被衬托得红里发黑，在聚光灯下四处游走，高谈阔论，像是一个来自第三世界的外交家。实际上接触久了才知道，他人并不坏，只是常做点投机取巧但不太出格的事。他跟任何人说话都客气得很，又总是笑，有他的空间里声音分贝总是很高，高亢中又给对方留有足够的余地，自信中透着几分谦卑，谦卑中又有底线。

他绝对不适合当老板，因为性格没担当，但他社交能力很强，牵线搭桥起来绝对是一把好手。MBA学员中有两类人能够把前后各级各班串联起来：一种是热心校友聚会的大腕，他们年纪较大，已经取得一定成功，有一定威望；另一种是乐于此道，类似马燚这样的，正因为没什么可失去的，所以敢于利用各种手段去结交所有人。马燚是唯一跟班上所有人都能够成为好朋友的人。

老张是做智能化的，算IT，也算房地产配套吧，他还有一块业务是石材，说起来和金融全不靠边。可是他的公司改叫股份公司，便与金融有关系了。

还有陈可富，他是搞长租公寓的，跟老张一样，最近将自己的公司股份化，想融资。按说他们属于金融的客户，可他说不只是这样，房地产天生具有金融属性，哪怕是租房市场，同样可以做成金融产品。当时我听到这个说法感到耳目一新。认识一个人的时间长了，会觉得他的名字跟本人非常贴切，陈可富这个名字便是如此，富字代表了他们对财富的渴望，简单直白。我甚至怀疑他的西服总是比合适尺寸长出一大截来也是一种想富"出头"的隐晦表达。他的生意很接地气，起步时做的群租房，群租房被取缔后开始做正规的白领公寓，他的身后有一个相当抱团，且笃信"爱拼才会赢"的福建人群体，他的早期融资都来源于亲友和同乡的私人借贷。

关于这个暴发户，最有意思的故事是"先干三杯为敬"。据说某业界领袖有次宴请各路大佬，陈可富没得到邀请，但也想参加，得到许可后半路杀进来。一进门，还没做自我介绍，他端起葡萄酒杯"咣咣咣"，"对不起，各位大佬，我来晚了，先干三杯为敬。"全场愕然，因为主人开场时说过，今天有幸请到各位，带了珍藏多年都不舍得喝的一瓶葡萄酒过来与大家分享。这瓶酒的价值10万元以上，大家也才小抿了一口。主人也尴尬得很，眼看一瓶好酒被消耗了一半，自己还来不及品尝，甚觉可惜，只得将杯中酒一饮而尽作为回应。陈可富既往接触的人群都比较草根，大概平日里都是将红酒当作啤酒喝，有这样的故事也不奇怪。

　　跟金融业距离最远的要数金薇，马燚说她几乎是靠着一张名片就进来了。她的名片上印的是某生物医疗公司的副总裁，主管投融资，可是她的言谈中从不带任何金融术语，全是家常。提到长三角地区有什么好吃好玩的，还有度假酒店的名字，没她不知道的，让人疑心她是旅行社老板。金薇长得相当漂亮，穿着非常大胆，一露面惊艳全场的那种。她的眼睛特别大，看人总比对方看自己多一秒，让人感觉自己很重要。我不知道她的"注目礼"是否适用于所有人，反正我所在的场景均是如此。大家都说她的身材接近于杂志模特，但我觉得不是那么瘦，该有肉的地方都有，所以更像个瑜伽教练，如果皮肤再黝黑些，会让人误以为是来自东南亚的华侨。她还经常将自己的头发染成浅浅的金色，再加上长睫毛、浓妆和妖娆的身材，经常让陌生人搞不清她的国籍，当有人夸赞她的打扮时，她的回应非常雷人："我只是在模仿我的猫。"

　　"她的前男友是个外国人。"马燚说起这个的时候，我觉得很好理解，因为金薇的容貌确实符合西方人的审美。我从一开始便告诫自己要离她远些，因为读MBA萌发婚外恋而导致离婚的案例比比皆是，可是每每与她对视，又觉得那热烈的眼神难以抵挡，只好低下头。有时低头更麻烦，会让人误以为我在看她的胸。她似乎很闲，也不用坐班，天天喝下午茶，晚上出入各种娱乐场所。马燚说融资不都是这样嘛，只要给公司拉到投资就好，坐在办公室能来钱吗？马燚还贴着我的耳朵说，她对付男人很有一套，告诫我要小心。我问为什么要小心的是我而不是他，也不是其他人？他说我们班只有我算得上青年才俊，其他人要么太老要么太丑，要么是像他一样的草根。我听了后很诧异，他不该对自己的相貌如此自信。不过还是很受用，马燚确实很适合当小弟。金薇的英文名叫Vivian（薇薇安），她英文对话不错，但读写能力一般，我想她的第一学历大概不会太好，否则也不会用这个名字，不过时间长了也觉得这个名字适合她。

在高金班学习期间，大家一直在讨论各种创业方向，而我则在第三年展开实质性动作。那时，君欣也刚好怀孕了，一切都在计划中，让自己的事业跟孩子一起成长，我想会是个很好的体验。

创业的方向，班里有现成的。比如长租公寓方向，陈可富最在行，也最爱分享。他说这几年长租公寓刚刚开始规模化运营，之前都是包租婆、包租公，他留学日本时也住的长租公寓，人家那边比我们要早三十年。回国后，他还很年轻，希望创业，但家里不同意，好不容易出个读书人，希望他能做高科技。于是，他在上海的IT公司老老实实地打了几年工。实际上，他不是这块料，无论是国内的学历，还是日本留学的学位，都是混出来的，吃吃喝喝为主，甚至连日本的待客之道也没学到手。结婚买房后，每个月的薪水交完按揭所剩无几，连留日的学费都没回本，他觉得这份工作做到头了。高科技领域聪明人太多，创业门槛太高，于是他跟他父亲说不想打工，想学日本的商业模式在上海搞长租公寓。他父亲说，当年想让他学点高端的东西啊，在办公室上班不那么辛苦。他反问，难道写字楼里的白领每天端杯茶水看报纸啊？白领过得更辛苦，天天加班，颈椎都不好了，还要整天受气。这么一说，他父亲没法反对了，只得承认当初自己认知不足。可是他爸了解长租公寓这个行当，不就是做二房东啊，那还去日本留什么学？他解释说不一样，不只包租那么简单，要公司化正规运作的。如果没去日本，便不知道长租公寓是怎么管理的，自己学习IT的经历正好可以用来开发App管理公寓，叫互联网+长租公寓。事实证明，他骗老师的本领不强，忽悠他老爸的能力一流。

跟许多福建人一样，当年陈可富的起步资金主要来自亲友，他从父亲、叔叔、舅舅们那里筹措到几百万，全部用来租赁张江和漕河泾的空置厂房，统一装修成公寓出租。他在IT行业打了几年工，很清楚上海什么位置缺公寓，程序员们最需要什么样的房子，所以他的长租公寓空置率很低，形成了稳定的租金流水。长租公寓有一定规模后，也开始收一些个人房东的房源，许以长期租约，重新装修，统一配置，获得了不错的溢价。第三种房源是一些经营不善的快捷酒店，接手后改造成公寓。

"房地产市场分为增量和存量市场，开发商做的是增量，二手房是存量，而我们做的是存量租赁，以及存量的更新、增值运营。"他这么一说，包租婆、包租公们的形象立即高大了许多。

"总之，我们正处在一个伟大的时代，包租婆也可以成为上市公司CEO。"

他所说的，在许多咨询报告甚至网络上可以公开查到。当然陈可富说的不止这些，要更接地气，还有很多具体的例子，他毫无保留地给我们讲述这些经营办法，丝毫不担心会招来更多的竞争对手。"这些都不是秘密，只要进入这个行业，都会懂的。我手下的每个小管家都懂这些，但做起来不那么简单。就拿我们这个班来说，估计没人愿意再去经历我起步那个阶段，事情太琐碎。而且现在长租公寓多了，新进来的门槛高很多，这个利润你们也看不上。我当下最迫切的问题，是获取低成本的资金，因为亲朋好友之间的拆借其实成本是很高的，而长租公寓的毛利率很低，全靠规模化运营。这跟餐饮一样，每个人都可以做，但不是都能赚到钱，你会发现街上那些餐馆总在换老板。"

　　班里的同学接触久了才知道底细。实际上适合创业的人并不多，刚认识大家时会觉得班里每个人都很厉害，各有专长，时间长了才知道，各有专长的背后是各有各的缺陷，种种缺陷在漫长而复杂的商业活动中一定会形成巨大障碍，导致事业失败。这让我想起了自己的中小学时光，小学里高不可攀的竞争对手，在初中时轻而易举地超越了，而在初中时觉得遥不可及的优秀三好学生，到了高中便泯然众人矣，最终剩下的，当然只有主角我了。相信在这个高金班也一样，最终的优胜者一定是我。

　　比如马燚，他所在的公司名义上是网络科技公司，实际上是家互联网集资平台。他说按理他们所在的行业可以为陈可富提供资金支持，但要他们老板同意投资利润不高、资金使用周期长的公寓项目比登天还难，不过也不是不可能，他们根本不靠利差活着。那靠什么呢，靠本金？他说，唉，还真说对了，目前坏账很多，靠不断增加的出借人的钱活着，经营利润还不够运行费用的，哪有这么高的年化收益率？一旦没人投资，就麻烦了。显然，马燚他们公司的经营存在违规的成分。但我觉得不是所有集资平台都是为了骗投资人的钱财，给你一个开小银行的机会，赚钱的办法太多了，干吗要骗人？

　　如果将房地产租赁和投融资两个领域合二为一呢？既有稳定的经营实体，又有投融资功能，盘子做大之后，两端都稳，另外做大之后还可以投一些收益率更高的商业地产项目。这个设想在我们的课堂作业中也分组讨论了多次，结论是可行，而且在不断地讨论过程中，市场上已经出现了类似的创业公司。可以说，这是一个经过充分讨论且有初步实践证明的创业方向。大家一致认为我们班级的学员拥有的资源背景都是匹配的，有做投资银行的，有做房地产的，有做长租公寓的，也有做互联网金融的。

我觉得自己的创业风口又开启了，仿佛又回到了大三那年，当时了解到IP电话吧这个项目时，也是这么个情况。我并不需要敢为天下先，只需要沿着别人开辟的道路走得更好一点而已。而且我觉得自己的头脑清醒得很，项目也是有风险的，主要是在融资方面，私募基金需要执照，募集资金方面是有一定难度的。不过只要渡过刚开始的难关，后续上市后资金问题有望一举解决。

于是我跟君欣商量，希望得到她的支持，实则希望她去说服家里同意我们创业，这样成功的概率最大。君欣听我详解后很支持，她说也想将来只花我赚的钱。但是她妈妈表示疑虑：长租公寓利润很薄，经营者自己能赚到钱就不错了，融资的空间在哪里？我猜她习惯了做高利润的产品，所以看不上租赁市场，于是很认真地做了一版PPT，图文并茂，还附加了许多调研数据，打算详细讲解，像公司部门主管向董事长汇报一样。

不料她说："资料看过，不用一页一页讲了。我做生意这么多年，懂得一个道理，公司开起来，项目启动后，后面怎么发展可能不是你老板想要怎么做就怎么做。从事一个行业，看这个领域做得最好和最差的公司是什么样子就够了，我不太看好长租公寓，更不看好给公寓做融资。"

接下来她又说，她最希望我和盛夏各自将君欣和子悦照顾好，不要去搞什么创业，"我觉得盛夏现在的工作做得很好，以后你们都回来，把自家公司的事情做好不好吗？"话说得很明白，不需要我们"瞎努力"，只要把她的双胞胎照顾好就行了。但是我觉得她很武断，虽然我很年轻，但有自己的想法和判断，为什么不能创业？作为晚辈，这6年里我都很听话啊，难道花半个小时听我好好讲解一下自己的创业方案很难吗？盛夏的工作能力当然不能与我相比，毕竟我在大学期间有创业经历，她如果知道盛夏要做什么建筑设计App的幼稚想法，便知道差距在哪里。他唯一的优点是会做类似沙滩上帮子悦清理肚脐眼积垢之类的琐事。我当然也想做房地产开发商，做正儿八经的金融服务，可是有机会吗？属于我们这一代人的创业机会，说得好听点是高科技、金融创新，说得难听点是肉被人吃光了，我们只能喝点汤。

高金班的同学们原本认为，大家一起合伙创业的话，我来牵头最合适，因为我的背后是资金实力雄厚的大开发商。简单地说，他们认为我最有钱。可是我哪里有钱了？房子都在君欣名下，买车的时候，为了抵税，也挂在她公司名下了，我整个一个无产者。在我岳母的眼中，我们高金班学员都是一群孩子，只不过我的"零花钱"比较多而已。

马燚最懂我，他说："还是不要让你们家的地产公司直接投资长租公寓，这样一来，大家会以为你做的是按政策要求自持的房源租赁业务，跟万科、保利、中海这些公司没什么两样，说到底还是把你丈母娘的边缘业务切出一小块来管理，算不得独立创业。其实你可以直接找高金班的校友融资，现在不缺资金，缺的是好项目，凭你鹿江这个名字就能拉到融资，谁不知道你的实力啊？！"

这话我爱听，只有不靠家里支持，自己独立运作的，才算创业成功。当年我做IP电话吧时，家人和老师都不知道，后面做成了也同样被认可。不是有句话叫作"只有偏执狂才能成功"吗？我想这次也不必再做说服工作了，结果说了算。

同时鼓励我的还有金薇。她总是说："鹿哥，我一直看好你。"很少有人用鹿哥这个称呼，这几乎成了她的专利。那"鹿"

字音拖得好长，嗲得让人直起鸡皮疙瘩。而且她说"一直"看好我，可是我们从高金班才认识啊，有时怀疑这是她长期以来练就的话术。

不过她还说："鹿哥，我这里有全套的项目融资计划书模板。只要你开始创业，我会毫不犹豫地辞职，加入你的创业团队。"这句话听起来倒不像是恭维，很受用，因为有具体行动计划。接下来，她又给我介绍了几家投资公司的项目经理，让我们自己谈谈看。这样一来，我对她的印象便大有改观，觉得她还是能做成一些事的。

我先注册了一家投资公司，也就是大家通常说的私募基金，后面也顺利地拿到了牌照。接下来的几个月，我密集地拜访高金班校友，与业内各色人等聚会喝茶，做各种准备工作。半年后，我带领金薇等一些高金班学员成立了金融服务公司——鹿房金服。高金班的两位师兄所在的投资公司为我提供了天使投资，而陈可富成了我的第一个投资对象。他的建议我也很认可，直接去做长租公寓周期长，细节烦琐，可以做做收益更高的增值服务。他的公寓管理App由于用户数不足，便转入我的鹿疆科技旗下，更名为长租公寓服务品牌"鹿疆公寓"。

原有的App不只是用户少，功能也过于单一，服务和管理是聚拢人气的手段，不应该是经营目标。所以我让技术人员在App上增加了社交、家政、外卖、购物、小额贷款等一系列服务功能，让它成为面向更多长租公寓用户的一个综合性应用平台。一方面，他是一个服务项目方、租客和投资人的服务平台，另一方面发挥金融功能，诱导租约证券化，提前一次性收回房租用来拓展业务，既能够解决资金问题，又能够降低运营方催收房租的成本。具体来讲，租客可以通过签约"鹿疆公寓"借一笔和年租金等额的钱，这笔钱直接划给长租公寓作为收入，租客每月还款，还没利息，体验跟房租一样，这样不用"押一付三"，"押一付一"就可以了，而"鹿疆公寓"从中赚取一定折扣的差价和平台管理费用。

公司刚起步，马燚想在我的鹿房金服旗下开展小额贷款业务，我觉得"高利贷"不符合公司长期发展定位，便没同意。他解释说这个业务相当普遍，算不得什么真正的高利贷，劝我不要错过了发展机遇。我只好说再看吧。

除了马燚，对我的事业感兴趣的人还有很多，甚至连何正太也委托人联系我，说他可以安排人参股。什么叫"可以安排人参股"？笑话，我的公司缺股东还是缺天使投资？我知道他现在离开电力系统，转行做公务员，进了当地政法委。也有人告诉我，部分股权拥有这种背景会有利于公司的稳定和发展。可我为什么要选择他？想参股的国有资金也不少，在上海这座开放性城市，海一样的资金，海量的能人，为什么偏偏找他一个外地人做背景？他这次转向，八成是父辈调职，正好连带着一起转，顺带打探市场行情吧。在新的领域内立足未稳，就急不可耐了？不妥。于是我对传话者不置可否，不做回应。

公司筹备阶段，君欣怀孕了，而且她是冒着很大风险怀孕的。医生说：君欣和子悦的躁郁症显然是种遗传疾病，下一代成年后发病的概率还是很高，即便侥幸无症状也极大可能携带致病基因，再遗传给下下一代；如果孕期发病，不管是生气砸东西还是情绪抑郁，对自己的身体和胎儿有很大影响，万一做出些极端的举动，会有生命危险。婚后，君欣和我、子悦和盛夏，以及姐妹俩的父母，都一直在讨论是否可以怀孕生子的事。我们咨询过红房子医院、宛平南路600号的医生，也请教过中国科学院的专家学者，结论都是：目前的科研进展还无法明确躁郁症的确切遗传途径，只能说跟多组基因相关，至于是哪些基因位点，只有少量的论文提及，所以无法像某些遗传疾病一样，通过成熟的辅助生殖技术确保孩子的健康；至于孕期的安全问题，谁也无法保证。

可80后大多是独生子，三个家庭都很难承受没有下一代的现实。君欣和子悦已经接近三十岁了，医学统计表明，躁郁症一般在青春期之后，二十多岁发病，三十岁以上症状可能会加重。

君欣决定冒险："我一定能闯过这一关，何况我很喜欢小孩，我不能接受没有孩子。"

君欣委托我做一件事，将灰蒙蒙送人，因为她听人说怀孕生子期间，家中最好不要有宠物。有那么讲究吗？我怀疑她不是那么爱宠物，属于叶公好龙的那一类。不过那有什么关系，想那么多干吗，我也不喜欢宠物，赶紧顺水推舟送出去吧。送给谁呢？子悦明确表示没办法，她的房子里有许多易碎的艺术品。我在朋友圈和各个群中问了一周也没能送出去，灰蒙蒙年纪不小了，它又胖又大，再也不是刚出生时的小可爱了。

情急之下，我想到了金薇，她已经有一只猫了，应该愿意帮这个忙，况且她单身单住，说话又极其友善。果然，她毫不犹豫地接受了，说："当然可以了，这样我的猫就有伴了。不过，怎么才想到我啊？鹿哥，是不是有什么顾虑啊？其实我们家这只也是从朋友这里收养的。怎么说呢，一般的猫啊狗的小时候大家都喜欢，不只是猫狗，所有的动物小时候都可爱，包括人。但是能从小养到老的比例并不高，所以才会有那么多流浪猫。小猫小狗一定要在小时候把自己推销出去。好在我不挑的，大猫小猫都喜欢。"这几句话让我对她有相当的好感。但是送过去没几天，君欣又提出要每个月去灰蒙蒙的住所探望一次，这可将我吓了一跳，连忙解释对方家里不太方便。但君欣并不认可，又开始生气了。不知为什么，我觉得金薇家不是灰蒙蒙合适的栖身之所，担心迟早会出纰漏。越想越可怕，于是接下来的24小时我唯一的任务是再给它找个新家，而且只能在君欣熟悉的圈子里，我几乎给微信好友里所有"可靠的"女性都发了灰蒙蒙的照片，求她们收养它。给自己设定底线的工作方法果然有效，第二天终于找到一位君欣也熟悉的朋友。

接下来的难点是怎么跟金薇解释，把猫要回来。我在大脑里演绎了好几种方案，都觉得不足以让她相信，金薇一定会口头上表示理解，然后心里犯嘀咕，猜到我家里发生了什么。不行，不能做表面工作，我的原则是把事情办成的同时，不能把别人当傻瓜，更不能让自己成为别人眼中真正的傻子。于是乎，思前想后，终于想出了一个"最好"的办法：我向金薇坦诚地说出了"实情"，君欣要求每月探望灰蒙蒙一次，这样一来，太麻烦她了，所以还是把猫挪到一个君欣熟悉的人家更合适。"没关系，来多少次都行，只要有人在家。两个小家伙已经玩得很好了，现在再把它们分开，太不'猫道'了。"我只好苦笑着解释，说她太漂亮了，而君欣跟她不熟悉，难免闹出误会。金薇听到这里不禁笑出声来，立即将灰蒙蒙抱出来还给我，"快回去吧，免得你太太担心。"如今反思起来，当时恰恰选择了一个最不可救药的方案。

十月怀胎本就艰难，何况还要与君欣的情绪做斗争，我们是怎么熬过来的？回想起来，真是个奇迹。有太多爆发的可能，需要

——消解在萌芽状态——

体形的变化极易引起焦虑，我时刻准备说："你一点儿也不

胖，你比这个阶段的其他人瘦多了。"听到"你又在麻痹我"之后列举出所有产后恢复完好的案例。

操作设计软件，遇到系统问题或者操作失误，容易发作。

堵车和找车位容易引发情绪。避开交通高峰期，避开红绿灯，避开大型停车场。

外出游玩的极限为四个小时，四小时内必须到家或酒店休息。

不要有任何负面消息，或者一切带有些许批评意味的语句或字眼。避开所有可能引发不好联想的比喻、寓言、成语、故事。

常常会半夜醒来要求吃小龙虾，一律照办。难点在于她只认可栖山路那一家店，活虾现做，十三香，意味着需要排队等待半小时以上，而她又没耐心，这半个多小时就是高危期。最初的办法是点些烧烤、饮料，寻找开心的话题，跟店老板熟悉后改为出发前打电话给店老板提前做。

更多的时刻，我不得不寻求子悦的帮助，姐妹俩在一起，不能完全解决问题，但会消减发作的程度。郁晓鹿出生那一天，子悦坚持要进产房陪产，我和盛夏都相当惊讶，她不可能不明白生孩子的场面将会对自己形成很大刺激，但她终于说服了我们，以及妈妈、医护人员，得以顺利进入产房。这一刻，我们甚至在怀疑，姐妹俩的症状从来不存在，她们强大得很，之前只是在演戏而已。子悦第一时间在朋友圈发了一条"姐姐你真勇敢"，以及一张照片，一只大手拉着小手，对外宣告母子平安。我和盛夏明白，这并非一般意义的赞美，外人很难体会到其中的艰难和情意。每位妈妈都很勇敢，而君欣的勇敢更为艰苦卓绝。子悦随即怀孕，并在一年后生下了郁晓夏。那一年中，君欣也像老师一样指导她一步一步该怎么做。一下子拥有两个外孙，对于丈母娘来说再满意不过了，等于家族的延续有了双保险。而对子悦来说，经历这个环节之后，君欣真的成了姐姐，似乎真的比她大了一岁，所有育儿经验都比她早一年。后来盛夏总结说，君欣和子悦接力式生子，像是电影《2012》里一家人历经艰辛终于登上了方舟，而她俩是绝对的主角。他这个工科生，倒是比我更会说话。

对于姐妹俩顺利怀孕产子这件事，产科医生的解释是母亲的天性保护了孩子，具体地说是怀孕促进了多巴胺的分泌，多巴胺的分泌可以促进对食物的需求，使得孩子得到足够的营养的同时，让母亲的情绪保持在一个正常水平，能够还算顺利地度过孕期。可精神科医生告诉她们并不总是如此，多数孕妇的情况恰恰相反，多巴胺的分泌水平总体是下降的，很容易陷入抑郁中，她们怀孕期间之所以没发作得很厉害，主要是因为那时还年轻，症状不是太严重，而且家庭条件优越，有母亲和丈夫无微不至的照料，没什么负面事项诱发大的情绪波澜。随着年纪的增长，姐妹俩越发觉得精神科医生的说法更有道理，再也没胆量生二胎了。我觉得这些医生们对于该领域的判断同样是武断的，他们了解的也只是一些模棱两可的知识，这么多的孕妇，多巴胺分泌水平该怎么定期检测？所以根本不可能有海量的真实统计数据，大多所谓观测都是间接推测，人云亦云而已。

君欣清醒时也会说："鹿江，知道我发病时什么感受吗？脑子里，或者说眼前一团黑雾，怎么也走不出来，只有愤怒，彻底的愤怒。没人可以帮助到我，所有人都是我的敌人，都会让我感到愤怒。而这个时候只有你在我身边，就成了唯一受虐人。"

"没关系，我能承受得住，我是上帝派来帮助你的啊。记住，这些都不是你的错，是基因的错，多巴胺分泌少了。这是医生说的。你要相信科学，相信自己。"

"可是我在愤怒的时候，会朝着对立面去理解，觉得你阻碍了我的快乐，阻碍了我的成功，挡住了我的去处。所有正面的东西都会被理解成负面的。"

"是这样的，医生说，多巴胺分泌少，没有避错倾向，负面情绪来了之后，钻到死胡同里去了。"

"那种时刻，我只相信网上那些骗人的话，只有骗子才能满足我们这些人的想法。"她这么说，又让我想到了包法利夫人。

"因为真实的项目有太多的细节要处理，而处理这些细节会让你们心烦，形成心境障碍。哦，这不是我说的，也是医生上次提到的。"

"所以我想，是不是网上被骂人渣的，所有蛮横无理的女孩子，比如高铁霸座的、扇工作人员耳光的、乱砸别人东西的，都跟我一样生病了？"

"她们跟你不一样，你是病人，她们是真坏。"

"有什么不一样？难道她们每时每刻都不讲道理吗？"

"哦，那么她们也有可能是病人。"

我只得顺着她说。

"我只是觉得，我的苦闷没办法排解，整个城市都没办法让我排解。我没有吓唬你。我的大脑被蚀化了，我的思考被蚀化了，我的感觉也被蚀化了。你知道焦虑的感觉吗？在极寒的地方冬天洗澡，你知道他们怎么取暖吗？他们会把石头烧热，在那个灶上放一大个非常大的石头，拿一点水浇上去，它就会'滋啦'爆发一点暖气，又拿点水浇上去，'滋啦'，它又爆发一点暖气。这种感觉就是焦虑。"

我完全没听懂，她什么时候，跟谁一起去的极寒地区？听起来像是桑拿浴，和焦虑什么关系？"滋啦"的那一下，比沸腾更剧烈，大概说明焦虑比忧郁更加让人难以忍受吧。我之前听过这么一个说法，某个女孩尖叫起来像是开水烫过一样，也许就是那样，程度不同而已。这时，我看着她那明晃晃的大眼睛，觉得可爱极了。

她也说："鹿江，你看我今晚是不是特别可爱，特别漂亮？"

"嗯，还特别真诚。"

"答应我，保护我，让我一直漂亮可爱下去好吗？"

所有情话都足够傻，如果不是脱口而出，君欣自己都容忍不了这样的台词。可是，此刻，君欣确实如天使一般乖巧啊，而她的肚子里，还有一位更小的天使。傻就傻吧，有什么不好。看着她美好的脸庞，觉得女孩们用"人渣"来形容出轨男友或老公是相当确切的，因为我们辜负了所有的美好与勇敢，背叛了爱与责任。一个心怀鬼胎，一个腹怀真胎，对话能不傻吗？

"嗯。"我口头上应着，心里一点儿信心也没有。甚至想着，也许五分钟后君欣就会变脸，变得面目狰狞，像追逐魔戒的咕噜一样。这样可怕的反转，几年来我已经见过无数次了。我多么希望她是弗罗多，因为拥有单纯的内心而最终能够抵御魔戒的诱惑。可是，她的魔戒藏在每一个细胞的每一个基因中，注定无法救赎。

她们之所以还没发展到精神分裂的地步，只是因为她们的妈妈同意我和盛夏在情况危急时求助精神卫生中心，在日常药物和不定期住院治疗的帮助下，总算在公众面前保持了体面。每当君欣歇斯底里地发作，每当她随便找个理由对我无情攻击时，我便深刻地体会到，天使的另一张面孔真是魔鬼。和一般的疾病总是让人心生怜悯有所不同，躁狂症患者发作时，总是以最恶毒的语言和最激烈的动作攻击最亲近的人，让人无法平心静气地去照顾他。

受体力限制，君欣每次发作一般不会超过24小时，偶尔也有连续48小时的，我不得不至少每天一百次说服自己，她只是个病人，并不是真坏。

虽然我将她的手机银行支付限额设置到了最低，还是经常出现一次网购好几万甚至十几万的情况，因为她总有办法得到新的信用额度。

还有一次，她居然独自开车在高速公路上狂奔一夜，直到耗尽最后一滴油，抛锚在高速公路上。接到交警电话那一刻，全家人悬着的心总算放了下来。当我乘飞机抵达景德镇时，她已经清醒了。她说当时只想把一个花瓶买回来，因为我设置了线上消费金额，所以她要亲自刷卡将那个花瓶抱回家。为了破除她的"心魔"，我只好将花瓶买下。说来也怪，家中所有能砸碎的东西后来都被她摔了，唯有那只花瓶完好地保存至今。我想主要是因为它很贵。

既来之则安之，我们在景德镇郊外的一个古瓷窑边上住了两天。君欣还制作了两件非常古怪的艺术品，一件黑的，一件白的，烧制好后运回上海参加她的朋友在淮海路K11的艺术展。君欣还找她的老师亲自为两件艺术品写了百余字的解说词。一个月后，两件瓷器售出，价格高过她在景德镇买的那个，看来我们跑这一趟还赚了。反正，无论她做什么，总有一批人叫好。她一直有个很大的烦恼，就是分不清自己究竟是擅长做某件事，还是别人在恭维自己。我仔细研究过那解说词，什么印象派、超现实主义，完全是胡说八道嘛，这两件东西分明是精神分裂的产物，如果它背后的故事能让人们了解到双相情感障碍作为一种性格缺陷有多么扭曲和可怕，才真正具有价值。后来君欣设计的橱柜、家具也有类似的精神分裂风格。正是她的疯狂才让我对于艺术领域有了新的思考，对所谓的印象派、超现实主义、后现代主义艺术有了新的认知。

另外，君欣和子悦一定是同卵双生子，她们连发胖的时间都一致，体重相差不到个位数。君欣总说自己太胖了，开始我不觉得，后来只得承认。回想起十年前姐妹俩同时出现在那家檀香木餐厅的场景，与当下相比，只能感叹时光的力量，有一句话我根本不敢说：对于中年人来说，岁月根本不是杀猪刀，而是上好的养猪饲料。关于发胖这件事，君欣也归罪于我，她说我一直在对她进行洗脑，说她不是很胖，结果吃来吃去吃胖了，但我每次劝她一起去跑步或少吃一点便会爆发危机，因为她最不喜欢做的就是这两件事。发作的时候，她常扯着自己的小肚腩嘶叫道："看你把我变成什么样了？！我以前不是这样的。"这时候除了哄她其实不是那么胖，还能说别的吗？可是人很难坚持一直以有效的话语夸奖别人，偶尔我也会说错话。错话未必立刻引发情绪，有一定滞后效应。比如说有一次我哄她道："其实微胖也挺好的，视觉上很减压，感觉生活很美好的样子。"后来她生气的时候便把这句话拿出来说事："你说的减压什么意思？！生活很美好的样子？胖了没人要，你就没压力了？"

姐妹俩还有一个共同"爱好"，就是生气时喜欢删除微信好友。君欣几乎每个月都会将我从微信好友中至少删除一次，同时喊"分手"，后来是"离婚"。这样会导致一个后果，她经常在需要紧急查询一些信息时，发现聊天记录没有了。然后急吼吼打电话来找我，然而她又描述不清楚信息的内容，于是立即爆发情绪。子悦也一样，她甚至会经常检查盛夏的手机，将其微信朋友圈中的可疑女性一一删除。起初盛夏也不适应，作为对等回应，也出于保护子悦的心理，偶尔会将子悦手机里的可疑人物删除，比如微商经营者、保险推销员等，直到后来有个朋友打电话告诉她自己被删除，很伤心，她才发现自己的朋友圈也被动过手脚。子悦做出了激烈的反应，要盛夏立即亲自将他的手机恢复成出厂模式。缓过劲来后，两人接下来的一个月都在回想和修改密码，因为子悦也不善管理数据，所有的关键信息也保存在盛夏的手机中。

起初君欣折磨我时，我想还有个盛夏承受着类似的压力，偶尔一两句沟通，能让人缓解不少，比如戛纳海滨那次。后来，盛夏明显比我"乖"了许多，我渐渐地瞧不上他，不交流也罢。除他之外，无法与任何人交流此事了，因为要维护姐妹俩的名誉。直到读了高金班，我才发现保守秘密这件事根本没意义，马燚说，其实他们早知道双胞胎病了，只是我以为他们不知道而已，眼神里充满了怜悯。既如此，我认为自己的不幸得到了大家的同情，便有了一定的宣泄自由。

关于症状，我不想描述得更多，没亲历的人看着文字也无法体会，如果按惯常的逻辑与伦理来判断，这种判断没有价值。另外不得不提到的是，所有的男性都应该能够体会到另一种折磨：当一位女性每天被情绪驱使，她是很难拥有正常人的情欲的，所以我总是被拒绝。也不单纯是被拒绝，当你每天面对精神障碍患者，你很容易心如死灰，情无波澜。

每当高金班聚会喝得烂醉时，便有人来安慰我，说知道我很辛苦。我说怎么辛苦了？他们便嘿嘿一笑，然后集体怂恿金薇跟我喝交杯酒。这又是为何？他们说："你老哥放松些，今天就别装什么好男人了。我们都知道你喜欢金薇。连这都看不出的，也不用上什么高金班了。"语言和表情都像极了十年前的何正太，可如今我怎就不生气了呢？真是悲哀。油腻！油腻！集体油腻！我的内心在呐喊。金薇静静地坐在一边，任凭他们怎么起哄只是微微笑，又像极了十年前的君欣。那眼神仿佛什么都懂，懂我的一切。我并不很了解她，只是难以抗拒她那热烈而崇拜的眼神。况且她是一个精神正常的女生，加之无可挑剔的外形，具有相当的诱惑力。虽然我从一开始极力避免和金薇走得太近，但每次上课都能感到她的引力场在持续增强。

如果说君欣的魔戒藏在了她的基因当中，那么我则是透过金薇发现了自己的心魔所在。酒精在发挥作用，朦胧中，似乎有人在我耳边轻轻吹着气，那妩媚的空气直穿耳膜，侵入脑海，立刻引发澎湃而不可阻挡的波澜。另一方面，酒精透过血液弥漫开来，形成一个可憎而有力的影像，那便是君欣狂躁时的面目。她凭什么拒绝我？！一个声音在呼喊：在这个狂乱的世界里，顺从内心！

五、半岛誓言

公司筹备期间，也就是君欣怀孕这段日子里，我出轨了。我一边"无微不至"地照顾她，一边忙着创业，还经常与金薇幽会。完全没人相信，一个人忙到这种程度，怎么还有时间出轨呢？历史具体到细节，便没有真相，人生也一样。事情发生时，我们已经相识十年，结婚六年了，当我写下"出轨"二字时，内心是复杂的，就像因非法集资被带走调查时，我也不敢相信自己违法了。经过入监的洗礼，无数次认错，我已经对使用负面词汇描述自己具有相当的承受力了。相对来说，"出轨"还不算一个特别坏的词。

关于金薇，有必要用一长段文字梳理下她从成年到认识我之前的经历。当中有些是高金班同学们"众所周知"的，用作故事拼图的黏合剂也无不可。更多的则是她独自讲给我听的私房话，按她的话来说，属于"凤凰涅槃"前的自白，不过嵌套在我的回忆录中，也可以看作她某种程度的忏悔。她的自白并非连续的，自我认知也并非颠覆性的，而是分成若干次、若干阶段。

第一次深入交流，大约是在甘肃的戈壁上，她说起她与母亲。提到更多的人与事，则是在静安香格里拉酒店的客房里。再后来，是在她的住所，再无新事。她讲述自己的黑历史，像在叙述一部刚看过的电影，或者从女性杂志上得来的八卦素材，她时而依偎在我的胸膛，时而掬我在臂弯，时而收起她的妖娆，双手撑着脸趴在床上，像一个天真而无辜小娃娃……

金薇来自瓯江上游的一个山区小县城瓯源，从小跟着妈妈一起生活，考上大学后才第一次离开瓯源。所谓的大学，也只是一所职业学院。她学的是导游专业。实习期间，同学们抢着带团去婺源，说那边的油菜花特别漂亮。她非常惊讶："油菜花有什么好看的？我家那边到处是梯田，才不想去乡下，我要带团去上海。"接团后她傻眼了，上海团里全是来自农村的中老年人，婺源团才是白领。她只得勉励自己，带老人看世界未尝不是一种美德。美德没能持续多久，她毕业时非常留心，找了一家上海公司，还特别打听了目标客户的收入层级、年龄。

金薇的妈妈听说女儿要去上海，给她讲了一个老掉牙的故事："二十年前，有个漂亮的东瓯女孩去上海一家老乡开的美发店打工。她认识了一个很帅的男人，不小心怀孕了。结果这男人一听说怀孕……"

"知道结果了，我就是那个小宝宝，我爸跑了，然后你不敢回东瓯，带着我跑瓯源来，因为这里没人认识你。对吧？高考结束那个暑假，外婆就告诉我了，她还让我装作不知道的样子。虽然你这么说，上海还是要去的。"

"小薇，妈妈不是不让你去上海，而是告诉你要小心。"

"妈，你放心，男人骗不了我，只有我骗他们的份。你不是说，我性格随我爸吗？还有，以后别叫我小薇，怪风尘的，叫我大名好了。"

其实金薇这个大名也好不到哪里去，后来高金班同学之间提到她，打字时都以一个金色的V代替。金V也可以指代股市大户、KTV

的VIP、各种自媒体大V等等，含义相当丰富。她自己倒不以为意，说有朝一日成名成家，要铸造一个10倍于奥运金牌的纯金V字给自己做奖励。唉，真够俗的，我怎么也想不到自己会跟金薇这个名字联系在一起。

闲言少叙，第一次带团的金薇非常兴奋，她站在黄浦江边发誓，一定要在上海扎下根来。这种兴奋感，她后来多次提到过。

"我是个都市女青年，只喜欢人多热闹的地方，对什么郊野风情不感兴趣。我对外滩始终有种特殊的爱好。每次有朋友从外地来看我，都会约在这里。有人问我，你为什么每次都选外滩啊？我说，在这里能看见我的来处，也能畅想自己的将来。你看，外滩人群分布也相当立体，有一分钱也不花就可以逛半天的，有掏一百块在天台点杯啤酒享受几小时悠闲时光的，也有刷几千块一晚住半岛酒店的，还有花几万块租游艇开派对的。我刚来上海的时候，一分钱不花就可以在这里玩得很快乐。但三个月后，我觉得自己必须享受在天台上看夜景的待遇。一年后我体验了新开业的半岛酒店。当时我站在窗台上给自己定了一个目标：三年后，我要像游艇上的人一样，带着我的朋友喝着红酒畅游黄浦江。"

她这么说时，外滩的风呼呼地吹着，嗓音夹带着风声，在多普勒效应下，听起来一会儿远一会儿近。我甚至能听到她的呼吸声，那种飞翔在高空的呼吸声。我平生第一次从声音里听出了无穷的想象力。那眼睛里充满了光，只要在她身旁，一定能感受到那种对于未来的期盼，一定会被她的激情所感染。后来我们高金班同学将她的这段话称为"半岛誓言"。

"还有，你看那边的南浦大桥，很高吧？"

最后三个字是往上扬的。这么抒情的断句方式，从声音里都能听出南浦大桥的高来。她不演话剧真是太可惜了。

"我第一次过南浦大桥，坐的是大桥六线，只要两块钱。我没事就乘过去，再乘过来；乘过去，再乘过来。只想体验空中俯视黄浦江的感觉。我问一个朋友，人站得越高看得越远，是不是也摔得更疼啊？人家回答我说那要看你站得稳不稳了。"

这时她会看旁边的小伙伴一眼，但还沉浸在自己描述的情景中。

"其实我有恐高症，不过站在公交车里就不害怕，不知道是因为人多还是平台大。后来我买了车，都不太敢往桥上开，偶尔从浦东往浦西走，下引桥绕圈圈时还特别害怕，开得特别慢，老是被后面的人催。我也不太敢坐飞机，每次飞机滑行结束，都庆幸自己又逃过一劫。"

"你们永远不会懂，我们这些外来打工人的生活体验。你们知道那些上班族为什么人手一杯咖啡吗？那不是在装洋气，因为他们中午没地方休息，需要咖啡提神。另外，上海的街头没有垃圾桶，只能端着。"我疑心最后半句是双关。

记得有一次我们开车去外滩赴约，抵达目的地时，被路口汹涌的人流堵住了。夕阳西下，还有人在拍婚纱照。放在平时，她会觉得风景挺美的，可这会儿要赶时间，便叹息道："你看，明明是红灯，他们非要闯。又要等下一个绿灯，马上就没车位了。"

斑马线上一长队步履蹒跚的老头老太。顺着他们的方向看去，外滩的红灯下，举旗子的导游是个女孩。见状，金薇不禁陷入了沉思。我知道，这就是她提到的所谓"来处"。而她梦想的"将来"，还在黄浦江里来回游荡。

我们到达广东路上的一个工地的临时停车场时，正好剩下最后一个车位。由于车辆比较大，我打算倒车入库，特意打足了方向盘往前拉了一把。此时，后方来了一辆小车，猛地冲进了车位，车头朝里。

"怎么回事？我们正在倒车呢，哪有这么抢车位的？"金薇堵了上去，不让那人从车内出来。

"公共车位，谁停到就是谁的。"那人打算从副驾驶的门出来。

"不行，公共资源更要讲究先来后到了，凭什么抢我们的车位？！"金薇又去堵副驾驶的门。

"怎么？还不让我走了？"

"当然。把车开走，这车位是我们的。"

对方不应答了，回到驾驶位，打算强行推门出来。

我担心发生冲突后金薇吃亏，于是劝道："算了，我们另外找个车位吧，别跟他一般见识。"

"不，你别管，今天这个车位我要定了。"金薇说完从地上捡起一块砖头，"要么报警，要么把车开走，我数三下，就砸你前挡风玻璃。"

那人愣住了，"好吧，算你狠。姑娘，对不起，我走，后会有期！"立刻启动车辆开走了。

停好车后，走去餐厅的路上，我问金薇："他说后会有期，万一这家伙是黑社会的怎么办？"

"黑他妈个屁的社会，这里是上海。"

"今天我们还是早点回去吧。他手臂上有文身呢，会不会找人砸我们的车啊？"

"他想死就砸，到处都是监控，正好让他坐牢，顺便给你换辆新车。他手上有文身，老娘屁股上还有文身呢！"

金薇来上海后，很快练就了一些接地气的本领，这便是其一。

还有一次，我们去吃火锅，要排40多桌的大桌，我说算了吧，吃别的去。金薇说等等，让我试试。几分钟后她打电话出来说有座了，叫我们5分钟后去某某桌找她。

如此屡试不爽，我们都惊为天人，每每问及"怎么做到的"。她又一根手指堵着小嘴："嘘，别让店家为难。"赚了便宜当然不能卖乖，我们便不深究了，只好奇为什么是等5分钟，这5分钟她在干吗？

直到后来我们熟悉了一些，她才传授给我这项"独门秘籍"。

她说："可以进用餐区看看哪一桌快吃完了，然后跟他们商量说'我有个重要的客人在排队，能不能帮个忙？你们先别结账，我们接着吃流水席。餐费呢，打八折给我就好，我来一起结'。然后跟服务员说前一桌碰巧是我的朋友，不想让他们买单，麻烦收拾一下，两桌都算我的。如此一来，事情也办成了，所有人都觉得你很大方很有本事。"

我问："万一人家不愿意呢？"

她说："不会的，多问几桌，一定会有愿意的。毕竟有两大诱惑，一个是折扣，另一方面还能借花献佛，用店家的资源落个乐于助人的名声。"

她让我试试，可是我怎么也做不到，根本开不了口。初步分析差距所在，应该是金薇外貌条件好，沟通能力极强，食客们对她有天然的信任。金薇长期混迹酒吧、各式餐饮，一开口就像"食客圈"的人。气质便是名片，说她是老板娘或餐厅经理也有人信。她提出的要求，倒不如说是"组织安排"，几乎没拒绝的理由。对大多数男性来说，只要性感美女能主动跟自己搭话，不管"多此一举"还是"少此一举"都乐意。而我是个直男，脸上写满了工作压力，肢体僵硬，去跟食客沟通，别人有天然的抗拒，我上前一步，别人倒要后退半尺，即便意识到我并非来者不善，对方也会秉承多一事不如少一事的原则，摇手作罢。

我说："算了，宁可预订贵点的米其林、黑珍珠餐厅，也没口福消费排队的热门餐厅。"

我这副满不在乎的样子引起了金薇的不快，她噘起了樱桃小嘴，小小地嘲讽道："哎哟，好文雅的正人君子啊，那保持住，继续做你的绅士。但凡有烟火气又好吃的东西都是要排队的，等下次君欣想吃小龙虾和烧烤，看你怎么办。傻啊，你们男的不会去找女食客商量吗？那些小仙女见到高富帅来搭讪，还能打折，不要太开心喔。"

当时，我还无法欣赏女孩噘嘴的样子，特别是一个不算太亲近的女孩对我噘嘴，所以脑子里想的是怎么把那嘴唇给缝起来，让她不能发声，再也吐不出"正人君子、高富帅"这样的词来。那嘴唇比海底捞的滑牛还要鲜嫩，缝起来一定毫不费功夫，然后在火锅里涮上一涮，肿得跟《东成西就》里的梁朝伟一样，就彻底开不了口。

果然没过多久，君欣又要去吃那家深夜排队的小龙虾。为避免不必要的情绪风险，只能用金薇的绝招赌一把了。不过我开不了八折的口，直接将前一桌给免单了，而且为了店家有更高的收益，我还点了最大份最贵的小龙虾，老板娘大喜。君欣上来一看，点了这么多菜吃不了啊，又打电话叫来子悦和盛夏陪她一起吃。这次给人免单获取桌位的事，我对谁都没提起过。

金薇给自己公司订餐，也偏爱外滩的酒吧和餐厅。她从来不记路名，可人的记忆是有偏好的，没过多久，上海滩那些豪华餐厅名字都装在她的脑子里了。一方面她觉得这些场所时尚有活力，氛围相当国际化；另一方面也是对初来乍到时寒酸生活的心理补偿。

她刚来上海时做的是很普通的旅行社销售兼导游工作，比如一般的境内外旅行产品销售、大巴租赁、机票代理、拓展训练、年会外包等，因此收入相当有限。如果要去酒吧玩，要占用好几天的伙食费，显然不合算。

起初，金薇跟同学或同事合租，她妈妈偶尔会来上海看她，有时借住在隔壁室友的房间，有时也跟她挤在同一张床上。

一次，金薇要去参加聚会，主题色调是红黑配，参会女士只要身穿红色裙子加黑色的高跟鞋，便可以直接入场，当然，如果现场着装能够让人明显看出是红裙子、黑内衣加黑丝袜的组合，便对鞋子没要求了，还可以获得免费餐饮。金薇独缺一双适合参加晚宴的品牌小黑鞋，所以挑了一套深V红裙和黑色内衣、丝袜。不想妈妈趁她在房间试衣服的间隙将她备好的红色高跟鞋用水笔漆成了黑色。鞋子是菲拉格慕的，金薇当时仅有的一件奢侈品。

她被吓了一跳，失声痛哭道："黑色鞋子我有的，只是这双更合适。你要是觉得太暴露，我可以换一身衣服的。"

金薇妈妈阴着脸低声道："不用换了，反正要出去卖的，穿不穿都可以。"说完又将金薇的鞋子扔到水里洗刷。于是这双小红鞋彻底报废了。金薇妈妈也在第二天返回了瓯源，母女俩自此很少联系。

金薇后来说："你们永远不会懂，当你看到自己一个月的生活费挂在一只鞋子上面，是种什么感觉。"

我确实体验不到。却忍不住地想，她为什么说的是一只鞋子，而不是一双鞋子？鞋子可以按只卖吗？当人们的生活体验不能合拍时，就会产生一些奇奇怪怪的想法。

"你们也不会懂，当时我煮泡面都要让它在水里多泡五分钟。你知道为什么吗？"

"为什么？方便面有劲道，多泡一会儿更软更糯？"

"不是。为了让面显得更多些，一块面饼就可以将自己喂饱。"

此处应有泪花。事实上并没有。她不会演样板戏，她的实际生活经历远比戏剧来得更坚韧有力。

后来金薇发现，去娱乐场所玩可以不用这么费劲，跟她合租的小伙伴找到一点资源，那就是酒吧经理们。他们会送给漂亮的女孩们一些包含基本饮品的普通会员卡，想玩多久就玩多久。这些酒吧相信，有了女孩们捧场，不怕没人气。于是，那段时间金薇常混迹酒吧。

一般零点过后酒吧的人气便很旺了，醉酒的人也多，鱼龙混杂，酒吧经理不鼓励这些会员卡女孩一直留在那里。金薇第二天还要上班，通常也会在零点前离开。可有一个周末，金薇和她的小伙伴一直玩到凌晨两点，然后她突然发现自己的iPhone 3GS手机丢了。买这部手机耗去金薇一个月的工资，而且里面还有大量个人信息，所以她想着一定要找回来。于是，她去找保安，要求调取监控录像，可是管设备的工作人员早下班了，保安也不愿意这么晚去找人。这时，她的小伙伴说太累了，回家吧，明天再说。金薇说明天就没可能找回来了，便要求用她的手机报警，对方摇摇头说："还是算了，我们本来就是免费来玩的，警察来了，人家酒吧还怎么做生意啊？"

金薇非常沮丧，她觉得一定是没遵守"灰姑娘要在零点之前回家"的规则，所以才会遭受惩罚。想到这里，她觉得手机不会无缘无故丢失，事情可能跟酒吧经理有关，想请他将手机要回来。酒吧经理认为她无理取闹，便严词拒绝。金薇还是不甘心失去自己的手机，想着现场没有任何人愿意帮她，非常绝望，便借着酒劲向酒吧经理大喊了一声表示抗议，保安和客人们都围了过来。此时，之前和她们一起喝酒聊天的一个外国人走上前来，对酒吧经理说金薇是他的朋友，还是麻烦他们今晚调取监控录像。既然有正儿八经的付费客人提出要求，酒吧经理只好照办，打电话找工作人员过来调取监控录像。就在此时，突然有人在她们找了无数遍的座位下面发现了一个手机。金薇一看，正是自己丢失的。

金薇由此开始与这位外籍人士交往。

男人发现她很会做菜，还是个专业导游，便进一步提出同居要求。她便从合租房搬到了男友租住的高级单身公寓。

男友觉得她白天工作晚上还要做饭，太辛苦了，建议她辞职，他来付工资。又说他很爱她，也很爱中国，一直想花一年时间游历全国，问她愿不愿意跟他浪迹天涯，金薇想这个男人也许能将自己带去美国生活，便毫不犹豫地答应了。

后来金薇有过反思，她说："从外人的角度看来，这就是包养，只不过换了个说法。生活中很多事情换个说法就好听多了。什么交往、什么工资、什么补偿，还有什么陪游，其实都抵不上问一句：钱从哪里来？我付出了什么？感情和证书都是个泡泡，有也不能说明什么问题。不过，我也吃过那一小段亏。从那时往后，我更喜欢合伙人制度，责权利清晰，男女交往也这样。想要交换，更要想清楚，说清楚。"

上海举办世博会的前后几年，外滩的西方面孔比例确实不小，不过他们大多不知道自己会在上海待多久。后面发生的故事跟电影里差不多：一年后男人借机回国，然后支支吾吾地告诉金薇他不想这么早结婚。金薇气急了，午夜，她将这个男人遗留的行李全部扔进了黄浦江，就在他们相识的那家酒吧附近。江边的监控录像是24小时工作的，金薇被警察找到了，被处以罚款。

男人回信息说："很遗憾，其实你完全可以帮我把行李寄回来的。虽然如此，我还是愿意给你推荐一份工作。"他说，原东家在上海的合作伙伴准备开办一家做细胞治疗的生物公司，她可以去做些协理工作。

事已如此，也没办法，金薇还是接受了这份工作。对于这段经历，后来她总结道："男人这东西，还有好的吗？不都是有人当作宝，而在另外一些人眼中就是渣男吗？看你怎么把控了，玩不转就自认倒霉呀。"

所谓的细胞免疫治疗，在全球范围内都是个新鲜事物，国内一直以科研名义开展，2016年"魏则西事件"后更是遥遥无期，至今没有颁发许可证。金薇从事这个领域的工作，贯穿了2016年前后，并从普通行政人员一直做到主管融资的副总裁。马燚没说错，金薇进入高金班学习时，她确实刚印了一张投融资部总经理的名片，不过那个部门只有她一人。

如前所述，金薇加入这家公司后，开始只是一个行政文员。公司创业之初，分工并不明确，所以她得以跟老板一起经办各种事务。作为老板，带着一位美女助理去见客户，总归还是有些面子的。金薇也是在这个时候将自己的大专文凭进修成了重点大学的本科学历。因为金薇这个事件，后来我招聘员工时只看他们的第一学历，什么硕士、博士、MBA，统统不作数。

第一批融资到位后，老板让金薇策划了一次"精致而规模有限"的庆典活动，于是她便安排了一场黄浦江游船聚会。虽然包租游船跟拥有私人游艇还不是一回事，但形式上颇为类似，她的"半岛誓言"某种程度上也算实现了。

为了办好这次游船庆典，他们需要邀请重量级人物参会。金薇非常幸运地邀请到一位行业领导，并让他做了10分钟演讲。老板发现金薇很有潜力，后面公司每次参加医卫系统的会议，都让金薇代表公司参加。她很快发现这个级别的领导并不可能公开表态支持细胞治疗，能参会已是天大的面子了，于是转而将目标定位在了一些医院。她不是销售，所以不必每次都与对方谈及具体业务。不谈业务便海阔天空，行业现状、产业发展、旅行、生活琐事，看似无心，实则有意。这些科室主任后来成了他们公司的主要客户资源。

之前那位行业领导很热心地给她介绍了几家面向医疗产业投资的投资公司、基金公司。金薇通过自己的努力，很快地进入了原本只属于他们老板的圈子，而且她接触的都是投融资的具体操办人，比老板的高举高打更有实效，很快就有投资方通过她与老板进行实质性洽谈了，她名副其实地成了公司投融资部的负责人。

在一次饭局上，一位投资公司的负责人介绍了高金院的招生负责人，说你们需要这样年轻有魅力、能将所有人凝聚在一起的学员，随后金薇便获得了班里唯一免费入学的机会。

金薇的故事总是能让人过耳不忘。每次当我以为自己是独家听众时，总能从外人那里得到只言片语的验证，所以我完全有理由猜测，她向许多人倾诉过某些片段或更多。而她自己对于这些传闻究竟会带来正面还是负面的影响似乎完全不介意。有时大家在酒桌上当面拿她的经历开玩笑，她也只是微微笑，笑容还相当迷人。对此，高金班同学都相当"满意"，而且逐渐以此为标准要求所有人，要求不管有什么样的糗事都得相互分享。这样一来，班级的氛围逐渐"夜店化"。

班里似乎只有老张例外。他比我大十岁左右，是班里年纪最大的学员。除了游学活动外，他参加的非正式饭局最少。他平时话也不多，而且这不多的话语中，似乎也没什么特别的人生哲理、经典台词，所以大家也不很注意听。就是说他虽年长但不够深刻，有钱，但跟郁家比起来也只是九牛一毛。正因为如此，也等于将班长的位子让给了我。他本来就少年老成，现在孩子都十几岁了，更不喜欢去夜店了。老张遇见大家开出格的玩笑，从不反对，也不特别迎合，只是笑笑。马燚常嫌他笑得不够猥琐，每次都要将话题引向更不正经的角落，似乎不如此生活便没有乐趣。老张只好更加努力地笑笑，比如将嘴咧得更大一些，脸上皱纹更深一点，然而终究没有出声，紧贴着坐也听不见。他的表现比金薇还含蓄，更比不上马燚的丹田发声。马燚的笑声每次都响彻寰宇，哦不，响彻包厢。

老张跟我们之间的对话，我能记住的不多。如今绞尽脑汁、搜肠刮肚，方能勉强想起几句他的话，算是跟我有一丝丝关系，不过后来仔细分析，还是觉得他自己更受用。

老张："找老婆不要找太漂亮的。"

马燚皱着眉头说："可是，不漂亮的下不了手啊。"

老张微微笑："太漂亮的没什么用，还整天惹事。年轻的时候，大家多多少少都有点漂亮的。"他居然是看了我一眼，而不是金薇，"会因为对方这点年轻漂亮忽视缺点。等年纪上来了，你看到的就都是缺点了。"

我："那么，该找什么样的呢？"

老张："找聪明的。"

金薇立即补上一句："像我这样的。"

马燚："别打岔，你明知道自己属于太漂亮的，不能什么都要。"

老张："聪明的才能帮助你事业成功啊，太漂亮的，一般都过不到老。"

金薇在一旁故作尴尬状。

陈可富："老张，此话差矣！人这个东西，要讲匹配的，漂不漂亮是相对的，太漂亮，一个'太'字，说明压不住啊。如果一个人的财富和学识压得住，没有最漂亮，只有更漂亮，明星也能娶回家啊。比如讲，我们鹿江的太太，就又聪明又漂亮。"

金薇又做可爱状并假鼓掌："好！讲得好。"

老张不动声色："陈可富讲得没错。可是聪明这个东西就不一样，只要是你的太太，"他又望了一眼金薇，"或者你的先生、男朋友，是聪明的，"他讲话总是停顿，让人不能连贯地听下来，累得很，"记住，我讲的是聪明，不是滑头，总归是会维护你的，能帮助你事业取得成功。要不然，遇到点什么事，跑得比谁都快。"

唉，这算什么？老掉牙的观点了。当时我在一边想，君欣漂亮不假，财富也属于她，而且疯得很，我有什么呢？学识上也没明显优势，更压不住了。陈可富说的情况，根本不适用我们啊，这是在捧我呢，还是暗示我的婚姻风险很大呢？唉，老张说话真晦气。人有的时候不得不迷信，我告诫自己要离老张远些。如今回想起来，老张和陈可富两个是不是反话正说，讲的是君欣压不住我呢？

老张总是不参加酒局，后来大家索性就不邀请他，免得他在一旁影响别人发酒疯，错过许多人性的阴暗角落。那些角落只对包厢内的人开放，VIP待遇，有人便大觉过瘾，确实比读书、看电影过瘾，比打麻将和KTV还过瘾，甚至有人为了参加班级聚会而放弃澳门赌场赠送的机酒套餐。

酒后，他们问我平时怎么应对君欣的症状。我说难以描述，一个人的精神状态，外人是无法体会的。而且不管我讲什么，你们只会觉得是小事，可能还会认为是我没处理好，修养不足，不够宽容，或者说错了什么话，做错了什么事。况且哪有以别人的痛苦为乐的？他们说当然有，人家金薇就讲了。他们越发不肯放过我，说人家君欣平时不挺正常的嘛，碰见我们都很和善，说话做事不像是精神病嘛，会不会真是你过于敏感了？

我只好讲了一个君欣在商场地下车库转了一个多小时还找不到车从而爆发情绪的小事，直到我跑去帮她找。然后他们说，不太可能吧？她难道记不住车牌号吗？难道她不会停车时拍照吗？她不会求助工作人员吗？我说这不是病了嘛！

我又说："有一次，君欣自己在外地玩，我已经远程电话叫她起床了，结果她还是起不来，误了早班机，一直打电话骂我，一直骂到中午也不去改签下一个航班。"我说，"其实80%的类似患者都不适合在上午出行，也不适合疲劳旅行。"他们说："哎呀，打电话有什么用啊？你帮她改签不就完了？"我说："当然是我改签的，但是君欣不配合，而且我改了两次，最后退票后重买，要不她怎么回来的。"还有人说我不应该让她一个人出行，应该时刻陪同。我说陪同也会发作啊，每天要穿什么衣服出门都可能引发情绪，因为选择太多，容易诱发选择恐惧。餐厅里点餐，周末该去哪里逛，只要是做选择，都可能会引发焦虑，继而爆发症状。紧接着有人说："你帮她选不就好了？"我说："我点了她爱吃的菜也一样有风险，她会说这次做得不好吃，或者说每次都是点这些菜，总之不想吃，然后再换一批，结果摆了一桌菜。有一次，我错把十三香小龙虾点成了麻辣味的，虽然后来又加了一份十三香的，可是她也不吃，在餐厅里骂了我六个小时，直到凌晨两点店铺打烊。打烊了她也不愿意回家，在马路上边骂边走，还威胁要把自己的衣服脱光，直到快天亮累得走不动了才回家。"

他们说："你看，你看，还是因为你点错菜了嘛。"

我很生气，说："你们根本不懂什么是躁郁症，大脑的多巴胺分泌出了故障，所以快乐不起来，会拼命找碴，身边人再小的毛病，甚至没毛病也会找出毛病来。你们按正常逻辑去分析去评判，怎么会理解呢？"

他们说："那么你要好好引导她啊。"

我说："引导个屁！刚刚解说了这个病的原理都引导不了你们，还引导患者？我算是明白了，其实君欣的病是小毛病，是生理性的，而你们他妈的才是真正的精神病，生理上没毛病，但是逻辑和立场都有毛病，你们的逻辑比君欣的还混乱！"

这时，只有金薇表示理解，她说："这是一种心境障碍，像是被什么东西堵住了，只会找最亲近的人发作，就是不愿意解决问题，偏要往相反的、错误的，以及极端的方向走。"

她说她妈妈可能有这个病，比如把她的小红鞋涂成小黑鞋可能已经体现出心境障碍。

众人大笑，说不是一回事。

金薇又说："那么换个例子，小孩子手上的一片西瓜被你不小心碰掉了，虽然你道歉了，他还是不高兴，然后把桌子上所有西瓜都扔到地上，这算不算心境障碍或躁狂症呢？"

大家说这叫发脾气。

"那么每件事都这样呢？"

他们说那叫脾气太坏。

我顿时被他们气笑了。人的悲喜真的不能相通，我决定今后再也不在他们跟前提到君欣和子悦的任何事了。这个经历给我的教训是永远也不要向别人吐露你的苦难，除了让别人嘲笑你，不会有任何帮助。

只有一个人除外，那就是金薇。她未必真正懂得什么叫躁郁症，但极富同理心，而我不能没有倾诉对象，否则生活坚持不下去。

至于我为什么要坚持？只能解释为我爱君欣。对于"爱"这个字，我是相当吝啬的，迄今为止都没使用过几次。传说中的它过于美好，以至于我认为自己从未体验过它。

为什么要爱一个精神障碍患者呢？

她并不是时时刻刻发病，婚前八成时间是正常的，婚后差不多占一半，正常的时候很可爱，我只能这么解释了。当然，别人会解释为她家很有钱，豪门赘婿嘛，可是我从创业之初便不打算依靠丈母娘了。

有个周末，君欣又闹了一个通宵，起因是我提了一句珍珠项链可能会比较显老气，建议她换一条。为了她和肚子里孩子的安全，我只好借口周末要上课，将君欣托付给子悦。

金薇这天没去高金院，我发信息给她，她说在瓯源，她妈妈病危，昨晚连夜赶回去的。她说前两天还在班上说妈妈的坏话，还一直不准她来上海，感到很难过。我便安慰她，说自己昨晚也通宵未眠。

这个时候她还非常在意我的感受，说："辛苦你了，这么下去，什么时候才能熬到头啊？"

我说："没关系，其实很多家庭都有躁郁症患者。"

她说："其实我妈不是这个病，是高血压引起的脑出血，上次是为了让你好受点才这么讲的，现在很后悔那么说。接下来两天只能做善后了，妈妈已经不认得任何人了，医生说熬不过今天。"

"真抱歉。"

"也只能对你说这些，我没亲人了，连爸爸是谁都不知道，现在真成孤儿了。"

当天的课，我什么也没听进去，都在陪金薇聊天，一个成年孤儿。

因为金薇的同理心，我忽略了她所有的缺点。我只是需要一个人能够相互倾诉而已，而她有什么其他毛病，跟我有什么关系？

马燚说他推导出一个结论：我是因为爱君欣，所以才爱上了金薇的。我说"荒谬！"当然不能承认，说两者没有直接关系，况且我都不知道什么是爱。马燚又说，要么换个词，把爱换成怜悯如何？我说不如换成责任。他大笑，说"你会负个屁的责任。一副掌握了宇宙真理的样子"。

前面提到，君欣怀孕期间，我们同时也在筹备公司。有段时间我一直在犹豫要不要参加一年一度的商学院戈壁挑战赛，通过比赛凝聚创业团队。这次君欣却很懂事，她说："我被保护得比大熊猫还好，家里有阿姨，子悦和我妈隔天轮流来。你不是说，没参加过戈壁挑战赛的MBA是不完整的吗？你去吧。"

高金院参加戈壁挑战赛的经验很丰富，有教练有领队，人多势众，每年都能拿回若干奖项。为了锻炼队伍，我们创业团队全体参赛，除官方赛事外，尽量单独组队活动，实在区分不开时，将金薇安排与我一组，这样方便聊天。还有一个原因是，我作为小团队的老大，理应照顾最弱小的选手。实际情况是，由于力量与体重比的关系，金薇的耐力比我好，所以在戈壁中并不需要帮忙。

她全程戴着面纱和墨镜，穿着冲锋衣，在人群中不醒目但显得很坚韧。她说这项赛事不如想象中的那般艰苦卓绝，更像是一次徒步活动。她这么说我也不觉得奇怪，她原本就是导游出身。比赛结束，最后的结论是，我才是最需要照顾的那个。

从上海到敦煌一般在兰州或西安转机，当然也有只经停不用下飞机的航班。考虑到除西安之外去西北的机会很少，我们选择去时经银川转机，返程从兰州走。MBA课程在各地的活动基本是游学，戈壁挑战赛也不例外，游玩的时间占一多半。

在戈壁宿营那天晚上，难得彻底放松，仰望漫天星光，什么都可以想，什么都可以不想。我回顾的是小学时自然课本上的天空星图，以及自己这么些年来的选择。假如当初选择理科，假如黄颖没有介绍君欣，生活该是什么模样？

这时，我听到了隐约的抽泣声。

谁？四下寂静，学员们大多进了帐篷，所以不可能是别人，只能是一旁的金薇。

她怎么了？想到了她的妈妈？

于是，我像猫一样弓起身，挪过去坐在了她的野餐垫上。

一问，果然。

"哦，这么酷的女生居然也会想妈妈？"

现在回想起来，我真是个傻子，居然那么容易中计。明明旁边没有别人，而她偏要在帐篷外哭泣。

金薇说了些什么关于她与她妈妈之间的故事，我已经不太想得起来了，只记得她们曾经因为酒吧的事吵过一架，导致母女关系几乎破裂。然后是她的自白："我知道，在很多人眼里我都是坏女孩。不过之前我非但不在乎别人说什么，还认为自己挺特立独行的。直到这次回瓯源，我妈去世，还没出殡仪馆，就见有人指指点点。我觉得奇怪，老同学中也有传言，当地人说有其母必有其女。第二天，去见了我妈的一个老朋友，她说此地不宜久留，还是早回上海。我再三追问，才发现小城市藏不住秘密。我妈以前在上海的事不像她自己说的那么简单，这么多年了，又因为我们母女俩的矛盾被人翻出来说。从我记事起，她一直遵守了传统道德，所以才会在上海跟我发生冲突，可这么多年过去了，并不能改变什么。"

我说："哦。"

"我立刻决定把瓯源的房子委托出去卖了。我想了很多，其实做个好人并没有什么价值，尘埃落定的时候，也得不到一句好话。所以，人还是要追求成功。"

我很想问什么是成功，不过还是没问。

于是道："嗯。"

"在上海，没人讨论我，大家不愿意把时间用在别人身上，在街上多看你几眼就是最高礼遇，所以我一定要让自己性感漂亮。"

于是，我看了她一眼。虽然包裹着冲锋衣，妖娆的身材还是很明显，只是乖巧了许多。我想，那是发型的原因，她简单地扎了把马尾。

"你知道我刚来上海的时候有多么不自信吗？"

我配合地摇了摇头。

"你不知道——"这么大声？好像君欣的语气。

我以为自己的回应有误，唉，我说错了什么？是不是女人都这样容易生气？于是装聋作哑："啊？"

没想到她只是打了个呵欠，导致"不知道"三个字听起来太大声。

"抱歉，声音太大。我只是渴……"又只说了半句话，接着咕咚、咕咚仰头喝下半瓶NFC橙汁，然后含着泪光接着说——

"你不知道，我刚来上海时有个同事是上海人，她的零食都是从顶级超市买来的，要么来伊份这样的，总之在当时眼光来看都是名牌，比较贵的。有一次，我来不及吃早餐，在楼下的廉价超市买了盒苏打饼干，连牛奶饮料都没舍得买，回办公室接了一杯纯净水将就着吃。刚吃了一片，这个同事就来了。我害怕她看到我饼干的包装，一紧张，顺手把整包饼干扔进了垃圾桶。"

"啊？你不饿吗？"

"饿，可是我更害怕丢面子。"

"哦。"

"后来，你知道后来发生了什么？"

"发生了什么？"我不敢乱猜，盯着金薇的眼睛企图找到答案，她的眼神好有魅力，笑中带媚，媚中又有一点儿真诚，让人觉得离开这对视场景是一种罪过。

"猜嘛。"又开始嗲了。

"哦，被你同事看见了？"

"真聪明！没错，被她看见了。"她似乎很高兴的样子。

被看见了，那高兴什么劲呢？我不禁私下嘀咕。

"她尖叫一声：'啊！谁把杨千嬅电影里的苏打饼干扔掉了？暴殄天物啊！'你知道吗？那个时候我有多懊悔啊，原来我买的是网红饼干。"

原来这么回事，可我至今未听说杨千嬅跟饼干有什么关系，确认是杨千嬅吗？真想看看那是什么样的网红饼干。

后来我想，可能那时我们都饿了。

戈壁滩的石头真多，又多又硬；戈壁滩的沙更多，又细又干。隔着厚厚的棉垫，我依然能够感受到大地的坚硬和力量。晚风吹拂，寒气袭来，寂静的夜，这样的词只适合江南，根本无法形容西北的荒漠。整夜我都在幻听，也许不是幻听，就是狼嚎，我一直在算计它们从帐篷的外圈吃到内圈，究竟要吃多久才会轮到我。枕头下垫着瑞士军刀，右边5厘米是拐杖，左边是不锈钢暖水瓶……我做了一夜的梦，与狼搏斗。清晨醒来，光芒万丈，所有的帐篷都消失了，狼群围了一圈又一圈，跺着爪子嚎叫着，画面无限复制，像张艺谋电影《英雄》里的士兵一般演绎着集体主义的荣光。唉，糟糕，终于轮到我的大结局。突然，金薇从天而降，像个金甲战士。可她手中只有一把小水果刀，就是小学生英语里那种被称作knife的小刀。她用刀尖指着狼群，原地转了一个圈，又是一道耀眼的光，狼群消失了。我呢？我在哪？哎呀，小心，小刀别划着我啊……

然后我醒了。大家都出发了，只剩下我。

兰州不如银川好玩，加之我们已经疲惫，所以只是订了一家好的酒店休息两天，中间去了一趟甘肃省博物馆，然后爬兰山，其余时间吃吃喝喝。

那天很放松，吃了很多肉，喝了很多酒，然后大脑几乎断片。

他们委托金薇送我回房间，怎么乘车回酒店的一概不记得了。当然是金薇送我，不可能是别人。这趟旅程中，连飞机选座我们俩都是在一起的，如果不是熟人，会以为我俩是夫妻。恍惚中，我似乎回到了大学时代，"鸿门宴"之后，同伴中最漂亮的女生送我回校的那天晚上，也是乘出租车……

醒来一看手机，怎么回事？这么多未读信息，谁PS的照片？他们密谋了什么？

我已经喝断片了，这种状态下真的能对她做什么吗？照片上的我闭着眼睛，而她眼睛瞪得大大的，正在自拍，照片到肩为止，却让人想象我们是全裸的。哦，不对，难道不是全裸的吗？我掀开被子一看，还真是。

显然，是金薇送醉酒后的我回房间，之后发生过什么，旋即将我俩的"床照"发在微信群中。群内所有人都跟着起哄，热烈祝贺她取得成功。回想起来，我觉得这种事情的发生完全不符合逻辑。但事情发生前有一个封闭式环境，通过戈壁挑战赛，队伍倒是团结了，可是团结得像是到了另外一个世界。

随即披着浴巾的金薇从浴室走出，钻进了被窝，她害羞地说："你昨晚很疯狂，所以要留个证据，让大家公证一下嘛。"我想金薇也疯了，她不知道我是已婚男人吗？我们真的处于平行宇宙吗？

"可是，我都睡着了，完全可能什么也没发生，只是你拍了一张照片。"

"反正你还没洗澡，要不自己检查一下。"

"也可能是你趁我睡着了……"

"你！"她举起了手臂，一副要打我的样子，"反正照片已经发了，人也在被窝里了，到底要不要？！"

自从君欣怀孕后，医生建议我们分床睡，结果我们执行成分房睡，由阿姨在房间搭了一张小床贴身护卫君欣。禁欲已久，我受不了金薇这种撒娇，急火攻肾，于是将大家想象中的事情实施了一遍。

事后，我去找她屁股上的文身，"怎么没有啊？你洗掉了？"

"骗你的，我没文过身，真要文了，哪有这么容易洗掉。"

"还别说，那次在停车场，你真有一种古惑女的飒爽英姿。"

"什么啊？还不是抢车位的需要吗？谁想那么强悍啊！话说那人旁边没坐个女的，有就算了。"

"又是什么说法？"

"很简单，我们这种生物，遇强则强，遇弱则弱。我能对付男人，对付不来女人啊。"

…………

过程已经不重要了，事实是我已经出轨。跟所有的危机公关一样，第一要务当然是掩盖，我不得不和群里每一位成员打招呼，要求他们不得传播此事。效果也是有的，一直掩盖到宝宝的百日宴之后，才东窗事发。

事后，我们两人都觉得此事荒唐。

不过更荒唐的是我们还保持着亲密接触。

后来，我说："我想明白了，我们只是觉得这种相互关系的突破太过模式化了，跟电影里的奸情一样，所以感到不够美好。"

金薇说："这有什么，我们之间本来就是奸情啊。你的荒唐跟我的荒唐不是一个概念。"

我只好目瞪口呆地看着她。

她继续说："我之所以敢于这么肆无忌惮地说自己，因为我是孤家寡人，还是个私生女，我原本就没有什么可以失去的。之所以觉得荒唐，只是我太主动了。你所谓的荒唐，是因为你还固守着一些陈旧的观念，总想给自己的行为找说辞。如果说得通呢，是美好的恋情，说不通呢就是荒唐。"

我说："逻辑不对，你所谓的该不该主动，也是传统观念。"

她说："去你的逻辑，连同你们所谓的哲学、道德、婚姻、法律我都不认可，还在乎什么逻辑？我的逻辑就是我自己的体验和想法，我行我素。"

我回想了半天，只理解了她最后一句话。

君欣怀孕期间还办了几场展览，其中有一场是室内装饰艺术展。作为主办者的家属，我免不了要去帮忙，何况它让我回想起大学时光。那时的君欣，还不会整天生气。

君欣问我："有没觉得，我现在才算做正事？"

我说："你对自己要求太高了。之前做的也是正事，只不过这次让更多人看到而已，相当于阶段成果展示。没有之前做的正事，哪来这么些人看啊？"

"我的作品只是很小一部分，没有也可以开展，大多数人并不是冲着我来的。"

"这个要求就更高了，在展览馆里，哪个艺术家的作品不是沧海一粟？你还年轻，不必这么要求自己。"

"糟了，不管事情做没做成，我都会焦虑，因为总有更高的目标在等着我。"

我正不知道怎么安慰，就发现了新情况，还真有人冲着她来。在观展人群中，我居然发现了一个再熟悉不过的身影——金薇。她来做什么？

我抽空给她发了信息，告诉她"此地危险，不宜久留"。

她回复道："不危险，我来干吗？"

接下来的事情让我冒出一身冷汗。她居然主动跟君欣搭话交流，并大赞她的展览获得成功，说很喜欢她设计的一套柜子，最后还互加微信。我见状赶紧跑进洗手间，将金薇朋友圈下的留言一一删除。还有微信聊天记录，实在太多了，只能全部删除。可是，万一君欣发现聊天记录是空的，也会有麻烦，怎么办？我咬了咬牙，将所有人的聊天记录一并清空。

结果刚出洗手间，被君欣一把抓住，"鹿江，你同学来了。"她一脸热忱地介绍道，"金薇来了，你刚才没看到吧？"

我只好用一副惊讶的表情对金薇表示了欢迎。我知道，君欣正一边展示迷人的微笑，一边在观察我和金薇的表现。我又不是演员，怎么过关？突然想起金薇还是我们创业团队的成员，她们都互加微信了，这个身份迟早要曝光，于是跟她谈了几句工作上的事。果然，职业化的语言可以迅速打消君欣的兴趣，她说"你们先聊啊"，转身找她的朋友去了。

晚上到家，君欣居然没问起金薇的事。

我确信当天的表演过关了，第二天去找金薇算账："你一定要把电影情节搬到现实生活中来吗？"

"君欣挺美的，比你描述的更美。"

"你一定要把电影情节搬到现实生活中来吗？"我只好再重复了一遍。

"不可以吗？我只是想看看，人家千金大小姐长得有多美，气质有多好，我跟她的差距在哪里。"她连用了好几次"美"字，一个在我看来极其单调的形容词。

"有意思吗？不知道怀孕的人爆发情绪有多危险吗？"

"你不是表现得很好吗？"

"不知道我每天都在走钢丝吗？"

她还保持着得意的笑容，"正是因为这样，我才觉得有意思。"

我觉得该说的已经表达过了，多说无益，便沉默了。她见我不高兴，说保证这几个月不再发生类似的事情了。

"这几个月？"我反问道。

"那你要怎么样？难道要我一辈子装下去啊？"

又是一个"一辈子"，我感到压力好大。两个"一辈子"，该如何均衡？

创业期间事太多了，来不及细想。前面说过，公司也相当于我的一个孩子，同时照顾两个女人，两个"孩子"，忙得飞起。接下来的几个月里，金薇也确实没再添乱。

郁晓鹿出生后，全家便开始筹备百日宴了。看起来这个孩子跟普通孩子没什么差别。之前的诸多担心，此刻放下了一半。还有一半，是因为医生说过，有的患者是青春期有情感经历后才诱发症状。也有一出生就有症状的，比如某某某、谁谁谁家的孩子，刚出生就整天哭闹，哭出了疝气不说，还整天踢被子踢墙，怎么哄也不管用，直到把自己的小脚踢破皮，青一块紫一块。晓鹿没有这样的表现，我们心中都有一种得过且过的侥幸感。

不知是因为产后抑郁还是年龄增长的原因，君欣此时的发作更加频繁。有一个周末，她让我快递两份一模一样的通用小礼物，给同一家公司的A和B，然后她再发信息邀请她们参加百日宴。我说好的，那么她们是同一个地址了，我是一个包裹寄呢，还是分开寄？

这话问完我就后悔了，因为我说过，要尽量避免问她问题，避免选择，否则她容易纠结引发情绪。现在回想起来，正确的做法应该是：等她微信转给我地址后再说，如果只有一个联系人，就是一个包裹，如果两个联系方式，就寄两个。可这个正确做法我现在写文章时才能分析清楚，当时哪里来得及思考，随口问了这么一句。

果然，君欣的情绪开始爆发了，她认为我是在找碴，故意刁难她。按一般的思维，顶多是问了一句废话，哪里谈得上找碴和刁难啊？我连忙解释说不是这样的，我没来得及细想，所以随便问了一句。如果两个人不太熟或者不太对付，最好分开快递；如果她们相互间很熟悉，分开寄两个包裹有点怪怪的，可以一并寄，省得打包两次。这个问题是有必要搞清楚的。结果越解释她火气越大，她一口咬定我是在故意找碴："常识性的问题，还用说吗？"我更糊涂了，那么究竟是一起寄，还是分开寄呢，她并没告诉我，地址也没给我啊。我的逻辑是普通的同伴合作逻辑，把事情问清楚，而她的逻辑则完全不同，是把事情接过去，不能提出更多的问题。我们长期生活在一起，我当然明白她的逻辑，可是，家庭生活中并不是每句话出口之前都需要深思熟虑的，这既不是客户拜访，也不是领导接见，我怎么能够做到每一分每一秒都遵守这个原则呢？所以，我一定会有过错，而且这种过错延绵不绝。这就是双相情感障碍爆发的最典型场景，什么刺激点也没有，纯属鸡蛋里面挑骨头。

君欣的情绪一发不可收，她检查我的微信聊天记录，删除朋友圈中所有她认为可疑的女性，持续不断地找话题攻击我。比如说我找她是为了她家的钱，骂我吃软饭的，说我昨天也想找她的碴，只不过她放过我而已。我大愕，昨天什么事？她说她昨天还想继续吃川菜，可是我说椒麻等香料对产妇未必好。"老娘吃什么关你屁事啊？！"她又开始愤怒了。我想起来了，昨天说完也后悔了，所以后面没接着解释。为什么这么多女生喜欢自称"老娘"？后来我问过君欣，她说是从电视上王熙凤那里学来的。看来影视剧对观众的影响还是很大的，禁止脏话、禁烟都相当必要。相比起来，文学作品中的脏话传播就不那么容易。话说古典名著中有些脏字，大家既不会读，也不会写。

"其实你关心的只是儿子，而不是我。"

"哪有的事，又不是母乳喂养，孩子喝奶粉的，跟你吃什么菜没关系，主要是为你自己健康着想。"

"没关系，你说什么说？说你妈啊！"她每次骂人，都要带上脏话。然而情绪稳定时从不这样。

"你把我困在家里不能出去。"

"不是我不让你出去工作的。你现在是设计师了，你妈妈有这个条件让你在家创作，为什么不呢？"

"要是你有本事，我还用靠我妈生活吗？就是你老说我有病，我才不能每天去上班的。"

这是哪跟哪啊？她认识我之前，她妈妈就带着她和子悦去看医生确诊过了。但是这样的话可不能提，我得不断承认，是因为我她才生气的，是因为我没发财，她才需要妈妈的帮助。

如此一刻不停地变换话题，我只得疲于应付，也别想离开，甚至也不能躲在一个房间里不出声，否则她会摔贵重的东西，或以其他更严重的事件来威胁我，比如撕毁房产证、结婚证之类，直到我应答为止。然而，我一旦上前哄她或稍作解释，她便踢我，用电视机遥控器砸我。她发作时力气非常大，让我相信中国的传统硬气功确有其事。不过，她打人时受损的不止我，有时候也会伤着自己。

记得有一次她手掌上刮了一个一厘米长的口子，血滴在地毯上、床铺上，到处都是。我翻箱倒柜找到了创可贴，想要给她做包扎，她又拼尽全力地来打我……最后还是她自己从桌上拿的创可贴。平时，我会注意将所有锋利的物品从她身边挪开，所以那次我始终没找到她受伤的原因，也许是被耳钉划破的。而我受的都是"内伤"，被蹬踢，打脸，各种无差别的攻击。我认为她发作时完全可以参加打架比赛，腿脚、身体和大脑浑然一体，所能发出的气力是她体重的好多倍，如果没有"气"的存在，这就很难得到解释。

24小时后，君欣情绪终于平静下来，她给我的最新指示是两份礼物一起快递，我感恩戴德地说了个"好"字，屁颠屁颠跑去快递柜了，再无半句废话。

我相信，精神科或心理科医生也不可能做出比我更好的观察，因为他们不是当事人，无法跟"病人"生活在一起。这里我给病人两字加上引号，是打心眼里认为，如果我们了解其中的机理，是绝对不适合把他们看作病人的。无数个家庭中的某个成员（男性女性都有，但女性居多）经常摔东西，都是不同程度的躁狂发作，病与非病的界限在哪里？如果你认可、同情他的逻辑，便会认为只是脾气太急了，如果不认可，不同情，便会说他有病。认可无法持续，所以他必须有病。

又比如驾驶员路怒症、拥挤队伍中因秩序争议爆发的冲突、地铁里的老头老太因为别人不让座而大打出手……绝大多数经常性过于激动或情绪失控行为，都可能是不同程度的躁狂症状爆发。人们通常将它与道德绑定在一起，是一种错误的判断。什么是道德？其标准也很难解释清楚，大多数所谓的道德瑕疵，可能只是行为异于常人罢了，跟一个人的心理状态相关。而所谓的异于常人，又该谁来定义呢？永远没答案，于是人们将明显异于常人又有损于公共利益的行为称作不道德，实际上他是精神障碍患者。多数躁狂症患者的发作只发生在私域，有时还伴随着抑郁，所以又被称为双相情感障碍。情感是私域的东西，这类人群大多受过良好教育，不会轻易对公众爆发，所以更不被人了解，君欣就属于这种情况。而路怒症患者由于经常在公众场合爆发，更易被诟病，但他们得到缓解的渠道更多，情绪更易得到疏解，在家中的表现反而不明显。

外人无法看到君欣愤怒时的表情，她怒目圆瞪，比"四大金刚"还狰狞，却不是"正义"的，她的逻辑是扭曲的，因而整张脸都是扭曲的。她的逻辑绝不被世人所认可，只有作为身边人的我不得不接受。有什么办法呢？碰到这种"刀口向内"的怪病，真是叫天天不灵、叫地地不应，只能独自忍受。因为我说过，要"一直"照顾她的。

不过每次想到还有一个人在承受"镜像"式的痛苦，我便觉得这个世界上只有一个人能理解我，然而他并不是我的同盟，从某种角度来说盛夏跟我还存在竞争关系，所以又无法与他交流互勉。

准备百日宴会有很多流程，这些流程不可避免地会引发姐妹俩的情绪。子悦的情绪爆发不可能更少，她们是一样的情况，我无法也没必要了解具体细节，我也自信地认为盛夏不可能更有智慧来处理这个难点。事实上这与智慧无关，甚至也跟情商无关。情商跟心机相关，漫长的陪伴过程中不可能让每句话、每个应答都富含心机。盛夏当然也算是个"好男人"，每当看到他额头或手臂上有新的伤口，我知道，那一定不是不小心，而是无法更加小心的结果。子悦躁狂发作起来一点也不比君欣省心。有一次，她在房间里藏了刀，说只要盛夏敢再说一次"不要生气"，就要砍他。幸而盛夏听到一个"砍"字，连忙跑去厨房查看，发现少了三把刀具，吓坏了，赶紧给君欣发信息。君欣好不容易才将子悦骗到我们楼下，盛夏迅速进房间翻箱倒柜，只在枕头下、床头柜中找到两把。后来我和君欣哄了子悦半天，才劝她说出最后一个藏刀位置，盛夏和我沿着地毯靠墙的边缘找了一圈，终于发现了一把超薄的水果刀。真是太险了。

还有人会说，那种花言巧语的男人是不是更适合躁郁女啊？当然不会，心机男怎么会去照顾躁郁女呢？他们都是捞一把就走。躁郁女注定无法与骗子长期生活，所以会吃定一个性情温和的男人，假如身边一直不出现合适的男人，那么这个角色也有可能是长期照顾她的那个不携带致病基因的父亲或母亲。据我观察，许多缺陷子女的父母都极度温柔善良，以为做出极大的让步就能换取孩子的生存空间。

金薇说我为了筹备百日宴冷落了她，每次去开房两个小时就走了，留她一个人在酒店独自过夜，把她当作什么了？我说哪有、哪有，岂敢、岂敢，太忙而已。事情结束后特意留在酒店陪她看了会儿电视。

电视上正在播放一个日本电影，男女主角进了一家超划算的牛排餐厅，店家还赠送了免费饮料和餐包，两个年轻人立即高兴得像过年。于是我想起了往日时光："刚上大学的时候，杭州有一家超划算的豪客来餐厅，一份菲力牛排套餐才几十块。还有一家豪享来，好像跟豪客来是两兄弟开的。"

金薇："大哥，我们有代沟啊。你总不会带着君欣去吃几十块钱的牛排套餐吧？"鹿哥瞬间变大哥，这是更亲切了还是更见外呢？果然，距离近了，尊敬就没了。

"那倒没有，那时我还不认识她。"

"你们家附近，是不是有个什么法式会所餐厅啊？"

"建国路、岳阳路、永嘉路、复兴路，那一带西餐厅很多，会所也不少，法式的别墅更多了，你说的是哪一家？"

"我看君欣的朋友圈，前两天消费了个每位6888元的法餐，我们什么时候去吃啊？"

"哦，东平路上那一家啊，不是法餐，是北欧特色的，厨师是丹麦人。"

"好吧，我孤陋寡闻了，没看出来是北欧风味。"

"这家并不算最贵的，餐标之所以这么高，因为含酒。酒水这个东西，就说不清了。"

"无论如何，什么时候带我去啊？"

金薇的耐心比君欣好，不会没两句话就生气，所以此刻我胆子更肥，想要争辩几句，顺带点儿说教。金薇确实有点拜金。然而君欣消费比金薇高多了，我却没有同样的感觉，谁让她天生富贵呢。说得难听些，花的又不是我的钱。

"没必要吧，找几个人吃这么一顿，去欧洲的机票钱都出来了。以前你做投融资，什么样的餐厅没去过啊？"

"还是有预算限制的，餐标没那么高。租一天的游艇人均才多少？"

"过高的餐饮和服务消费，是一种智商税。早年我们有个客户说过，玩儿天几十万就没了，还不如把这些吃喝玩乐的钱拿来大家分分呢。"

"真有这么老土的客户？我就不信，去吃豪华餐厅的都是傻子？"

"他说得没错啊，我们不赚钱，请他吃那么贵的馆子干吗？吃过玩过，给的钱就少了，吃来吃去，都是他自己的钱。一个小科长，虽然有点权力，工资是不高的。这几十万，那几十万，一套房子的首付就出来了。"

"我不管，君欣吃过的，我也要去吃。"

"怎么想不明白呢？君欣她家日进斗金，不消费掉也是要交税的，这点钱对于房地产商来说毛毛雨。可是对于普通人来说，吃这么一顿就等于是割肉。"

"搞了半天，你这个入赘女婿也是财务独立的普通人啊，什么没捞着，光白吃白喝白住了。"

"话不能这么说。吃喝玩乐、奢侈品消费，是刺激君欣多巴胺分泌的需要，我自己并没有多少兴趣，做成点什么事才是重要的。"

她噘着嘴说："又是百日宴，又是挪威菜的，不管，我也要过节，我也要礼物。"一般来说，女人提两个要求，满足一个就好，千万别两个都拒绝。跟时间比起来，礼物的问题更好解决。

我不知道该选什么礼物，于是半开玩笑地说："好吧，也送你一个长命锁。"

懂事的金薇马上同意了："好啊！楼下有金店。"楼下就有，再好不过。这家静安香格里拉酒店，一般称之为"静香"，地下交通非常发达，车库直通酒店、商场、地铁，四通八达，隐蔽性非常强。当然，客房也相当舒适，视野开阔，有一种将整座城市踩在脚下的感觉，符合金薇的要求。住过一次后再也没挪过地方，成为我们约会定点酒店。

电梯里，她问："知道我为什么喜欢金子吗？"

　　我并不知道她喜欢金子这件事，心想又有什么说法呢？于是瞎猜，说这道题很容易，因为她姓金。

　　她说："姓名里面带金字只是原因之一，上大学时有个同学有对金手镯很漂亮，我也想要，妈妈买不起，跑去地摊上给我买了对假的，却没告诉我真相。结果很快被同学们看出来了，说这么轻，这么闪亮，不可能是真的。后来那个同学把所有的首饰都藏了起来。"

　　"这不挺好嘛，学生戴什么首饰，又不安全，完全没必要。"

　　"问题不在这里，真正的问题在于有一回那同学的妈妈来宿舍看女儿，我碰巧在门口听到她们的对话。"

　　"明白了，她们一定是躲着大家，说了什么对你刺激很大的话？"

　　"没错，同学的妈妈听了假手镯的故事，认为我太虚荣了，从而怀疑她女儿之前丢失的物品跟我有关，所以坚决地把她女儿的贵重首饰带回去了。我妈听说之后，就把自己的一对玉镯子给了我。"

　　"这不挺好的嘛，你妈妈还是爱你的。很多玉镯子比金的贵啊。"

　　"可是这对玉镯子并不贵。"金薇倚在我的臂膀上，伸出粉嫩纤细的手臂来，轻轻放在我的掌心。好温柔啊，像一只小猫咪。

　　讲着故事，转眼到了金店柜台旁。

　　店员在一旁恭维道："玉石讲究经历，你一直戴着它们，就有了人气，价值不一样了。玉这种东西很难估算价值的。"

　　"可是总戴着也不方便。洗手呀什么的很容易碰着。"

　　我傻头傻脑地问："怎么不取下来？"

"十几岁时手小，现在骨头粗了，取不下来了。"

看了几款金锁，都没满意的。金子这东西，对设计师要求很高，线条和样式不够有想象力的话，容易显老气。店里的金锁要么刻着"长命富贵"，要么简单粗暴地刻了个福字，字体还丑得很，没一件能够达到宝格丽、梵克雅宝项链那种设计水准的。这时，金薇看上了一旁的金手镯，镯子的外形非常简练，亚光，没多余的图案，横切面是一个简单的长方形，非常有质感。她说这是店里她唯一能看得上的一款，估计最少要四万。店员报价说39 800一对。我说："没关系，买。"

金薇说："等等，还是先别买了，金手镯和玉手镯戴在一起不给碰坏了吗？"我想了想，说："没错，按《红楼梦》里的说法，金玉良缘不会幸福，薛宝钗和林黛玉之间也存在竞争关系。那么还是去宝格丽看项链吧。"

这时，店员着急了："女士，让我试试能否将您的玉手镯取下来。"

我不禁有些担心："还是算了吧，容易伤到手。"

"不会的，我们经常遇到这种情况。"

"可是这些年我试过好多次，怎么都取不下来，可能只能砸碎了。"

"玉器是有灵性的，您戴了这些年，是不好把它弄碎的。您自己取，跟外力的效果不一样。放心，我们有经验的，实在不行就算了。"

金薇又踩着双脚抬头看了我一眼："不过我真的很喜欢这对手镯。"面对那期待的眼神，我只好点点头。

不知店员从哪立刻弄来一个冰桶，将金薇的双手放在冰水里浸泡，直到冻得实在受不了为止，然后在她手上套了一个保鲜袋，再将一瓶护手霜挤在上面，最后双手握住那只手镯，一鼓作气拽了下来。金薇大叫一声："啊，终于解放了，好爽。"可是另一只手没那么轻松了，如此重复了三遍才成，手背关节处有些红肿了。金薇埋怨自己大小手，而店员则宣称玉镯都是人工的，大小和内径本就有差异，真会说话。

戴上金手镯的金薇开心极了，她的抱怨也因此消停了两三个月。我不得不感叹，女人为了漂亮，有时对自己真狠。

不过这招对君欣无效，不管买多贵重的东西，有效期最多三天。对于男人来说，没什么经验和财力的女性总是最好哄的。满足了物质上的欲望，情感方面就好糊弄得多了。

六、失乐园

郁晓鹿的出生同时给三个家族带来了振奋。有人说，他对郁家的意义更大。所以百日宴是在越阳举办的。他们认为：郁家的产业继承将会跨代进行。君欣的妈妈才50多岁，看上去年富力强，公司经营还是一手抓，等到晓鹿成年后，她也才70岁左右。而君欣和子悦存在许多风险，比如精神状态，还有女婿们是否忠诚、婚姻是否可靠等，而第三代则可靠多了，他们的教育和成长环境依旧可控，所以将资产传给外孙，比起转移到女儿女婿们名下靠谱得多。他们猜对了，我确实出轨了，后来也确实离婚了。但盛夏暂时还没有。

对于东南沿海一带的民企老板们来说，孩子们的生日宴、婚宴都不单单是家事，它必须传递出足够的信息量：家庭和睦，子孙满堂，如此生意场上的事情才能放心谈，否则一家之主万一有个意外，公司大权旁落，那借贷关系和订单怎么办？所以未来继承人的百日宴，必须操办得隆重些。岳父母包下了当地一家五星级酒店的宴会厅，客人除了远近亲戚，房地产业界上下游供应商外，还有老家在越阳的政界朋友们。我们生活在上海，所以还有很多朋友要从上海赶往越阳。

君欣的做法是先建一个微信群，将预备邀请的朋友全拉进群内，群内发布行程通告的同时，再一位一位私信，让对方提供身份证号码以便帮对方订购往返高铁车票。中国人请客向来是要送礼金的，可郁家不同，宴会本身并不需要礼金补贴，所以我们再三私信大家，"谢绝礼金"。当然，在我们这个人情社会，无论如何拒绝，总归是有些礼金拒不掉的，当中便有何正太的礼金。毕竟是同乡，他也没不请自来，而是以他父亲的名义托人转过来一个大红包和鲜花，据说里面有他写的一张卡片。何家和郁家并无直接交情，所以100%是他本人的主意，不过封面上写的是君欣的名字，我不好多嘴。君欣只说这个红包不好拒收，得安排人记下。

从某种实用主义的角度来看，在这将近一年的时间里，我拥有了一个孩子，完成了初步创业，并且还多了一个情人，似乎相当成功。其间，金薇也未提出任何要求，比如离婚然后跟她结婚之类。我们在公开场合也非常收敛，几乎只在游学途中才住在一起，正因为如此，才能将偷情行为延续得这么久。平时在家，我还是好老公。君欣也一直在朋友圈夸耀我对她照顾得无微不至。

直到有一天，君欣给我看一张照片，问我是怎么回事。

"你总不会说这张照片是PS的吧？"

就是那张照片。完了，火山要爆发了，大地震要来了，一种世界末日来临的感觉。马燚已经给我做过预案了："一定要说是PS的，打死也不能承认。"我在头脑中也预演过无数次了，只要她一提这事，我立马告诉她这是别人恶作剧，因为除了酒店的监控，不可能有任何人拿到进一步的证据。不管她信不信，她都一定会勃然大怒，然后引发剧烈的情绪反应，我万不得已可以求救精神卫生中心，避免她有什么不理智行为。

之前每次为了安抚她的情绪，我都得编造一些小小的谎言来哄她开心。善意的谎言像是一种应激反应，她吼得越大声，我的思维便越敏捷。我相信自己一定能哄过去。然而现实总跟想象不同，君欣问我的时候非常平静，比一般人还要平静，反而让我无法思考。我沉默了几秒钟，她还是没发作，只是安静地看着我。然后下一秒我就沦陷，承认了。

君欣什么也没说，起身走向厨房。我担心她去拿刀，便下意识地想该用什么抵挡，被子？还是台灯？台灯有线，要么用枕头吧，我的是豆枕，君欣的是乳胶枕，都能起到很好的缓冲作用。哦，还得保护好手，要不，还是用被子吧。

我正胡思乱想，厨房传来饮水机的声音，她只是接了一杯水，一饮而空，然后空手走回房间。

"鹿江，你连骗都不想骗了吗？"她终于开始焦虑了，"我已经发信息给子悦和盛夏了，让他们来接我。"

在我的记忆中，这是君欣最为理智的一次爆发，居然事先做了安排。子悦和盛夏住在楼上，听到这个情况两分钟不到就下来了。

过了一会儿，盛夏给我发来信息："鹿江，你还是出去避避吧，君欣说不准想起什么就冲下去了。"

我走出小区，从美罗城的大球一直踱步到衡山公园，想了想，这事还得知会金薇才对，避免万一。况且，当下这事还能跟谁商量呢？

"啊？这个，终于……"金薇一向处事不惊，这会儿也不知道说什么好，"那么，你不能回家，住哪呢？"

"不知道呢，这会儿在衡山路上瞎逛。"

"那你找个地方喝一杯，我马上过去。"

"别了，再给人看见。"

"那怎么办？陪你熬夜还不行啊，那么你自己去静香住吧。"

对，还是静香安全，除了警察，没人可以发现我们的据点。如果开车进出，也无法分辨是去了商场还是酒店。而金薇每次都是从地铁站进来的，我们几乎不同时露面，完美诠释了什么叫作"大隐隐于市"。

站在落地玻璃窗边，俯视着庄严肃穆的上海展览中心以及车水马龙的延安高架，旁边是柔软舒适的大床，我立刻感到了放松，事情似乎也没想象的那么严重嘛，生活还在延续。

不多久，金薇居然来了。我说她不该来的，在这个时候。实际上我需要陪伴。

"我们今天这样做，会不会太过分了？"我半自言自语地说道。

"似乎，有点。"金薇叹着回道。

"如何是好？"

"那我睡沙发好了呀。"

说得多么轻巧。仿佛两个小女孩吵了架，单为一个布娃娃，作为客人，她主动提出今天可以不玩，显得相当懂事。啊，我就是那只可怜的布偶，一边担心自己会被撕裂，一边还怀念她俩的温存。

虽然金薇的态度相当敷衍，但我不能生气。情绪这个毛病，是有偶然性的，君欣被医生定义为病人，不代表未被定义为病人的人情绪就不会大幅波动。不能按下葫芦浮起瓢，金薇再闹将起来，我连这个酒店也没得住。

"其实住太高了也不好，不踏实。"这是金薇头一回提出静香的缺点。

"不都这样嘛。"

"你们在杭州的房子挺舒服的吧？靠着山。我终于明白日本人为什么要把房间做成榻榻米了，踏实，地震来了第一时间能感受到，推开门就跑。"

"你说到这个，让我想起了《失乐园》，他们被发现后，也住了一段时间酒店。"

"那一段描写得挺美的。"

"哎呀，你能不能换个形容词，总是用美这个词，太单调了。"说完，我就后悔了，如果对君欣这么说，今晚别想过了。

"好吧。那一段描写得挺吸引人的，这会儿特别想参照他们找些景区的酒店体验一下。"金薇还是挺懂得迁就人的，几乎不太生气。她像一只小猫，依偎在我身边，总是讨好我来获得一些奖励。而君欣则像一只老虎，"伴君如伴虎"，虽然老虎本事更大，但整天咆哮，还时常咬人。

"你体会不到我的心情。"我便得寸进尺。

"所以，我想从《失乐园》里找你的体验，既然你不想说。我觉得那个妻子非常克制，根据你的说法，今晚君欣的语气也那样，很不容易。有没可能，通过这次刺激，治好了她的病？然后还得感谢我？"

"胡说什么？！不可能的，医生都无能为力。剧烈的刺激只会加重病情。"

"呵呵，你还挺维护她的嘛。"

"你不知道，这种时候不发作比发作更可怕。你没从《失乐园》中读出男主人公妻子那种心如死灰的感觉吗？她的话不多，每句都像剑一样锋利。故事的悲惨结局跟当事人周边的看法和态度有很大关系，双方家庭都不接受他们，社会也不接受，所以才走向灭亡。"

"够了！事实上我无所适从，不知道今晚该怎么表现，所以胡言乱语来掩饰自己内心的慌乱。我认为我们所处的环境，尤其是上海，在对待出轨的态度方面要比日本更为宽松。你大可不必将今天描述成世界末日，实际上，君欣的每次爆发都比今天更能折磨你。君欣无数次对你发泄、施暴，而你在我这里找到安慰，才不至于崩溃，从而维系你们的婚姻至今。从某种角度来说，你们都应该感谢我才对，我不该有什么负疚感。唉，真该死，不知道心慌什么，还要主动跑上门来受气。"

我沉默了，给金薇倒了一杯水。

"其实，我也没经验，第一次当小三，挺惶恐的。"她又双手撑着脸趴在床上装可爱了。

既然人家主动化解尴尬气氛，我也只好顺着杆子往下爬："话说我也是第一次出轨。"

"有没觉得，其实我们两个才是最合适的？"

"怎么说？"

"君欣是富二代，人家无欲无求，而我们两个都欲求满满。"

我差点没被她这句话噎死。我鹿江，一个有志向有文化的热血青年，堂堂正正的创业精英，名牌大学毕业的高才生，怎么沦落到跟你这么个捞女成双成对了？之所以跟你金薇在一起，只是因为你的率真和性感，除此之外，拿什么跟我比？不过捞女这词我也只是想想，从不敢说出口。

假如有人知道这个晚上我居然和金薇在一起，一定会觉得我无药可救。事情如此狗血，估计盛夏让我出去避避时也不会想到。

虽然夫妻间发生了地动山摇的大事，冷静下来后的君欣还是不希望她妈妈知道此事。也许她回想起了从大学起我们之间的点点滴滴，以及我平时的照顾，对她的忍耐；也许担心再也找不到合适的

"替身"。之后的一段时间，她居然未单独因此而发作过。只是例行生气起来，还是容易想起此事，每次都让我给她写500万的欠条。没错，就是500万，以示对她的补偿。短短一个月不到，我已经欠她2000万巨债。我知道，这些字据在法律意义上完全没效力，因为没有实际资金往来。她让写就写吧，万一将来发达了呢，这点钱也算不了什么，君欣毕竟是我的妻啊。如此波澜不惊地过了几个月，还算可以忍受。

君欣心情好的时候，甚至还有几次主动对我进行赦免——

"我知道，你作为一个男人，冷落你一两个月，是很难坚持下去的，是吧？没去烟花巷里寻花问柳已经算不错了。"

我不置可否，心想，君欣今天是吃错什么药了，居然共情起我来了？不过3秒钟不到，她话锋一转——

"嗯，不对，这么多年来你去过什么乱七八糟的洗浴中心没？"

"没。"

"跟那个金薇认识之前呢？"

"当然没有。"哼，傻子才会承认，何况真的没有。"我只去过类似天目湖温泉这样的，还是跟你一起去的。"

"我已经不生气了，你说得对，别人伤害不了我，只有情绪才会伤害到自己。"

这话我已经说过无数遍了，只是最近没提起过。她表示赞同的时候，我应该保持沉默。

"我是胖了些，也不太爱运动，似乎对你不公平。那么让她陪你在床上运动好了呀，我很大方的。"

这话她敢说，我可不敢接，只得继续装聋作哑。

"不过她怎么配得上你鹿江呢？你没跟她一起逛过街吧，千万别丢我的面子。金薇我见过的，水蛇腰，长得也还算不错，就是气质差点。"

水蛇腰？原来金薇那样就叫水蛇腰？我一直以为只有个子高高大大，胸大屁股大外加腰细，才能称作水蛇腰。金薇的腰是很细，但她个子不高，所以起伏并没那么夸张。何况金薇自己有过定义，她称自己为芭比身材。那一瞬间我居然想开口跟君欣辩论几句，说那不叫水蛇腰，应该叫芭比腰，刚开口说了两个字，"不过……"，立马意识到不合适，当即改口——

"不过维纳斯的身材才是最美的，跟你一样。"我居然用起了金薇的形容词。

君欣对这个回复似乎还算满意，继续道："你看，我没有像别人一样给二奶送锦旗，没在公共场合扒人家衣服，也没用自己的资源打压她，是不是很乖啊？"

"嗯。"我总觉得君欣的笑容里隐含着一触即发的危机，所以谨慎得很。

"那该怎么报答我？"

"啊，我会一直照顾你。"

"又是这句话，哼！说不定哪天我把你给休了。不行，换一个。"

"哦，那么还是500万。"

"空头支票！人家不要，再换一个。"

"那么，这样？"我去抱她的腰，顺便一个扑倒的姿势。

"不要，人家不想嘛。"

"又不想，快一个月了。"

"嗯！去找你的二奶解决好不啦。"她闪开了我，居然这么会撒娇。不过此时提到二奶，说明有发作的危险。我立刻紧张起来，大脑高速运转，在各个存储器中寻找提前准备好的应急方案。

有了，"我在迪奥看到新款的裙子……"

"哎呀，减肥不成功，以前的号穿不上。"

看来留给我的机会不多了，再猜不准，火山真的要爆发了。

"嗯，那么我们上次在爱马仕之家看到的那个包包？"

她脸上终于有了笑意，"你现在创业资金不紧张啦？"

"不紧张。"怎么会不紧张呢？只是还有比创业资金更迫在眉睫的事需要解决而已。

她终于答应了。一颗悬着的心终于放下来了，我也终于摸清了底线，君欣并不想把事情闹大。

但子悦并不这么想，她认为君欣这一年多来付出了太多，太不公平了。所以，她还是想办法让她们的老母亲了解到了情况。至于怎么告知的，我并不清楚，最简单的是一个电话，不过我猜子悦不会这么做。

事情一旦被长辈们知道了，就无可挽回。原本不敢讨论此事的各色人等，反而开始公开传播了。事件公开化后，我和金薇自然要背负道德上的压力，然而全家人的声誉也好不到哪里去。这是社会现实，不管你持什么观点，正确与否，受害者也是输家。

君欣当即处于一个相当尴尬的境地，她并没准备离婚，可必须表态，只好提出了一个"离婚计划"。这个"离婚计划"几乎没有任何需要讨论之处，因为房产本来就是她的，孩子共同抚养，监护权归女方，晓鹿本来就姓郁啊。她们家也根本不在乎该我支付的那一部分抚养费，况且我还挺乐意支付的，不管按什么标准计算，金额不过每月数千元而已。新创业的公司股份归我，因为公司只进行了天使轮投资，持有的股份不可变现，估值没意义。君欣并不了解细节，她表示自己没参与，可以放弃，而她的母亲根本不想让她跟我创办的公司有任何瓜葛。别人家都是老公创业，妻子作为法人以宣示权利，但我们不同，丈母娘从一开始就不认可这个项目，而且人家的资产与我的虚拟资产相比，是一个远远大于的符号。这次的出轨事件再次表明，我是一个不听话的女婿，似乎君欣10年前的选择，也有待商榷。

子悦很快也意识到多此一举。妹妹为姐姐打抱不平，结果受损的还是姐姐，她觉得很难过，又增添了对我的不满。事发之前，子悦一直觉得我这个姐夫还不错的，从檀香木餐厅开始便是如此，事到如今，我的人设已完全崩塌。

其间，子悦还与我交锋过一次，她说她对盛夏的"虐待"，以及君欣对我的"虐待"也是爱的一种方式，否则她们怎么不去虐待别人呢？内心毫无防备的人才会在爱人跟前摔东西啊，因为情绪不需要隐藏。而她对我的"举报"，则充分体现了小姨子对姐夫的关心和照顾。这是什么道理？从精神分裂的角度去分析就很好理解了，只是这种类型的爱和关心实在无法消受啊。我真担心姐妹俩一起发作，或者被激起斗志，合伙将我扔进黄浦江。虽然我相信，没子悦的"告密"，岳母大人也迟早会知道，但她完全可以睁一只眼闭一只眼。子悦说做不到，因为跟我的熟悉程度仅次于盛夏，按照情绪发泄的先后排序，也该轮到我了，严厉地批评和监督，已经算是理智的行为了。她的逻辑，我是如此熟悉，只得默默接受。

子悦之所以还有心情操心君欣跟我之间的事，是因为盛夏也开始了"创业"，至少从抬头上看跟我旗鼓相当，给予她一定的底气和信心。我给创业二字加引号，是想说明他在其中的自主性和原创性都大打折扣。盛夏在外"锻炼期"结束，岳母安排他做销售管理工作，其间他与一家一手房代理机构打得火热。对方非常支持他关于建筑设计App的想法，提出了一个"曲线救国"的办法，就是合伙创立一家以收集房地产数据和一手房代理为核心业务的公司，以大数据为名，暗地里再孵化建筑设计类App。盛夏向岳母提出创业想法之后，居然非常顺利地拿到了3000万投资。合作方以部分一手房代理业务入股，郁家出资金，盛夏因此也成了CEO。不过我认为，他们三人各怀心思：一个想要对方的一手房代理业务；一个想借船出海，零风险做行业大数据；最后一个想实践他幼稚的梦想。这家公司的业务方向注定相当模糊。

君欣问子悦："什么叫大数据？"

子悦道："这可真是一个模糊的概念，100个人眼中有100种大数据。"

君欣："那么别的开发商，或者中介，或者住建部门，为什么要把数据给他们呢？"

子悦："当然不会给，需要自己去市场上收集。各行各业都一样。"

君欣："所以就是瞎编吧。我就觉着奇怪，有人说各种相互关联着的海量数据集合称作大数据，而有的人拿着一张表格就称作大数据。"

子悦："各取所需呗。"

看来子悦还是明白盛夏在干吗，睁只眼闭只眼而已。

毕竟被举报到长辈那里去了，我跟金薇只得暂停交往。我这年还是跟君欣回越阳吃的年夜饭。一切证明，子悦在与我的交锋中口惠而实不至。岳母只是劝我退出高金班的学习，她认为里面的人都不靠谱，不要与他们为伍。所谓的金融创新也不是什么正经生意，"在中国，金融就是银行借贷，其他的都不要信，什么股票、基金、投资啊，（20世纪）90年代我跟你们爸爸都经历过，套进去不知道多少。我们不是那个环境，不要搞什么虚头巴脑的东西，金融这种东西国家要管的啊。我们民营企业做做制造业，做做房地产好了，高科技也可以啊，都是实实在在看得到的东西。上个MBA就能学会做管理，那我们这20多年算什么？那些讲课的人，自己做成过什么事没？你上大学时的创业经历都比那些老师强多了，还跟他们学？"

她讲了这么多，都没一句责备的话，说明我已逃过一劫。高金班的学习接近尾声，坚持到毕业，没什么难度。创办的公司当然不能不要了，投资方、员工，还有投出去的钱……企业像一台机器，一旦启动，停下来就是灾难。况且我觉得公司运行还是健康良性的，新的实体没有陈年旧账，不像房地产行业，早期家家都有本不能公开的账目。简单地说，丈母娘代表的是old money（继承的财富），而我代表了未来的方向，才有可能成为new money（新财富）。

不过创业还是艰难的，主要是商业模式太容易被复制了。类似鹿房金服的公司一下子冒出来许多。长租公寓资金使用周期长，远不到产生收益的时候，所以还得不断融资。探讨A轮融资已经有一段时间了，每次投资方都说我们很有潜力，但进入实质阶段时就会以各种理由推脱，比如建议我们先进行一次Pre-A轮融资（指A轮之前的融资），然后他们后续再跟投之类。

30岁的生日刚过，君欣再次陷入了年龄和体重的焦虑。对于其他人这点焦虑不算什么，肥胖顶多成为闺密间偶尔的谈资而已，可对她来说就有了一个新的引爆情绪的诱因。医生说得没错，幸好她在30岁之前生了孩子，30之后症状更加明显。她开始讨厌洗澡，因为裸露会看到自己身上的赘肉。我说那只是微胖，其实并不明显，但她还是接受不了现状。

一天，半夜，她问我："金薇是不是很瘦？"

"又来了，不是已经过去了吗？"从一开始我就没信心应付她的情绪。

"我只要想到这件事，就会生气。"

"算了吧。你现在的体形真的很像维纳斯，真的很好看。"我的语气也很敷衍。

她开始流泪，"我不要做维纳斯，腰太粗了。"

"全世界都认可的美，有什么关系。"

她把牙刷扔了，"就是你告诉我没关系，才一直吃、吃、吃，才吃成这么胖的，是你毁了我。"

君欣一扔东西我便紧张："别生气，我怎么敢毁了你呢？真没关系的，你现在还不算胖，都是可逆的，明天我陪你一起减肥，一起跑步。"

她立刻又将刷牙杯子摔了："明知道我不喜欢跑步。"

"安静、安静，楼下邻居又要投诉了。"

说起邻居投诉，也是无奈。我们的邻居都是好人，他们极少发表意见。偶尔有一次，邻居瞅准了我一个人在家，拎着大包小包好吃的上来敲门，说："我理解你，家人情绪上来了也是没办法的，可是，能稍微控制一下吗？"我当然不能收，哪有靠着家有精神障碍患者收礼的说法。控制？怎么控制啊？要有办法，早实施了，谁都不想啊。只是你们运气比我好，家中碰巧没有精神障碍患者而已。说得高大上些，我也是在尽社会责任啊。我都不记得怎么将邻居送下楼去的，总之，有一种我家有流氓我对谁都愧疚的感觉。

"我不管！"果然，劝是没有意义的。

"那明天再减少碳水，以后不吃夜宵了。"君欣养成了熬夜的习惯，晚睡晚起，吃不上早餐，而改为早午餐，在午休后吃午晚餐，然后夜里尽量不吃饭，说是一天只吃两顿可以减肥。然而经常饿得受不了，半夜里还得吃东西，前功尽弃。

"我睡不着。"

"主要是你下午睡太久了。"

"不是这个问题。又想说我有病？我以前是这样吗？跟你在一起才变这样的。"

"不是说，你因为这个才转学的吗？"

"你怎么血口喷人？！你才有病，你们全家都有病。"

每次她觉得我说的话跟她认为的事实有偏差，哪怕是一句"我一整天都在陪你"，如果不是一个整天，只有几个小时，就成了"血口喷人"。"这么冷，你怎么穿了两件衣服？""血口喷人，我明明穿了三件。""内衣不算。""你又在狡辩了，整天血口喷人。"她可以说"整天"，我不行。

我知道，这个时候就得沉默。可是她不允许。

"不说话了？不是说要跑步吗？走，现在去跑步。"

"大半夜了啊，明天还要工作，我每天都睡眠不足。"

"我不管，我睡不着，谁也别想睡。"

"好吧，那我们去跑步。"

"算了，我不想换衣服。"

"哦，不去也行。"

"这些衣服都不好看，都是你怂恿我买的。"

"你喜欢，我就说好看啊，我还能阻止你买衣服吗？不买东西，你能过得下去吗？怎么成了我怂恿你买衣服了？那么明天再陪你去逛街，买好看的。"

"不要你陪。"

"好的，跟子悦一起去吧。"

"她才没空。"

"那跟你哲学班的姐妹一起去吧。"

"不想，你整天说她们不靠谱。"

"我不是说她们不靠谱，是说她们只会怂恿你买东西，买不合适的东西。"

"我就要买买买。你钱不够是吧？"

"不是。也没必要天天买奢侈品啊。"

她又开始喊叫了，"现在不买，难道等我老了再买啊？你自己不会赚钱，阻止我干吗？我花我妈的钱，跟你什么关系？"

"也没必要花几百万买包啊。你妈让我照顾你，就是避免你做让自己后悔的事。"

"我最后悔的事就是嫁给了你。你不是说公司可以上市吗？什么时候上市？什么时候可以有钱？"

"很快的。"

"很快是多快？三个月，半年还是一年？你说过以后你可以养我的，不用我妈掏一分钱。"

"没那么快，三年吧。"我只好随便说个数字。

"嘭"的一声，她又将床头落地灯摔断了，"我等不了三年，三个月还差不多，顶多半年。我现在就要换房子，不要住我妈买好的房子！我要住你买的房子！"

我脑子里只有一个疑问，既然她力气这么大，为什么平时还要让我拧瓶盖呢？君欣后来说，她生气的时候，感觉自己就是"绿巨人"，能够摧毁一切，怎么会介意拧瓶盖这种小事呢？拿起瓶子直接砸啊。呵，她可真会挑，"绿巨人"总归算是好人。后来她真的有一次用刀去斩啤酒瓶嘴，我担心她被自己伤着，又不敢进厨房劝，她挥舞着菜刀的样子可怕极了。

记得快结婚时，黄颖从杭州来上海开长三角高校共青团工作会议，我们一起请她在虹桥吃日料，君欣一会儿叫我倒酱油，一会儿让帮她剥虾壳，连一管芥末、一盒纸巾也得通过我叫服务员，黄颖在一旁偷着笑。

君欣去洗手间时，黄颖学君欣哆哆的样子说话："鹿江，能不能帮我剥个虾？"然后放肆地哈哈大笑，接着又悄咪咪地对我说，"感觉怎么样？自带豪宅的娇妻到手了，前途一片光明啊，怎么谢我这个媒婆呢？"

当时，我真想说君欣不是没力气，只是懒得动手，又想直接说君欣有精神病有"双相"。可当时纵有千言万语，愣是说不出一句话来，只好尴尬地说"谢谢你"。

人生啊，真是讽刺。其实当年我跟任何一位其他女同学恋爱，然后结婚生子，可能都比跟君欣在一起要轻松。我正这么想时，突然跑出来一个邪恶的念头，黄颖不是挺好的嘛！唉，张生何苦舍红娘而娶崔莺莺呢？

可这个念头诞生没几秒就被掐灭了，黄颖说想邀请君欣和子悦参加自己的最后一场婚前单身女子派对，问我可以不。什么？黄颖也要结婚了？结婚对象居然还是小好几届的小学弟……

我爸曾经教导过我，不要跟你想娶的女人说以前的事，更不要和你不能娶的女人谈交心的话。为了不跟黄颖走得太近，只好将千言万语咽了下去，答应道："当然可以。"双胞胎参加她们的派对，当然可以提升"名媛会"的层级。唉！没想到黄颖也这么俗，罢了。君欣回来了，我望着那仙气腾腾，覆盖着一层干冰的海鲜拼盘发呆，这顿饭还没怎么吃就饱了。

说实话，我宁可蹲在监狱也不愿意待在那个家里，君欣发作的日子永远度日如年。监狱除了没自由，生活条件差一些，其他的都还好。管理人员和狱友的素质都比较高，在里面至少不会被打骂吼叫。

君欣转战十几个话题后，闹累了，睡着的时候，她佝偻着，眉头紧锁，双手并放前胸，胎儿般的睡姿与愤怒的表情并存，像极了恐怖片里寄居了魔鬼的天使。

突然，她的手臂抢了过来，啪地打在我胸口，力气很大，又怒喝一声"烦死了"。我大惊，她在梦中居然知道我在想什么。"小欣，君欣，宝贝"，我轻声呼唤她，没应答，原来是句梦话，说明她这一轮发作远未结束。

长期陪伴着君欣，却让我感到了孤独。她长年累月的狂躁、咆哮，已经严重影响了我对未来的信心。容忍一个精神障碍患者，并不能让自己感到豁达、高尚，而是憋屈、无望，生活中唯一可以稳定预期的是她未来数十年每周至少两次的发作。精神疾病是"入世"的，渗透进价值观的，它充满了攻击性，将一切事项拖入尽可能坏的发展方向，它无法让人总是心生怜悯，像对待其他病患一样……除了她开心时偶尔的几句"真情告白"，很难感受到她对我的理解。你不知道接下来她会在一天之内，还是一个小时之内，甚至一分钟之内推翻自己的"告白"，继续以最恶毒的语言攻击你。当身边人的狂躁情绪占据时光的绝大部分，不可靠的一点点真情蜷缩在某个不特定角落，我能不感到孤独吗？

君欣臂膀的肌肤还保持着白皙，却没婚前那种弹性质感，毛孔明显了许多，显得干涩而慵懒。"没血色，像是小猪被做成猪肉之后摆在案板上的样子。"她之前曾这么形容过自己，我总是说"哪有，光线不好啊，运动一下就有血色了"，可这会儿不得不承认她的形容相当确切。

但金薇不一样。金薇虽然肤色较深，可是每一寸肌肤都像皮筋一样拥有弹性，我说她适合做成牛筋煲。她丝毫不生气，而是趴在枕头上闭着眼睛说："好啊，你把我吃了吧，一天一口，看看能吃多久。"

我说她是受虐狂。

她说我才是，天天被神经病虐待，还不懂得跑。

我说君欣不是神经病，只是精神上有点小毛病，比正常人的情绪起伏大一些，稍微有点狂躁和抑郁而已。

她立刻坐了起来："哼，你居然敢在我床上护着别的女人，神经病不就是精神病吗？"

我解释说："这话不对，神经病是句骂人的话，而精神病是种生理性疾病。"

她说："你胡说，神经病也是生理上的，坐骨神经痛不就是神经病吗？"

我只好说："你说得对，只是听起来有点别扭。"

"我不管什么别扭不别扭，这张床是我的领地，我想骂谁就骂谁，你在我的床上就不能帮别的女人说话，你老婆也不行。"

我只好哄她："宝贝……"

"等等，你叫君欣是不是也叫宝贝？"

我惊呆了，这是什么脑回路？女人什么事都要联想和类比，养成习惯后就没完没了。除了称呼还有很多啊，比如说是不是说过同样的话，去过同样的地方，做过同样的动作，买过同样的首饰，炒过同样的菜……如果都介意，她还找我这样的"二手男人"干吗？金薇之前生气时骂过我"二手男人"，可是我却没法回敬她同样的称呼，否则矛盾就要达到不可调和的程度。成年后十多年了，谁没有过前任啊？唉！可这是说理的时候吗？

我只好答道："不是，叫小欣，不叫宝贝。"一句话只要有一半是真的，我就有十分的自信。

她见我反应迟缓，"我不信，刚才听着像是下意识的，就像……条件反射。肯定平时叫惯了宝贝才会这样的。"

"想哪去了？"

"不行，我不要你叫我宝贝，你以后叫我honey（甜心）好了。"

"好吧，honey。"唉，怎么感觉有点别扭呢？"不对，这是外国人的叫法，是不是你前男友叫你honey啊？"话刚出口，我便觉得风险太大，暗自后悔。女人可以质疑男人，但反过来行不通。还好，她不是君欣。可说出口的话泼出去的水，算了，就这样吧，我不信她的反应比君欣还激烈。

不想她诡异地笑了，"是又怎样？你能叫宝贝，就不许别人叫honey啊？"

见她笑，我就放心了。还好，还好，金薇不是君欣，不会无缘无故地发作。我便肆无忌惮起来，继续说她没逻辑，那个男人八成也叫其他女人honey，她怎么就接受了呢？

她说："我不知道他有没有其他女人，可我明确地知道你还有个老婆。我们的逻辑不一样，在我的床上，我就是逻辑本辑。"

我终于弄明白了，女生们的逻辑都是一样的，只不过生气的阈值不同而已，金薇的阈值比较高，而君欣的非常低，所以跟金薇说话要安全得多，也要放松得多。

"唉！算了，我还是叫你小薇吧。"

"不好，都说过多少遍了，小薇这名字太风尘。网上说《小薇》这首歌几乎KTV专用，小薇这个名字是用来称呼陪酒女郎的。"

"那么还是叫你vivian吧，你听，vivian，薇薇，都差不多的。"

"好吧。"她停顿了一下又反悔了，"不好！这样不好！你在家，在床上一直叫我vivian。我的朋友同事什么的在公共场合也都叫我vivian，我会感觉很暧昧，你懂不懂啊？！"好像是这么回事，昵称就是亲昵时刻的称呼，怎么让外人用呢？可我实在编不出什么更好的昵称来。

"唉，一个昵称而已，搞这么复杂，好吧，honey。"

她赢了，脸上洋溢出满意的微笑。我很不喜欢她这一刻的神情，觉得那是她前任胜利。虽然人已经远去了，影响力还在，去他妈的honey！我后来也很少用honey这个称呼，有外人在，叫她vivian，没外人时不称呼，反正就俩人。

唉，我居然在君欣的床上想了半天别的女人。真的累了，正要入睡，一看手机已6点多，掀开窗帘一角，天空已然惨白。我悄悄溜出了房子，赶往公司。路上已经开始堵车了，有个红灯居然长达60秒，我花了3秒钟调了手机计时器，45秒后闹铃，结果后车催促的喇叭声比闹钟先响，睁眼一看，绿灯确实已经亮了，看来红绿灯的时钟要快一些。我强忍困顿，终于熬到公司，躺在沙发上呼呼大睡。

手机响了，居然是金薇。我已经有几个月没见到她了，真是念念不忘，必有回响，应验得这么快？她说有投资方对我的项目感兴趣，约了下午过来谈。我起身洗漱，才发现已到中午时分，有员工在会议室吃外卖，还有趴在桌上午休的，我赶紧通知大家启动客户参观模式。一边开窗通风，一边收拾，众人忙了10多分钟，办公室整洁如新，空气中也充满了清新剂的味道。

会谈相当成功，对方准备投A轮，不过也带来了一个信息，我们的竞争对手除了找投资方融资之外，还另外成立了P2P公司作为应急资金的补充。公司高管们开会时也常提到当下这个来钱快，且散户投资者无法监管经营状态的融资方案。似乎我们不干，便棋输一着。A轮谈妥后，大家继续争议："可是哪来这么高的投资回报率呢？"

"前期小额投资回报高一些就好，相当于广告。从长期来说，并没任何人可以保证投资者一定可以获得高回报，大家都是共进共退。企业赚到钱，没理由不分给投资者；当然，企业赔了，投资也会相应缩水。高回报伴随着高风险，投资者自己知道这些，并不需要我们做出更多的提示。只要在合约中包含一句'理财有风险，投资需谨慎'的小字就可以了。"

"没错，现在融资市场的情况是，投资者只愿意投高收益项目，要不他们干吗不存银行啊？你的产品收益率越高，人家越愿意购买，至于有没风险呢？他们只挑好听的。"

"我觉得任何一个产品，商家都是宣传它的好处，没人会特意讲它的缺点，关于这一点，我们不要在商业行为中有多余的道德感。"

"讲点通俗的，投融资呢，不管是盈是亏，都是经营行为，只要不是拿来花掉就好。我们虽然不是银行，但有财务制度，也没人可以贪污投资人的钱啊。"

"但是你没法保证投给房产租赁公司的钱一定能收回来。人家不还你钱，你拿什么还给P2P投资者？本金没了，这些中小投资者还是要闹的。"

"这个叫经营风险，我们根据市场加强风控就好，没任何人可以保证零风险。人家风投机构投我们不也一样吗？赔了就赔了啊，本来就是风投，投十家有一两家上市就好了呀。我们投房产租赁，收益不算高，风险也不算大，总比一般的风投靠谱吧。"

…………

于是会后我给马燚打电话，问他现在从事的行业怎么样了。他说："火得一塌糊涂，公司也马上要上市了。你们是不是有个同学叫何正太的？"

我说是的。

"有次在一个会上遇到何主任，刚好提起鹿房金服，他说是他大学一个学院的同学鹿江开的。"

"哦。"

"他说他对小额金融还是很关注的，这个行业鱼龙混杂，搞得好可以促进经济发展，搞不好一地鸡毛。他说他也在做一些跟政策相关的梳理工作，这个我听不懂。不过他说，我们需要的话，他也许可以起些作用，这个我能听懂。你懂吗？"

什么懂不懂的，我不想听到关于他的更多信息，于是道："哦，好多年不见了，不了解他，我们还是谈谈我们自己的事吧。"

"你们的竞争对手也在做P2P啊，你不做人家做，怎么跟人家竞争？面向不特定人群，这样融资才快啊，别看利息高，等公司上市了，这点利息算什么？"

"上市前怎么评估风险？"

"这个P2P和你上市的平台又不是同一个。具体怎么操作，我可以给你介绍个团队，他们非常专业的。"

"你不是做这个的吗？怎么还要找别人？"

"鹿总，你懂的，我这个人牵线搭桥可以，但真要我做那么复杂的事，搞不定啊。我的要求也不高，跟着你们这些老大们喝喝汤就好。"

举棋不定中，金薇又约我见面。我想最好不见，可是她刚介绍给我投资公司啊，如果拒绝，未免有点过河拆桥的嫌疑，想了半天不知如何回复。可君欣偏偏随后发来信息说她今晚去杭州，要和她的大学室友聚会，然后再回越阳陪她妈妈两天。想到昨晚她闹了一夜，总算可以安静两天了，轻松得很。我便回复金薇说请她吃个饭。

她说："谁要跟你在外面吃饭，万一被人看到，你那个疯子老婆，还不扒我的皮啊？"

"她不是疯子，只是情绪障碍。"

"又来了，你一直挺维护她嘛。"

"也不是，昨晚她刚闹了个通宵，我在公司沙发上睡了一上午，累死了。"

"那么约在我朋友的私人会所好了，她那边有简餐。你晚上几点前要回家？"

"几点都可以，她去杭州了。"

"去杭州了？那我还费那事干吗？还是去静香吧。回头发给你房间号。"于是彪悍的金薇又将我拉下了水。还别说，这方面金薇就是比君欣有经验，无法抵挡。

公司A轮融资后，市值超过10个亿。

金薇对我说："你也是有亿万身家的人了，公司里可以安排点消费，不用过得那么紧巴巴了，免得你老婆买个包还要问她妈要钱。"

我："可是融资的这些钱用在项目上就是个小泡泡，两三个长租公寓项目一投就没了。而且投资方随时能看到资金流向的，连加薪和员工福利都不行，怎么可能设立小金库呢？"

"怎么不考虑马燊的建议呢？P2P的钱就灵活多了啊，大投资人的钱当然管得严，小额投资人哪有资格查你的账啊，他们只关心自己能拿到多少利息，至于本金，你想怎么安排就怎么安排，等公司上市后，再一骨碌抹平就好。创业这东西，本来就是快鱼吃慢鱼，按目前的方式进展下去，我们肯定没戏的，只有你还在犹犹豫豫的。"

A轮投资方是她找到的，她有资格这么说。但我作为公司实际控制人，不得不考虑得更谨慎一些。

我说："难怪有人说，所有快速致富的路子，都写在刑法上。"

"全国这么多P2P公司，要是违法早查了，监管部门又不是眼瞎。你家里资源也不用，规则也不敢突破，凭什么成功？还真以为勤劳智慧能致富啊，我们这些点子，是个人都能想得出来。说得难听点，富贵险中求，你丈母娘有今天，人家当年也是冒了很大风险的，所以现在才有能力保护自己的双胞胎女儿。你要用人家现成的资源，恐怕没那么容易，还真得靠自己证明自己。我想你比我更明白，适合每个人成功的路并不多，一生当中发迹的机会也许只有一次，有时看起来有很多选择，实际上没得选。大家常说创业九死一生，现在你的竞争对手不止十个吧，十个当中有十个都在走这条路，你不走，难道能逆天吗？"

她说的是实话，跟我类似的履历，差不多智商的人，上海有千千万万，投资人凭什么愿意投资我？靠的还是家庭影响力。丈母娘为什么要为我背书？一家经营了十几年的房地产公司，为什么还要为我这么点小事冒风险？公司发展的瓶颈，必须靠自己突破。如果什么风险都没有，稳赚钱的项目怎么会轮到我呢？

于是，我还做了最后一项评估：万一，万一出现什么情况，该怎么办？

任何事情的发生，事先必然有一定的迹象。万一出现状况，我同意君欣提出的离婚计划就好了，至少她和晓鹿不会被波及。

后来，君欣听了我提的方案，郑重其事地说道："我知道，创业像逆水行舟不进则退，你肯定是遇到瓶颈了，才会跟我商量所谓的底线问题。我妈的想法是，你照顾好我，盛夏照顾好子悦就可以了，不用去做那些风险太大的事。但我是理解你的，虽然你不这么认为。你想自己闯出来，证明自己，如果我再限制你，你会觉得憋屈，人生价值得不到体现，永远只是一个人家眼中的什么赘婿，我这么说对吧？况且你不是盛夏，我并不能阻止你做什么，否则也不会跑出什么金薇来了。话说你大学时做过IP电话的生意，也不需要征询任何人的同意。我不想孤单地生活，需要有人照顾和容忍，作为交换，你需要一定的自由。不过很多时候，不管是创业还是其他什么，事情发生了，当事人未必能完全控制后续的发展，就像我控制不了自己接下来的一个小时生不生气一样。"

她难得这么理性和懂事地表达一次观点，我都不知说什么好，只好总结道："现在公司发展势头还是很好的，大概率能成，退一步讲，无论将来发生了什么，我都会一直照顾你的。"仍然没能说出"一辈子"这个词。

所有的可能都思考清楚了，我随即启用马燚推荐的团队，成立了P2P业务新平台——鹿房宝。事实证明，无论谁站在风口上，猪或者大象，都会被风吹起来，该团队甚至不需要我费一点儿心力，业务就像吹泡泡一样迅速膨胀起来。那几年里，只要销售代理口头许诺高息保本，吸纳的资金就会像滚雪球一样越滚越大，我甚至都后悔搞什么A轮融资了，白白损失一些股权。

只有半夜醒来，我才会想到，公司投出去的钱收益根本就覆盖不了承诺出去的利率。暗自告诫自己，见好就收，P2P融资规模切不可盲目扩大。做生意总归要焦虑的，每个阶段的新焦虑都会覆盖旧的焦虑，只要业务健康，资金流正常运转，就不是什么大问题。不过焦虑归焦虑，账面上宽松了，作为CEO的花销也相应地宽松了许多。

恍惚间，我总觉得当下的状态有种似曾相识的感觉，难道是上辈子的事？假如有前世，前世的我在财务上也阔气过？也做过融资？想了好几天，才发现似曾相识的感觉来自大学时IP电话吧的创业经验，当时发行过预付费卡，小赚了一笔。说起风险，当年也不是没风险，放在今天妥妥地违规违法，可无知无畏，不也过去了吗？还有，我总觉得马燚的形象也似曾相识，分析起来他的角色跟我做IP电话吧时的那个初中同学颇有几分相近。对了，他们笑起来的样子神似。

这段时间，我每天都像君欣一样被两股情绪拉锯。一个是激进的情绪。大家都可以，凭什么我不能做？有那么大风险吗？法不责众，何况P2P业务中还有这么多大佬和体面人。另一个是劝退的情绪。是不是太激进了？这跟高息揽储有什么区别？收益什么时候才能覆盖成本？真的能上市吗？上市后圈的钱，原理不是一样的吗？这个时间差我们能安然度过吗？

不得不承认，有钱的好处还是很多的，它会缓解内心的道德压力，让人更倾向于冒险。至少君欣发作时，多了一个有可能快速扭转她情绪的选项。比如说有一天，君欣要去建国西路的一家西餐厅"拔草"，餐厅离家一公里左右，对她来说属于不远也不近，开车易堵、停车麻烦、走路嫌累的尴尬距离。果不其然，由于天气还有点热，距离餐厅一个路口时，君欣就不耐烦了。点餐时照例还是让我随便点，然后点什么她都不吃，之后便一直数落我的不是。虽然餐厅内冷气很足，环境也相当优雅，依然难以抚慰一颗狂躁的心。我又劝导了几句，说的是我们住得够近了，下班高峰期路堵，走路也是不得已，下次再晚点过来就不晒了，最末多了一句嘴："早知道我还是开车送你过来好了，然后我再慢慢地去找车位。"君欣便开始发飙了："又是早知道，就是你这种安排，把我一天的好心情都毁了，估计明天也过不好，都是因为你。"我只得继续解释说，假如开车也会堵在路上，这个时段出门总是两难。她彻底炸了，说我故意找她碴，特意要让她在大庭广众之下出丑。君欣发作的典型前奏，要么累，要么热，不能堵车，红灯不能等太久……今天都赶上了，这些都是常态，不是重点，重点在于怎么办？我只好拿出了撒手锏："小欣，我在环贸的宝格丽看好一条项链，本来想吃完饭后散步过去，给你一个惊喜的……"

"吃什么饭，现在去好了。"

于是，我迅速地叫了一辆商务专车，将君欣带到了环贸，距离也是一公里左右。其实我并没看好什么项链，不过随口一说，反正到店指着橱窗一点就是，没有哪个女生会对橱窗里陈列的头牌产品无动于衷的，即便她不喜欢，也不会对我的动机和审美产生太大怀疑。

"啊，你怎么做到的？现在我不那么讨厌你了。"君欣一边抚摸着那项链的吊坠，一边端详着镜子里的自己，头也不转地对我说。果然是豪门大小姐，十几万的项链都博取不来哪怕只是微微的嘴角上扬。不管怎样，我松了一口气，这个周末大概率可以平安度过了。

有时候，她情绪来了也不激烈，但抑郁，连续一周不出门："你不能理解我的感受，我的生活像一潭死水，每天都困在这所房子里，我走不出来了。"

"可以出去走走。"

"哪哪儿都没什么意思，不想去。"

我便劝她："哪有住在这么宽房子里的死水？什么都有，有这么好保障的死水？你知道多少人要在上海买套房子，全家两代人的努力都不够。"

"每次打扮得漂漂亮亮地出门那一刻是开心的，但是见不到什么新鲜的东西，我很快就会觉得厌倦、疲惫。回到家，我又变成那潭死水，我觉得朋友圈谁都过得比我幸福。你看到的一切，跟我看到的一切，感受是不一样的。比如这些家具，当时刚看到时兴高采烈的，它们看起来很精美，过段时间我又会觉得厌恶，看不顺眼，总觉得我的设计意志没得到贯彻。我的生活当中处处都是这样，到现在为止，没哪一项是让我满意的。"

我说："没关系，全部换掉。"

做母亲的很快发现女儿不怎么问自己要钱了。对于有钱人来说，花钱，甚至快速花钱不会有危机感，钱花不出去才是最危险的。了解到我成立鹿房宝之后，当即安排了她的助理做了秘密调查。准确地说应该是秘密审计，审计就必然会留下许多人物访谈和账本的调阅记录，所以很快被我觉察到了。这位女助理上身一件黑西服，领口扎条丝巾，显得相当专业的样子，不过长裤又是那种白色或肉色的乔其纱面料，虽然包裹得严严实实的，然上紧下松，在一众白领女性中还是显得十分性感。我不但不讨厌她，甚至还产生几分好感。

我认为此举多余，根本不需要调查啊，账本对投资方公开，岳母虽然不是投资方，但想看的话我也会双手奉上，其实很多内容在App上写得清清楚楚，有什么想问的我也会直接回答的。

可后来的进展表明，我太小看丈母娘安排的这位年轻女助理了，她居然调查出金薇又跟我在一起了，真是预料中的意外啊。不是"说好"睁一只眼闭一只眼的吗？说实话，此刻我真是对她刮目相看，连之前的几分好感也完全反转了，甚至她的黑西服和白裤子都显得那么扎眼，仿佛从婚房里突然闯出一对黑白无常来一样让人产生生理不适。

她的评估结果包含但不限于：我的鹿房宝业务与鹿房金服存在实质上的紧密关联，几乎可视为一体。鹿房金服商业模式属于体量大、长期薄利型；鹿房宝纯属民间集资项目。鹿房金服尚处于经营规模快速扩展阶段，它的预期经营收益都不能覆盖鹿房宝的高额利息支出。鹿房金服无论在海内外都很难短期内满足监管方的要求，上市融资遥遥无期。无论哪项业务，风投机构、中小投资者无形中都考虑到了郁家的背景资源。差别在于，万一出现业务风险，风投机构只能在法律框架下维护自己的权益，也无法通过婚姻关系追溯损失，但对民间资本来说，完全可以顺着婚姻关系，以民间力量追溯到他们以为的背景保障方。鹿房宝的体量膨胀太快，已经对郁家的事业造成极大威胁，需要尽快切割。

切割的办法很简单，女助理也提供了充分的证据。

事后分析总归是更容易的。或许有人会说，这个时候收手不就好了吗？事实上，开弓没有回头箭，P2P业务是一项无法短期内中途下马的业务。因为一旦中止，没有进项，又要兑付承诺的高额利息，就会立刻导致资金链断裂，也就是人们通常说的"爆雷"。它只能通过拆东墙补西墙的方式，获取更大的"收益"后覆盖亏空，再逐步退出，这个周期需要好多年。当然，大多数P2P机构根本就不会像我一样考虑退出的问题，只会在自己认为安全的时机戛然而止，也就是跑路，让投资者承受损失。然而，这些都是后话，当时并没有出现这些情况，市场一片欣欣向荣，我的团队中谁也不会不合时宜地过多地提到风险。我的虚拟身价已经上升到几十亿，其他人也水涨船高。好比武松打虎，已经骑在虎背上了，还有别的选项吗？只能在光荣与梦想的激励下不停歇地挥舞着拳头。

二次地动山摇后，君欣不得不立即执行之前预设的"离婚计划"，我也无法拒绝。我们都没退路。之前顾虑的P2P融资风险正好通过离婚协议跟君欣母子俩隔离开。她是富贵人家的孩子，离婚对她来说没任何经济和生活上的压力，还可以得到她妈妈更多的帮助，以及跟子悦互助。分析到这里，我们都觉得离婚也未尝不可，甚至有相当的价值，它可以让我放手一搏，将事业做好。回想当时的心境，我也有一点小心思，希望自己早点得到解脱，因为实在照顾不过来。跟君欣比起来，金薇对我的态度简直算得上殷勤与奉献。

离婚协议根本不用看，房子本来就是君欣的，儿子归她，我公司名下的股份归我，律师将协议递给我们之后，一分钟便签好了。她说这也是她妈妈的意见，OK，大家都很为对方着想，达成共识。从现在的角度看来，当初的离婚协议和财产分割办法依旧是最正确的决定，可以确保君欣和孩子都不被牵连进来。

刚开始君欣并不着急赶我走，因为我住在她的房子里至少还可以帮忙接送孩子。于是出现了一个很怪的现象，日常生活中我们离婚跟没离婚似乎没什么差别，只不过不再一同在小区里散步了，我相当于君欣的一个贴身男保姆嘛，又有什么关系呢。

不过这种情况没能持续多久，因为旁人觉着奇怪，会影响到君欣，她发作时喊我几次滚，我便滚到公司去了。不过我并不是真的住在办公室，只是将那里当作行李中转站，夜里还是住静香。

金薇在上海有一间商住公寓，属于那种外观豪华，地段也不错，实际上值不了几个钱的商业地产项目。她之所以购买这所房子，也是基于现实考虑，她来到上海后，已经错过了上海房价快速上涨的时期，由于住宅限购，只能暂时购买这类房产。等君欣再一次催我将物品彻底搬走时，我便借机搬进了金薇的房子。

马燚来帮忙，临走时，咧嘴笑着对金薇说："离婚的男人是个宝，现在宝到手了，看你怎么把控了。"

金薇："要你多嘴。"

马燚："几家欢喜几家愁，人家君欣要没人照顾了。"

我便示意他快走："男人嘛，走路的时候少说话啊。"

马燚："干吗，耍酷啊？"又打趣道，"你们这对奸夫淫妇终于可以幸福地生活在一起了。"

我说："这话讲得别扭，骂奸夫淫妇都受用，为什么要跟幸福这么美好的字眼纠缠在一起呢？"

金薇："没关系，我一点儿也不介意。就是一路反主流，我才活成现在的模样，虽然算不上大富大贵，但总比整天挤公交地铁的那些职校同学强。"

她甚至乐着说："马燚，你的作文水平不行，应该多一些修辞，比如讲，你们这对奸夫淫妇终于可以没羞没臊地厮混在一起了。"

眼看马燚走了，金薇转头对我道："这么说自己真的好刺激啊！"

我知道，金薇还是很看重金钱和地位，所以才会往下跟她的同学比，往上跟君欣比。然而君欣从不这样，她并没很强的等级观念，无论是厅局干部还是小区保安交代的事情，态度都一样认真。我更懂得，要想过得好，就不要去跟金薇讨论价值观，更不用跟君欣讨论如何赚钱。有人说，女人的内心体现在她选择了什么样的男人，反过来也一样，这个判断对于我们完全适用。金薇体现了我内心的真实情欲，而我则反映了金薇的物欲诉求。

不过到了夜里，金薇哭了："我们两个，没有回头路了。"

我说："白天不还挺勇敢的吗？还帮我搬东西。"

"之前只是玩玩。现在真要面对未来了，想到这注定是一段不会被祝福的感情，就很哀伤。如果妈妈还在，她要是听说我是小三，不知多难过。"

什么意思？之前只是玩玩，就把我玩离婚了。现在要面对未来，又想被祝福，难道金薇想要跟我结婚吗？从来没讨论过，也不在计划中啊。我再没说话，只是用手抚摸她的头发，跟当年抚摸君欣是一样的。我确认，这一刻我们才开始相互依恋，之前都是欲望使然。我和她，是先性后爱的典型。所谓感情，一定要有所依赖的，如果两个人谁也不在乎谁，那真不叫爱。呵，我并没打算跟金薇结婚，居然还使用上"爱"这个词，真讽刺。

父母是最后知道我和君欣离婚消息的。母亲大骂我怎么为了金薇这样的女人跟君欣离婚，我只好说不是我想离的。她说："不管怎样，是你做错了，辜负了人家。"我只好将双胞胎的遗传病讲出来。母亲愣住了，停顿了半天，才说："既然如此，也没办法。"

父亲则告诉我一个秘密：早在2007年，我毕业之前，他们在上海为我买了一套房子。我想起来了，当时我妈问："该准备多少首付款，该买多大的房子才能配得上郁家大小姐？"得知人家已经准备好了房子之后，他们在上海偷偷地买了一套，当然是挂在他们名下。他解释道："当时觉得跟大户人家联姻，还是得留个后手。没法跟你商量，现在可以告诉你了。那套房子少说也涨了七八倍，不过涨多少没关系，你现在可以简单装修一下，搬过去住了。"

如果君欣知道，她会怎么想？

父亲早就准备好说法了，他说我在郁家人跟前不必难为情，因为"你丈母娘为双胞胎早早地买好了房子，就是为了做成婚前财产。人家可以公开这么做，我们私下做些应对也没什么不好"。他们不接受金薇，我也没结婚的打算，于是仍暂住在金薇的房子里，父母这套房子便交给陈可富手下的职员改造成了长租公寓。直到我被捕入狱，我才发现我父母和君欣的父母同样具有"远见卓识"。不管怎么结婚离婚，他们买的房子都还在，上一辈人的努力成果，并没在我们这一代发生实质性转移。

随后的一年里，公司又接受了一轮融资，成为业内明星企业，经营范围也进行过多轮包装，从为长租公寓提供融资支持到助力城市更新，概念一个比一个新颖，越来越受欢迎，甚至将业务扩展到其他省份。我也接受了许多采访，还因此见过许多政府部门的领导。

按照金薇的安排，年底的客户答谢会在黄浦江游轮上进行，规模和档次都超越了金薇当年的想象。我对很多人喜欢外滩和浦江游轮一直不太理解，黄浦江的水黄黄的、腥腥的，往来的货轮比游船多，一条运河而已，真不知道有什么好玩的。当年君欣和子悦参加的女性哲学班也常在游轮上举办餐会，可是每次总有人迟到，中途也无法退场，这次的客户答谢会也不例外。每次发生这种事，我会说，在酒店办不好吗？可金薇喜欢，客户也喜欢。

活动结束后，我问她："还想买游艇吗？"

她举着一个大大的葡萄酒杯，拼命地摇了摇，醉醺醺地答道："我现在的目标已经不是买游艇了。公司什么时候在香港或纽约上市，我们去维港或者哈德逊河上办酒会？"

我自信地答道："会有这么一天的。"

然而紧接着传来各地规范P2P金融业务以及打击非法集资的消息。投资者质疑得越来越多，我们不得已经常在公司网页、App、自媒体上发布稳定客户信心的通告。

有一次约在外滩金融中心探望晓鹿，临走时在一楼的一家咖啡厅交接儿子，君欣问道："山雨欲来风满楼，你的公司不会有问题吧？"

当年我做IP电话吧时，她的语气也是如此。

"不会有问题，我们的资金流都是正向的。"

"晓鹿的抚养费，就缓一缓吧，正是要用钱的时候。"

"也不差这点钱啊，一年到头下来，还不够去隔壁买个浪凡的呢。"

她尴尬地笑了。我注意到她浑身上下并未添置新的奢侈品，基本上瞧着眼熟，特别是脖子上挂着的那条给人深刻印象的宝格丽项链。

"我想了想，你还是一个非常愿意走出舒适区的人，不过这样的风险确实很大。"君欣的评价，就是比金薇棋高一着，毕竟是读过哲学的。

其实我想说，她们创办的文化公司，同样具有洗钱的嫌疑，只不过传统的风险有成熟的掩盖方案，而创新的风险没有，所以风险本身不可怕，怕的是没抵御风险的能力。我既非纯粹的坏蛋，也不是什么好人，属于懂得了所有道理，仍然过不好一生的那种傻子……糟糕，我为什么有那么多话想跟君欣说呢？充分说明，只要她不发作，一切都会归于美好。距离，确实产生了美……

可是不能多说话，否则又要对不起金薇了。只好点点头，拿了自己那杯咖啡就走。

唉，矛盾的转化如此剧烈，生活真的是太刺激了。

有一天晚上，回到住处已经快零点了，金薇居然还邀我坐在她精心设计的小吧台边一起看月亮，开了罐可乐，分别倒入两个玻璃杯中，还加了冰块跟柠檬片。她认真地问道："假如风暴吹到上海，我们怎么办？"

"应该不会吧，上海是金融中心，我们以业务为中心，资金来源和去向都很清晰。有的P2P纯属骗人，把钱转移走，人都到国外去了。我想应该是先整顿它们。"

"真要整顿起来，能按你的标准吗？担心又是一刀切。"

"总会有区别的。"

"你说的标准，感觉很难执行，都是吸收公众存款，什么叫投在业务上，什么样的不是，说不清啊。话说早不监管，晚不监管，非等浑水里养了一池子鱼再来管。你怎么知道别人不是冲着你的资金池来的呢？到时候谁还管你业务健康不健康啊？"

"你怎么也焦虑起来了？不是说富贵险中求吗？"

"不一样，那时我是看热闹不嫌事大，现在我们是一条绳上的蚂蚱。"

"怎么一条绳了？我们又没结婚，你也不是主要股东。出了问题，肯定是我兜着。"

"我已经把整个心都放在你身上了，你要有事，就失去了生活的全部意义。"

金薇居然说这么肉麻的话，听得我胆战心惊。

不对，一定有什么阴谋。

"生活的意义是什么？我学了四年哲学都没搞懂。如果你有自由，有钱花，很快会忘掉我的。"

"你为什么会这么认为？"

金薇的表情说明，她觉得这么说对她不公平。

"现实是残酷的。你从小跟着你妈生活，走到现在不容易。"

"你难道没发现，我最近戒酒了？"

"嗯哼，我们现在喝的是可乐。"

我注意到了，她最近确实没去酒吧。

她捏住我一只手："我想给你生'猴子'。"

"什么？"我以为自己听错了。可是握手又不会怀孕，她将我的手抓得那么紧干吗？

"你不想吗？一个没遗传风险的孩子。"她很认真地说话。

"可是，我同样也担心他学习成绩不好。"我也只好认真地回答，"听说孩子的智商也随母亲。"

说完，我担心她恼，不料她一点儿也不生气："但他一定很有闯劲，况且还有你一半的基因。你不觉得，我进步的幅度一点儿也不比你小吗？"

眼前的事都没解决，还谈什么将来。于是我把话题扯回来："金薇，你刚才不是说，公司风险很大吗？"

"没错，所以我想，我们可以做些准备。"

"做什么准备？生'猴子'能够化解公司经营风险吗？"

"我们可以去国外生活，在美国生孩子，我们就可以留在美国。"

"我可不想跑路，我们的生意跟别人不一样，虽然还没开始盈利，但业务是健康的。另外，以我们现在的地位和财富，不生孩子也可以留在美国吧？"

"那是你的想法，现实总是跟你想象的不一样，要有底线思维。既然是底线，当然采用最可靠的办法。公司这么做下去，你一时半会儿去不成，等你想去的时候，也未必能成行。"

"我不觉得有这么大的风险。"

"所谓防范风险，就是做些未雨绸缪的事，不发生风险，对你也没多大损害。风险之所以叫作风险，就是事情总有出乎预料的可能。"

"那你觉得要怎么做？难怪这么晚了还要拉着我看月亮。"

"我知道你放不下手头的生意，要不也不会忙到这么晚回来。我想把这个房子卖掉，然后再将我的股份转让掉，去美国后一边待产，一边熟悉那边的环境，等时机成熟后，你再跟我们母子会合，怎样？"

卖房子是她的自由，可股权交易没那么容易。显然，她需要我的帮助。我不禁伸手去抚摸她的小腹："不会已经怀上了吧？"

"胡说，当然还没有，这种事难道不要跟你商量吗？"

"商量？呵呵，在微信群发照片的时候怎么没想着商量？"

"鹿江，真的不一样了呀，那时就是好玩，心态跟现在完全不同。我真的是为我们的将来考虑。我们没有你前妻家的那种资源，赚钱这种事，有机会就赶紧抓住，保住胜利成果最重要。我们没什么资源可以一直维持下去，不如早做打算。"

马燚分析说金薇想跑。我说："这对我也没什么坏处，还能得到一个孩子。"马燚说："如果金薇有良心，也算一条后路。"我说："就算她杳无音信，也算不得没良心，谁也不欠谁。"

马燚说："想通了就好。我现在算是明白了，婚姻这种东西，就得有利益绑定，否则结什么婚啊。照我说你们也先别结婚了，让她自己去申请签证。"

我说："我们还没提到结婚的事。"

马燚："什么？不提结婚，那更可疑了。一般来说，谁觉得有风险谁提结婚，你这个二手男人不求婚很正常，被前一段婚姻伤着了嘛。她不提结婚，说明她没危机感。金薇是个不按套路出牌的人，你小心成为人家的跳板。"

我说管不了那么多，我并不觉得感情的风险需要婚姻来规避，更在意经营上的风险会不会将她也牵连进去，既然君欣那边可以离婚保平安，金薇这边不结婚也无所谓。

金薇的房子挂牌出售期间，我准备收回父母在上海买的那套房子，装修一下住进去。

她劝我简单点，"这房子就是个过渡，也别搞什么精装修了。"

"你想让我住在长租公寓里吗？"

她说："把我房子里的床和软装搬过去就好，反正没人愿要上一个业主睡过的床。"

"这么节约干吗？"

"把钱用在刀刃上。等我们出国了，这房子要么卖掉，要么还是一套长租公寓。你的材料我也给移民中介了，按你的学历和履历，问题不大。"

她如此为我着想，让人丝毫不怀疑她会在美国等我。

搬家结束，金薇也办好了签证和机票。最后那几天，她让我干脆休假陪陪她，我说不能，冲刺海外上市阶段，正跟同事们讨论路演PPT呢，所以每天还是忙到晚上才回来。出发前一天中午，她直接打电话跟我说下午别上班了，早点回来，日期算准了，这个月最后的机会，最好一次就中。我知道她这段时间一直在补充叶酸，可我还没做好心理建设。给郁晓鹿再添一个同父异母的，还是非婚生的弟弟或妹妹，将来怎么跟他解释？爸妈那边该怎么说？我始终没想好，他们一直都不认可金薇呢，所以才一直拖，拖到最后一天。

最终我做出了决定，好吧，就依她，多一个孩子总是好的。从中午开始我就将所有的会议提前了，并取消了下午的新员工面试，审批完烦人的报销款，一天的事务总算处理完了。一堆琐事当中，其实最不能耽误的就是报销款，基层员工了解不到公司的实际经营状况，只会找些蛛丝马迹瞎猜，工资和报销款哪怕耽误一天，就会多出许多流言来。我也懒得看那些票据了，一律签字，总算赶在夕阳落下前下班了。

可是我刚出门，就在电梯口碰见警察了。他们说自己是经济侦查总队的，又说我涉嫌非法集资，要我跟他们回去接受调查。

这么巧？难怪古人说，无巧不成书。似乎没别的选择，只能跟着走。

两天后，律师告诉我，事情有点麻烦，这一轮查处的非法集资有几个主要特征：一是面向不特定公众募集资金；二是承诺还本付息；三是经营收益明显不足以覆盖成本。这三个关键点，我都踩中了，他为我设计了对应的辩护要点：一是有私募牌照，只是操作不规范，募资对象有扩大化倾向，可以纠正并以最大比例赔付小额投资者；二是资金使用均以经营为目的，并未转移或用于实控人、股东消费，无主观占有资金的企图；三是公司有几年后盈利的规划目标和实施计划。当然，这些辩护点都被一一攻破，唯一能减轻惩罚的点是"积极配合赔付工作"。我觉得这些细节都不重要，看守所里像我这样搞P2P的人可不少呢，只不过大家都是单独关押，无法交流。冲着这一点，我知道结局会是什么。公司的律师也算尽心尽力，我也没打算再委托其他更大牌的律师。

金薇当晚的计划未能实施，第二天的行程却未因此耽误。其实我很想采访她当时的心情如何，以及怎么度过在国内的最后一天的，可惜不能够。总之，就像风筝断了线，一头随风高飞，另一头顿显无用，坠入谷底。坠入谷底的这头在腐朽之前只得穷其一生想象那头的壮美风景，猜它花落谁家。

公司发生的事，大家在互联网上都能查到，同行们的新闻也不少，恕不赘述。

七、浮生益梦

　　案件的侦办取证、资金追索、开庭审理等花了大半年，之后我被转入监狱，成了一名正式的服刑人员。说实话，完全不必如此麻烦的，事情简单得很，公司和我都没有秘密，敞开交代。不过警察说流程需要，只得配合。

　　监狱的条件比看守所好多了，大概跟早年的大学宿舍差不多，上下铺，早起晚睡，参加集体学习和劳动，很有规律。如果将心态调整到当年，可以理解成考前一个月的昏天黑地无限期延长。

　　心理上的失落感另说，有一个很大的问题是对时间的感知。高墙之内，重复的日子太多，需要靠春夏秋冬的季节转换才对时光的流逝有明显的感受。狱友中伤春、悲秋的比例相当高，常有人出口成章，似乎不如此便对不住这难得的时空机遇。

　　然后就是睡眠问题。我并没像传说的那样因为作息规律和繁忙劳作从而提升睡眠质量。相反，我夜里总是做怪梦，导致白天也恍惚。长期与外面的生活隔离，记忆似乎也出了点问题，许多往事的时间节点都模糊了，甚至不同的人说过的话也张冠李戴起来。比如某句话究竟是君欣还是金薇说的，我也要想半天。当然，最容易梦见的就是君欣发病的样子，每当被子压住胸口的时候。

　　梦有时是这样的——

似乎某个早晨，没有第三人。我醒得比平时早些，结果发现君欣比我更早起床。穿过洒满阳光的客厅，来到厨房，君欣在烧水，准备煮面。

"我知道人们为什么喜欢早起了，早晨的阳光色温低，偏红发黄的光线让人感到温馨，夕阳同理。"

"怎么起来了？"君欣向来对原理不感兴趣，除非不得已要学习。

"哦，刚好醒来了。"

"你继续去睡啊。"

"不睡了，中午再休息。我来吧，水少了，我去加点水。"

场景很逼真，由于腕力不足，君欣总是只接一点儿水，这样煮出来的面条容易黏糊。况且我也已经起床了，两个人的食量需要更多的水。不过，我大概忘了，君欣从来只给自己煮面的，不会考虑我的分量。

"不要否定我！不要挑我的刺！"君欣立即喊叫起来。

"我只是说水少了，平时都是我煮面的，我来就好了。"

"不要动！出去！不要参与我的事情。"

"发生什么事了？早上微信上有谁跟你说过什么没？"

"没有！就是不喜欢有人否定我！"君欣喊叫得一声比一声大，已经开始发作了。

"君欣，我没否定你的意思，只是想加点儿水。"

"不要你管，我想放多少水就多少水，不要你指手画脚，看见你就烦。"

"这是怎么了？"

"没怎么了，好好的心情被你一句话给破坏了！今天都过不好，明天也是，永远都过不好，就因为你说要加水！！"君欣的嗓子又哑了。

一转身，恐怖的事情出现了，金薇坐在餐桌边，娇滴滴、笑盈盈地问道："鹿江，我的面呢？"

吓醒了。

马燚一年后来看我，说他也被关了几个月，因为所在公司被查了。

"那天，金薇去了美国，她微信里说，在浦东机场候机时还相当忐忑，担心分分钟会被扣下。"

我说："还好，又不是'走线'。"

"两边过海关她都很担心。"

"去成了就好。"

"其实她想留下来救你，我们劝她赶紧走，这种事她帮不上忙，别一个没捞出来，又一个拖下水。"

我问："不知道在那边做什么呢？"

"那就不知道了，她又不会说实话的。反正准备了好几个方案留下，商务派遣、读书、探亲访友，不行还可以假结婚嘛。"

"不是说要买房吗？"

"提到过。开始说去尔湾，还有个什么核桃市，那边很多赴美产子的华人，房价太高了，想在加州找找其他小城镇。又说想去纽约，做回都市女青年。"

"纽约？"

"搞金融。金薇嘛，有的是办法。"

他们与金薇在微信群中的对话似乎都没提到我。案件审理过程有无涉及金薇呢？我不清楚，反正她也不是大股东，应该没人关注。按我的想法，尘埃落定之前，她最好别回国。公司放出去的资金回笼要好几年，所以退赔的进程也得持续多年。她回国没什么意义，除了来看我一眼，还能做什么呢？

有时候我会产生幻觉：金薇离开上海之前的计划都已实现，只是我忘了，然后某一天，她挺着大肚子来探监……不过我又立刻意识到时间不对，怀胎只需10个月，而我失去自由之后四季早已转换过一轮。

于是又酝酿另外一个梦：若干年后的初冬，我出狱了。街巷雾蒙蒙的，露水打湿了柏油路面，满地都是枯黄破碎的梧桐树叶。街对面的石库门房顶上的气窗像一排眼睛在监视着我，每两个是一双，那么多……远处出现两个身影，一个大的拉着一个小的，定睛一看，那是金薇牵着孩子……不对，是君欣和晓鹿……不行，这个梦太诡异了，不吉利。

另外一个场景出现得更多：君欣来探监。幻象更丰富，细节栩栩如生。

她说，她可能是最后一批购买我产品的客户。

"什么？明明知道要被查封，还要把钱投进来？"我惊呆了，正想一句"是不是傻啊？！"脱口而出时，我忍住了，我想到之前就是这么说话触发君欣情绪的。于是改为："没钱了，你拿什么买包包呢？"

"呵呵，包包都拿去卖了。"

"什么？！"

"应该卖了有一半吧，要不哪来那么些钱。"

"啊？"我只能目瞪口呆地听她说，之前把包包看得比我更重要的君欣，居然"卖包救夫"，前夫的夫。

　　君欣此举有赌气性质，她知道无法向自己的母亲要求更多，清空那些包包柜子，也是一种示威。一家位于新乐路的二手奢侈品商店老板娘为此亲自上门跑了两趟。

　　"小姑娘，我跟你说啊，我（20世纪）90年代就在华亭路、襄阳路做生意了，那个时候还没有什么环贸，但淮海路一带知道我华姐的人比现在可多多了，就算是现在，新乐路最有实力的店铺也是我华姐的。下一站，恒隆广场。"

　　关于华姐的故事，君欣不是没听说过。20世纪90年代初，华姐刚去杨浦区一家纺织厂上班没几个月就遭遇了下岗，她本想应聘空姐，结果那时航空公司针对纺织系统只招"空嫂"，于是便去了华亭路摆摊卖衣服，成衣市场也算是纺织行业啊。后来从华亭路转到襄阳路，再从假名牌到二手奢侈品，华姐的生意也越做越大，新乐路这家店铺只是她的新店之一。若干个华姐，也将新乐路打造成了二手奢侈品一条街。由于君欣的包包可以布置一整间店铺，而且品相都很好，更为关键的是，这些包包背后的故事非常吸引人，几乎赶上名人用品，华姐才这么热情，亲自上门服务。

　　"华姐，难道不能先预付一部分款项吗？"

　　"我说小姑娘啊，你一定要相信我啊，我这里是最靠谱的，变现速度最快。"

　　其实华姐早打听清楚了内幕，加之10多年跟寄卖人打交道的经验，君欣没多少讨价还价的余地和必要。

　　于是我脑海中晃过一幅画面——

　　我送给君欣的爱马仕，结婚三周年的礼物，被摆放在大门对着的橱窗顶格，同品牌的放同一层。

　　那款我从青浦奥特莱斯淘过来的古驰历史上最大的竹节包，应该放在那一排爱马仕下方正中央。

迪士尼联名款的古驰，则应该放在临街的橱窗上。

迪奥和香奈儿分别放置在左右两侧靠墙的橱柜顶层。

路易威登的首饰盒、手提箱、旅行箱被成堆地码在店铺中央，像是一个新式的展台。

对于有意向的消费者，店员悄咪咪地讲述包包背后的豪门赘婿故事。

时间宝贵，还是谈谈郁晓鹿吧。她说晓鹿以为我出国了。这是正常操作，没问题。等我出来后，晓鹿一定不认得我，这个我也早有心理准备。她说送晓鹿进了国际幼儿园，将来走海外教育的路子。当然很好，这些安排只需告知就可以了。入狱以来，我已经很习惯这种谈话方式了。

她说这些年幸亏子悦和盛夏照顾她。子悦不用说了。每次君欣出现严重的狂躁相时，都是盛夏送她去宛平南路的，所以就会连着盛夏一起骂，让他也受了不少委屈。我听那话的意思，这些委屈本应该是我承受的，结果我躲在监狱中享福呢。我也清楚，假使我在外面，她绝不只是骂人这么简单。

最后她问我今后有什么打算，这可难住我了。她说之所以问我这个问题，是因为我父母给她打过电话。我只好说，出来后做点稳妥的生意。

后来应该是马燚也来看我。他为什么能来探监，我不明白。

他大骂我傻："你没明白？这就是问你想不想复婚啊？难道要别人说那么清楚吗？"

我说我真没听出来。

马燚说："完了，完了，你这一没听出来不要紧，至少多坐两年牢。"然后他左顾右盼，再低声道，"盛夏也是犯过错的。所以，你丈母娘应该觉得你也可以被救赎。"我立即示意他别说了。干吗将我跟盛夏相提并论。

听马燚的意思，肯定是东窗事发了。盛夏的事我早知道一点儿，只是不知后事如何。事情是这样的，盛夏创业后一门心思搞他那个建筑设计App，作为CEO却没能掌控整家公司，一手房代理业务仍旧在合作伙伴手中，资金也一直被别人占用。一年后，丈母娘发觉她的女婿被人利用了，当然怒不可遏，于是安排一位副总进驻公司，将资金追回，并与合作方分道扬镳。分家后盛夏的公司更名为"申房网"，专注于房地产大数据。当然，盛夏的App开发团队也被公司剔除。不过，盛夏私下注册了实体，保留了这个团队。为了让团队能活下去，他在"申房网"虚了若干个小的开发项目，转包给自己这个小团队。他在自己的权限范围内偷偷地做了若干笔小额转账。如果在国企就算挪用公款，但在自家公司并不是一件大不了的事。这事子悦和君欣都知道，反正还没等到下一步，我这边先出问题了，也就不知后事如何。马燚的意思我明白，就是大家比烂，我的错误也可能被接受。

马燚换了个话题："又一个冬天来了。"

真有空，有限的会客时间，他跟我谈天气。我说："知道。"虽然狱中没自由，季节还是能感受到的，时间和日历也有概念。

他说："你知道个屁。到底打算在狱中过几个冬天？谁会等你六年？金薇还是君欣？你没明白这个世界上究竟谁才能帮你早点出来吗？为什么还犟？你看老张，不是他媳妇照顾他，早就走了。人这一辈子，除了父母，身边还得有个靠得住的人啊。"

没错，不管怎样，我还是比老张幸运，至少身体是健康的。记得父母来看我时，他们也提到将来跟君欣复合这个问题。我不愿意思考，就对他们说："我是个犯人，主动权不掌握在我手中，当初提出离婚的也是君欣和她妈啊，况且我要在狱中待六年，说不定人家找到更合适的了。"当时话题便到此为止，没想到他们真去给君欣打电话。

君欣毕竟是我的前妻，我们共同生活了10年，有孩子，她除了经常发作之外，其他都好。甚至闭上眼睛，就能浮现出她如婴儿般的睡姿，闻到她身上的气息。当年的我，宁可蹲监狱也不愿意忍受她的吼叫怒骂，现在"如愿以偿"了，又觉得监狱时光难熬，宁可忍受她的吼叫。真是此一时彼一时啊。其实也不矛盾，好了伤疤忘不了疼，失眠症和牙疼也很要命。人生就是一种痛感压制另外一种痛感的过程。

可是跟君欣复婚，金薇怎么办？我相信当下的失联是暂时的，金薇应该会等我的，她不是还准备生一个孩子吗？跟金薇在一起的两年，更加自由而轻松，一想到她，我就欲求满满……有位狱友说过，知道老年人为什么前列腺炎高发吗？监狱里更多，还不是没性生活……如果我能尽快出去，一定能将她找回来。

这个问题我在梦中想了一个月，比较她们两个的好与不好，还是没想明白。难道不滑稽吗？一个蹲大狱的，居然在想该选择哪个女人，有资格吗？总觉得哪儿不对劲。

最真实的情况是公司退赔的进展非常不理想。主要原因是经济不景气，长租公寓大量空置，加之我又在狱中，公司借出去的钱别人自然不愿及时还，极有可能要延期几年。如果退赔达不到一定比例，非法集资的后果就跟判决时是一样的，也就是说，我靠自己的努力来减刑根本就不现实。

这时的我又非常清醒。原来之前都是在妄想，根本就没得选。6年后，金薇肯定不会再等我，不要说6年，3年都等不了。不，这个年龄段的女人每一年都很宝贵，对金薇来说，1年都等不了。金薇就是只猫，据说猫的记忆只有21天……

陈可富他们为什么不愿意还钱？到期债务有什么理由拖延？经营状态不好只是个借口，事实上租金收入是非常稳定的，之前他向亲戚"财团"借的"高利贷"都能还上，说到底还是看到我落难了不愿履约。

假如公司退赔不理想，将来出狱后还是一身债，几无翻身的可能。谁能让陈可富们还钱呢？君欣父母有这个能力。可他们为什么要帮助一个背叛了女儿的前女婿呢？也只有一种可能，就是君欣求他们这么做。君欣为什么要帮我？因为我们有共同的孩子？不仅如此，我们有感情基础，毕竟我照顾她这么些年，而且从"鸿门宴"开始，君欣就愿意帮我。所以，君欣才是我唯一的希望。马燚说得对，我浪费了一次跟君欣交流的机会。

在监牢里想见亲属不容易，得预约，走流程。何况君欣现在不是亲属。

等待期间，我在狱中图书馆居然找到一本《妙法莲华经》，我翻了翻，产生了一个疑问，当年我真的看过它吗？还是书名错了？我又耐着性子翻了一整天，确认自己看不懂，然后开始反思，当年是怎么觉得自己做好了准备的？真是无知无畏啊。想了半天，我联想到当年父亲让我去拜访老教授的事，也许，人家只是觉得我不适合学哲学而已，不好直说，根本不是什么年轻人学不好哲学，只是我不适合而已。由此，我又想到了另外一个问题，我是否对君欣有准确的认知？我们真的合适吗？

我回顾了所能记得的大学时每一个跟君欣在一起的场景，想从中找到答案，但总不能够。君欣是富家女，当时有多少同学对于她的好感是基于这个事实？反正黄颖交给我任务之前，我就知道了。很少有人提及她的缺点，何况她当时还那么漂亮。院学生会缺数码相机，她就去买了数码相机。遭遇"鸿门宴"，她抢先买单，避免外人说学生会接受社会宴请，并且拒绝何正太的还款，甚至刚开始也不接受我的还款。每次超市外卖送上门，她要做的第一件事不是打开包装分门别类将生鲜冷冻食品投入冰箱，而是打赏给外卖员。在我公司爆雷之后还购买我的理财产品，跟大学时代我创业"折戟沉沙"之际主动提出帮我"还债"的行事风格一脉相承。她还给我安排实习机会……也许不只是对我好，但我肯定是其中受益最大的一个。如今年轻美丽已经没了，而狂躁的症状却越来越明显，发作起来就像个人渣，真善美一个都没了，她的优点似乎只剩下她妈的钱和资源。如果不发作，就都还好，但那是不可能的事。

回顾以上判断，各种她的好与不好，难道不都带着功利性吗？唉，究竟什么是爱？我真的很糊涂。为什么有人告诉我爱是无条件的，然而事实是他们总要列举出一二三。如果对方没什么好处，既不漂亮，也不性感，既没钱，也不善良，满嘴谎言，话不中听……好感从何而来？

从离婚到现在，大约3年，她的形象逐渐在我头脑中幻化成了一个遥远的泡影。我们似乎只剩下一个链接点，那就是郁晓鹿。我几乎没勇气给君欣打电话，何况根据监狱规定也不容易实现。另外，有些念头无法口头表达，说不清楚，最好还是写下来，于是我想到了狱方鼓励的方式：写信。不过信件几易其稿，都不成样子。比如，想要获取谅解，就得承认错误。但我想了半天，也组织不好文字控诉自己，比如：君欣冒着生命危险怀孕生子，我却在此期间出轨。虽然丈母娘不同意我创业，君欣还是给予了必要帮助，结果我竟然走到非法集资的地步。虽然两件事分属两个不同领域，一个是道德范畴，一个是法律范围，但犯错的原因是类似的，都是过于自我，对他人的苦难没有深刻认知。就前者来说，当时我只觉得自己是犯了天下男人都会犯的错，但这几年越发觉得对不起君欣；拿后者来讲，事发前我总认为金融规则定得太死板，投资人不够自由，后来法庭上听到有不少老人将养老金都赔进来了，才追悔莫及……这些文字，总觉得词不达意，问题是君欣想看这些吗？

我想了想，之所以写不好这篇"作文"，是因为有个隐藏的前提——监狱通信必须过审，时刻感知到第三双眼睛的存在，文字表达太客观，就不好看了。换作高考，这封信我肯定能在45分钟内完成，如今却折腾了我好几天。为什么难产？因为我没想清楚，在跟自己做斗争，脑子里有无数的价值观参照系在争斗，始终没有一个结论。

要摆脱这种状态，只有一个办法，给自己设置一个最后期限，今晚必须完成。然后设定写作目标——得到君欣的帮助，确立中心思想——忏悔与提前出狱解决方案。最后是文字组织模式。对了，我想到了，我还从未给君欣写过情书。互联网时代，情书总是显得那么不合时宜，现在写作情景来了，身陷囹圄，一封发自肺腑的狱中情书，多有想象力啊。困于身而情难禁，试问哪个女孩能不感动呢？于是乎，一气呵成——

小欣，圣诞快乐！

近来睡眠可好？提笔才意识到这是我给你手写的第一封书信，真是该死。自你上次探监后，我思考了许多，包括回忆起我们大学里交往的点点滴滴。

还记得吗？我们第一次正式见面是在教工食堂，黄颖安排的，她要我照顾你，将你带入学生会和其他社团组织。她走之后，我说你一点儿也不像需要人照顾的样子嘛。你笑了，说还是需要照顾的，刚才黄老师在场，没好意思多吃，现在想要一份甜品跟一罐可乐。我当时并不明白这两样东西对提振情绪很有好处，一边去买一边还私下嘀咕这个女生怎么喜欢吃甜食，不怕变胖吗？后来，家里一直保持着可乐成堆，我也因此养成了爱吃甜食的习惯，吃你剩下的，你说反正我怎么吃也不胖。当然会胖啊，之前只是年龄未到，入狱后我体重增加了十斤，你发现了没？

有一次给你补习逻辑学之后，你主动告诉我你的秘密，当时我还体会不到任务的艰巨，承诺要一直照顾你。毕业时你改成了"一辈子"，不知你注意到没，我没敢接话，后面用的词还是"一直"，因为我不知道自己能否坚持那么久。我承认，当时，以及后来很长的一段时间里，我内心都没这个勇气承诺"一辈子"，哪怕是婚礼上的瞬间。我这么说，并不是要表明自己是个理性的人，而是要彻底剖析自己的心路历程，再也来不得半点虚假。

前几天，我还做了一个梦，梦见大学实习的场景，你居然也跑到工地上来了。我问你怎么来上海，不是回越阳了吗？你说将来总归要帮父母干活，还是要熟悉一下业务。你说房型设计不好，卫生间不该只是干湿分离，马桶应该单独隔间。我说空间太小了吧，分隔不开，都已经造出来了。你说没问题的，回去你给画个图。结果第二天去的时候，那栋房子居然不见了，只剩个地基，马桶果然单独隔出来了。我问怎么回事，时光倒流了吗？你说不就是实习嘛，实习期间可以回到前一阶段去的。我说太神奇了，能不能帮我把创业项目也倒回去一下？你说不行，"因为那不是你自己的设计。"我糊涂了，问你该怎么办。你说做梦就行，偷偷回去改。我只好照做，可是怎么也入不了梦。你说："蠢死了啊，你现在不就在梦里吗？"啊，我在做梦？一着急就醒了。

你知道，后来我确实犯了错，很严重的错误。我曾以为自己被扫地出门的同时也解脱了，从天堂跌落的同时也逃离了地狱。后来发现并不是这样，我们面对的每一个人，不是有这样的缺陷，就是有那样的缺陷。我们原本很在意的点，可能没那么大副作用。从生物学角度来看，没有什么是遗传缺陷，都是正常的基因复制，所谓缺陷，只是某些人的看法。如果从生活中的表现来看，每个人都有性格缺陷，究竟是什么缺陷，或者是不是缺陷，取决于大家怎么看。如果都是正常的，就不会有人打架，不会有人犯罪，我也不会莫名其妙地进来了。

那天你告诉我，公司爆雷之后你还将你手头所有的钱都买了公司的理财产品，当时我听了很震惊，放在以前，一句"你是不是傻啊？"就要脱口而出。可是我没有，这一年多来，我学会了先沉默思考再说话。我知道你是在帮我还款，帮我提升退赔率，虽然这么做可能于事无补，几乎是在"愚公移山"。可是我还有什么资格来责怪你呢？这些钱于你有不同寻常的价值，钱没了，你拿什么来维持这一年来的三百多个日日夜夜呢？为了我，如此不管不顾，真不值得。所以现在的我，如果说想照顾你一辈子，会不会觉得有点假？不管怎样，这就是我现在的想法，君欣，我确认我想照顾你一辈子，真的。

你妈妈说得没错，我就是太自以为是，太不"乖"了。她从一开始就已经明确表态不看好"长租公寓＋互联网金融"的商业模式，我依然固执己见，终于踩了大坑。我没考虑到实际经营环境，没考虑到人性的弱点，资金使用者经不住考验，投资者经不住考验，当然我自己也同样经不住考验。

幸好郁晓鹿还不到四岁，不懂得这些。不过我想等他上小学时，多少能猜出一些事来，所以我得尽快纠正自己的错误，以便能在他开学第一天亲自送他去学校。按目前的刑期，我做不到这一点，那时他该上小学了，又该如何对他解释呢？真是一个莫大的烦恼。我爸妈说，你会让晓鹿每个月给爷爷奶奶打一个电话，真是感激不尽。他们总是骂我，说我辜负了你。

关于投资的清退的问题，我有一个更优的解决方案，能够帮助到普通的投资者更早地拿回属于自己的钱。我已通过律师向法院提出初步的想法，但方案的执行需要法院以及你和妈妈的帮助。你知道，假如我们的承诺、声明能够被广泛信任，资金的使用方一定会想办法及时还款，投资者的权益才能尽早兑现。具体情形无法通过纸面描述，所以期待你能尽快来一趟，拜托了！

真希望时光回到四年前，我没有参加那个该死的高金班学习，一切都没发生过。之前你将我微信中的高金班同学一个个删除是对的，你说他们都是狼，只有我一只肥羊还不自知，因为我的身后是你和你的父母。其实，我不是羊，他们也不是狼，我们只是一群乌合之众，出事后作鸟兽散。马燚来过，他承认当初给我出了坏点子，说自己像个小丑一样窜来窜去传递各种负面信息。不过现在大可不必责怪他，他也因为类似的情形在监狱蹲过好几个月。他也劝我向你悔过，至少这点是对的。

我真该死，之前从未给你写过一封情书，如今身陷囹圄才想起来说这些，还想不出几句好话来。只是狱中通信，实在不方便说什么肉麻的话，徒添狱警同志的工作负担。

真的好想你，期待尽快见面。

鹿江

2022年12月23日

狱管人员审查了信件，说"写得还挺感人嘛，我们这里还真不缺人才，只是走错了路。其他都没问题，最好把末尾的'身陷囹圄'改改，因为这个词看起来像是我们冤枉了你嘛"。

于是，我就简单地改成了"锒铛入狱"，并重新抄写了一遍，字体更显工整，看起来更加真诚了。其实抄写的时候我也觉得自己太矫情，君欣会相信我吗？我不知道，然而流程太麻烦，就不考虑修改了，所以注意力都放在那一笔一画上。抄完就交卷了，哦不，是将信件交给工作人员了。

信件寄出，静候佳音。

没有一种等待是不煎熬的。

第三天就等来了君欣即将探监的好消息。真是太幸运了，我得意忘形，似乎出狱在望，觉得信件原本可以再写得长一些。甚至还巴望着监狱能将我的小作文作为范文公示，将来有个值得回味的凭证。我真是高兴疯了。

窗外，君欣说一切都在预料中。我当即沮丧了许多，原来不是我写信感动了她，而是一切都逃不脱如来的掌心。她问我是不是马燚让我这么写的。我就更加郁闷了，我说不可能，马燚能想出这么诚挚的话语来吗？她说她上次来看，我还挺倔的，所以让马燚来递个话，将功赎罪，"你以为那些话都是他自己想说的吗？"我只好闭嘴，正事要紧，怎么还犟嘴呢？君欣说我的想法她都能猜到，因为根本就没有其他解决方案。来前都和她妈妈商议过了，律师会处理。陈可富那边，以及其他人，不敢不执行合同。

当晚又是噩梦。君欣又在对我咆哮，怎么办？

我说："君欣，经历了这么多，我们不能平静下来吗？"

她说："平静你妈啊，老娘想发脾气就发脾气。"

我问："触发点是什么？"

她说："老娘要买包，快把我之前买你那个狗屁产品的钱退给我。"

我说："你不是把包卖了吗？怎么又要买？一卖一买亏大了。"转念一想，这话不妥，立即改口，"不过没关系，等我出狱赚到钱就还你，等那时再买不迟。"

她说："等你妈啊，再等老娘就老了，难道还要去跟我妈要钱花吗？"说完一个巴掌就扇了过来。

我用手臂一挡，梦就醒了，原来是狱友的手臂压在我胸口了。我很小心地将这只大手放在他自己胸口上，然后才回过神来思考刚才的梦境。

出去后，君欣发作基本上不会低于这个烈度，怎么办？如果帮我的人是金薇，就好了，可是她没这么大能耐。金薇那边还是白天吧？也许人家在地球的另一边早有新欢了。不行，我得再次告诫自己，时过境迁，我不再是叱咤金融圈的青年才俊了，而是妥妥的阶下囚，假如六年后出狱，还需要背负巨额债务。她的人和钱都出去了，难道会回来帮我还债？

啪的一声，我真的被狠狠地打了一下。

"对不起。"狱友起身向我道歉，"我做噩梦了。"

不管谁做噩梦，为什么受伤的总是我？好无奈。

"又失眠了？"狱友问我。

"嗯。"

"心理压力别太大。"

"啊。"

"没关系的，我的涉案金额比你大多了。"

"不是钱的事。"

"安静！"有人喊道。

减刑的事终于妥了，六年改三年，由于提前预知了结果，所以没多兴奋。

高金班的同学们得到信息后集体给我写了一封信，代笔的还是马燚，这让我搞不懂是他一个人的意思还是集体意愿。直到后来陈可富也写了一封祝贺短信，大意是说之前的做法多有不妥，后续好好合作。我才感到大家对我的热情又回来了。

君欣也委托过马燚，说明她对高金班不那么反感了，所以我决定给大家回信。信中大概意思是感谢大家的惦记，我在狱中很努力，将来还是要在金融和地产领域创业的，跟大家还有机会合作。狱中努力学习是真的，否则也没什么事可干。补习金融方面的知识方便得很，狱友有些是财经领域的资深业者、官员，成功和失败的案例比高金院更加真实，所以相当于又拿了一个金融专业学位。

马燊又来探监，说代表同学们来看望大哥，我说这就太过热情了，人还没出去呢，怎么又成大哥了，搞得跟黑社会似的，岂不害我？他介绍了大家这三年的进展，又说经济不太景气，还希望我将来带着大家一起创业。我听了很受用。他又建议我开始写回忆录，不过狱警在场，他说成了悔过书，然后觉得不好，又补了一句"俗话说浪子回头金不换，你的故事很有传奇色彩"。

于是，我飘飘然，真的考虑起如何写回忆录来。然而落笔之后，几易其稿。起初我从幼儿园和小学开始写，写了几页后觉得太狂妄。一个犯人写自传？不妥。然后又开始写创业，这个题材熟悉，入狱以来的交代材料写了无数。结果又写成了悔过书，也不妥。忙了大半个月，才发现自己完全没思路。之前大家恭维我的文字功夫好，只是觉得公文写作中偶尔夹杂着一两个小段子还挺有趣的，符合快速传播的要求。真要长篇大论起来就没那么容易，叙事架构完整了，别人反而未必有耐心看。写作的目的是什么呢？该让人喜欢我呢，还是恨我呢？警示还是娱乐？似乎都有点。我还发现了一个很大的问题，写一些生活琐事肯定不讨喜。大家都忙，忙得只愿听玛丽苏或豪门赘婿的故事，分分秒秒都有刺激点的爽文，所以肯定没时间来听我唠叨关于君欣的病情。而我的创业始末在互联网上搜索鹿房宝就有好几页的链接，这才是大家的兴趣点，所以我究竟要写的是什么？

我翻来覆去地想，回忆和君欣在一起的十年，金薇出现后又发生了什么，读者们想从中了解什么？什么是有价值的，什么是赘述？最现实的一个问题是：狱中写作的最大的价值是什么？这个问题的答案就简单多了。狱中写作最大的价值莫过于作者在写的过程中不断反省，而读者们能从故事中得到启示。所以真正重要的不是叙事，而是反思。看来我小看马燚了，他提到的"悔过书"才是比较贴切的。

"悔过"只是目标，并不适合作为故事的标题，我看了一眼床边卢梭的《忏悔录》，总不能一模一样沿用如此大牌的书名吧？何况历史上的名家写的《忏悔录》就有若干个版本。有了，改一个谐音字，就叫《忏悔鹿》吧。

故事写了大半，我觉得还有一个最重要的流程没完成，那就是征求君欣的意见，故事的内容能否对外公开呢？如果不同意，只能成为私密的狱中笔记了。我很忐忑地约了君欣前来探监。

然而，我始终开不了口，总是左顾而言他，比如郁晓鹿在学校的表现，岳父母的身体如何，以及家里养的花草长势如何之类。

她觉得不对劲，便问道："不是马上出狱了吗？你约我来，就是关心这些？"

"没错，不是想……提前做些准备嘛。"

"不对，你还是直说好，马上又要到时间了，不能拖太久的。"

我忐忑地说道："我写了一些稿子，但监狱的规定你知道的，现在我没法带出来给你。算是忏悔录吧，不过当中涉及你的部分，篇幅比较大。不知将来能公开不？"

"难道不能回家后再给我看吗？"

"我想在狱中完成，如果写得不好，或者你不同意，就不带出来了。"

"我不止一次去宛平南路600号住院了，去年也去过，大家都知道的，有什么关系？只要是事实就行。"

"不担心关于你生气的部分过于写实了？"

"至少现在不介意，也许对跟我和子悦一样的那些人有所帮助。不过，我的建议是以故事为原型改编成小说，你不必写成真实的忏悔录，你说是真实的，别人就一定会信吗？谁能知道你想的是什么？对于不相识的人来说，真实的故事还是小说，有区别吗？还有，稿子完成后你自己安排，不必给我看到。将来公开了我也不想看。"

得到君欣的许可之后，我加快了写作速度，并将所有的人名改成化名，并改写了部分情节。整理再三，终于成稿。

就在此时，我收到一封跨国来信，金薇写来的。内容很简单，她说："亲爱的，很高兴你能提前出来，我已订好回国机票，将准时出现在监狱门口，并为你接风洗尘。我在海外的情形，见面详谈。"

啊？……

一着急，又醒了。原来只是尿急。

我摸黑到抽水马桶旁，为了减少噪声，努力压低水花，小心地冲水，一套动作结束，心里直说抱歉，还能听到自己急促的呼吸声。转身侧躺，豆枕的声音沙沙的，应该只有我能听见吧？似乎过于小心了，光是不打呼噜这一点，就足以抵消我产生的所有噪声。而他们几个，平时走路的踢踏声，吃饭的吧唧嘴，夜里睡觉磨牙的声音，还有那极不规律的呼噜声，都足以每天向我说100个抱歉了。其中有一位呼噜声特别恐怖，好多次我们都以为他喉咙被卡住快断气了，不料一会儿他又大喘几声恢复过来。然后继续卡住，无限循环。

我可以自豪地说，光从夜间礼仪这一点来看，我就超越了大多数男人。无论在大学宿舍，还是监室里，几乎没有比我睡得更老实的男人。其实女孩们要考察男生们的生活习惯，大可不必同居，拉着他们乘卧铺火车旅行即可。在软卧车厢里，你可以不用付出任何代价就体验到另外三个人的床上礼仪。不过这样也有一个坏处，就是体验太多恶习之后，会降低对伴侣的需求。

梦已经醒了，言归正传。糟糕，到底减刑了没？三年还是六年？

似乎没有。前段时间跟人打过一架，据说六个月内不得参加减刑评审。

君欣到底来看过我没？

似乎来过一次，但并没提卖掉包包的事，她买了理财产品吗？似乎前几年买过一点儿，并不在我出事后。

君欣说了什么？郁晓鹿是提到了的，说上学的安排，完全没问题，我没有更好的解决方案。

还有呢？她确实问过我有什么打算。我能有什么打算？再创业？复婚？早点出狱才能打算啊，不是写了一封信吗？我发现自己的情绪起伏也有点大，像个轻度"双相"患者，梦里还是什么都好，什么都正向，醒来就开始着急上火了，觉得什么都不可靠。

没错，信是写过的，但很简单，并没乞求她去找丈母娘，借助她家的商界地位催债务人还钱。如此这般，几时才能出狱？P2P上下游债务问题如何解开？

越想越清醒，毫无睡意，睁眼到天亮。

白天稍有空隙和自由，我就去找信件的底稿，还有写作的稿件，都还在的，似乎写得也没那么差，信心又回来了一点儿。

寄给君欣的信件有一段时间了，没回音。我想肯定是没说清楚。下决心吧，人不要脸，天下无敌，还是按梦里的想法重新写封长信吧，就当作一篇学校的命题作文，如何？至于效果，尽人事听天命。我迅速地把信写完，交给工作人员审核，不过人家并没说什么本监狱不缺人才的废话，什么表情也没有，半个字也没说，直接转入下一流程。

又是一夜，一个梦破碎后，进入另一个更大的梦境。

"老张离开我们了。"

"离开？什么意思？"

"老张死了呀。"前一句话像是马燚说的，后一句又是谁？应该是女声。金薇？她不是出国了吗？

是微信发来的语音，还是群内的告知？手机呢？

不对，狱中不能用手机啊。

那我是怎么知道的？马燚上次说的？哪里来的信息？也许老张没死呢。

"你们能不能停止要人了？知道我在狱中无法核实信息。"

"老张真的去世了。他老婆发的通告，我们还要去告别呢。"这又是谁？高金班的某位？陈可富？

"老张还是没挺过来。上次心脏手术支架、搭桥，只剩下半条命了，这次又被生意上的事情刺激了，脑出血中风，半身不遂。折腾了半个月总算走了，要不更受罪。"

居然有这样的事？醒来后却无法证实。上次老张败落谁说的？还提到了捐款。我就是被这些无法核实的事搞得真假难分，以至于区分不出现实与梦境的。其实分辨真相也不难：凡是残酷的，平淡无奇的，都更加接近于现实；凡是奇幻的，遂心愿的，往往就是梦境。如此看来，老张去世一定是真的了。君欣卖包包救我？并且不介意我的书稿过于写实？这两件事肯定是做梦了，她怎么可能做到。监狱外面的事，越平淡的，越残酷的，便越接近真相。大家都忙得很，我不搞出点动静来，没人会常想起我，也不会有人呼喊着帮我减刑，父母除外。

然后又是失眠，思如泉涌。

有记忆的30年来，哪一段是理智的，哪一段是疯狂的，现在回顾起来也不那么明确。所谓的理智，将来可能是疯狂的，而既往认为的疯狂，如今看来倒有几分道理。人生的许多道口，都是理智与疯狂的结合体，我头脑中闪过一幕幕场景，比如我选择哲学专业、参加学生会、"鸿门宴"，以及与君欣结婚、创业、P2P……都可以从正反两面做出相应的选择和解读。

疯子之所以被称为疯子，相比其他精神疾病患者，大多只是境遇不太好罢了。旧时由于经济状况不好，许多精神病患者流落街头，曝光率也高，从衣着便可辨别为疯子。其实他们并不总是处于发病状态，多数时段跟正常人没什么差别。而躲在深宅大院里的那种，比如《简·爱》中罗切斯特先生的前妻，是不容易为外人所了解的。如果包法利先生不是个乡村医生，而是继承了大笔遗产的贵族，包法利夫人大概率不会服毒自杀，她可能成为一个将情人们玩弄于股掌之间的时尚丽人，顶多有些购物狂而已。对于携有多巴胺分泌缺陷、纠错能力缺陷相关基因的人来说，经济状况对精神状态的支撑作用更加明显。

不管怎样，监狱中的犯人绝对不适合成为精神病患者，而且很可能会被认为是在装疯卖傻，比如宋江。照此进展，我可能会比君欣更加接近于疯子。不行，我得摆脱目前的局面。我得出去，我要自由，我要东山再起啊。拿时下的流行语来表达：只有成功，才能治愈我所有的精神内耗。

八、躁进与轮回

我花了一夜，一口气读完《忏悔鹿》。

为什么要把我与金薇相提并论？！她是什么东西！鹿江居然还想着金薇会去看他、接他？！疯了，他真的疯了。一个捞女，房子也卖了，带着股权变现的钱跑到美国还能回来？你都被利用完了，坐牢了，翻不了身，她来看你做什么？居然还幻想跟人生孩子！别人生个孩子只是为了获取永久居留权，鹿江居然以为她会在美国等他，有多傻。都说女人恋爱脑，其实男人的创业脑更离谱。书稿中居然有性描写，除了金薇的，还有我。不可以！鹿江，你这个肮脏的东西！不，你不是东西，肮脏！混乱！我用黑色水笔将那一行行涂满，涂得我自己都看不清楚，力透纸背。还有那些大段大段关于我躁狂发作的描写，那些对话，我都要删除掉。

什么？！他们高金班的人知道我有"双相"？我又是最后一个知道的。对于这件事，从大一开始，就无法了解传播的范围到底有多广，因为不会有人凑上来悄悄跟你说他知道你有病，永远不会！高金班的人知道了，就等于公开了，说不定《魔都女性》杂志社也知道。怎么办？大脑中晃过一双双眼睛，他们看着我的时候，脑子里也许都在想：这个女人有病，她什么时候发作……啊！鹿江真他妈的不是东西！如果可能，真该带把刀去探监。

我开始劝自己吃药，并成功地吞下了几粒药丸。我告诉自己，并不是说应该忽视那些难以忍受的副作用，现实情况是，没有任何药物是完美的。我对自己说：记住，必须付出才能得到，没有什么成功是不需要代价的。从总体上看，服药比停药好，那么就值得继续服用。我把药物带来的好处列了一个清单，它们是：药物治疗可以让我像正常人一样面对孩子和父母；药物已经帮助我完成了学业；药物治疗能让我做自己喜欢做的工作；药物让我们表现正常，不至于成为流落街头的疯子；药物治疗可以避免自杀倾向……这些没有一件是小事。老实说，药物是科学的奇迹，让双相情感障碍患者获得尊严的奇迹……终于体力不支，倒在床上睡着了。

不知道过了多久才醒。缓过神来，望着满地狼藉的家，心里很难过。这些东西是我什么时候摔的？

回顾起来，鹿江确实不是那种会来事的男人，他总是要在我表达不满后才大梦初醒。按照我的规矩，之后的极力逢迎不作数的。

比如我特别介意体重增加。

"哎呀，糟了，好像又胖了。脸都圆了，衣服挤得变形了，S号的穿不上了，怎么办啊？"

"买的时候，我就说M号的合适，你非说减肥后就能穿。要不，还是每天晚上我陪你去跑步吧，然后晚上改吃水果餐。"

"懂什么啊，就乱说话。我就是要买S号的，M号的穿着怎么会好看？你知道我不喜欢锻炼，还整天说去跑步，我们什么时候去跑过？还有，不要提什么水果餐、蔬菜沙拉，吃了两次都要吐了。"

"那怎么办？减肥就两条途径，要么节食，要么锻炼，或者两个一起来。能量一进一出，不控制进出，怎么减？"

"不要这么麻烦。我要去抽脂，去打减肥针。每天晚饭吃完就抠出来。"

"这些都对身体有损害。吃东西抠出来会得厌食症、反胃。抽脂皮肤会发皱的，容易感染，搞不好脂肪还会跑到血管里去，麻烦就大了。减肥针更糟糕，影响肌肉的话，老了后说不定变成怪物。"

"吓唬人，我的姐妹们都这么干，没听说有什么后遗症。"

"谁会把后遗症告诉你？人家巴不得再拉一个下水，好找心理平衡，要死一起死。抽脂、打针要忌口，手术前后要花很多时间，还真不如锻炼呢。吃完东西再抠出来，胃酸的味道很好吗？还不如不吃呢！你怎么想的。"

"不要为了骗我，编出这么多鬼话来。"

"你要这么干的话，还不如什么都不做，反正现在这样有点肉挺好看的，就像维纳斯一样，你注意到维纳斯的肚子没有？很多古希腊、罗马的雕塑绘画上都有小肚子的。"

说着，他就来搂腰，顺便抚摸小肚子。我已经生气了，用力将他的手一甩，自己的手指也打在浴室玻璃上。疼死了，于是更加恼怒。

"滚！我才不要做维纳斯，我就要抽脂、打针、抠出来，关你什么事？！找你的维纳斯去。"

说起来，还是我的负面情绪责任更大。也许事情没那么糟糕，刚才我只是被鹿江描写的情节激怒了。

这楼上楼下，小区里的邻居，谁又不知道我们姐妹俩的事呢？就拿今天摔东西的事来说，还真是抱歉，我的邻居们不该受到如此骚扰，对小朋友们来说尤其不好。我是个容易感到后悔的女人，相当介意外界对我的看法，包括我的作品、说过的话。我不能等待，无法容忍和自己相关的负面言论，而它们又总是伴随着我，让人无法平静。每当深更半夜不能入眠时，就会想起一些往事和对话，其中一些不能让人满意的细节常常将我逼入情绪死角，久久不能释怀。

或许，鹿江对于细节的描述，会更有利于大家了解这个疾病，让患者家属有效应对，让非亲密关系的周边人放心。我们只祸害最亲密爱人，对其他人无害。唉！这么说该多无奈，就像20世纪的一句广告词——"我们是害虫，我们是害虫……"虽然妈妈曾经说过，这是个天才病，丘吉尔、凡·高、海明威、费雯·丽、梦露、海子……都是这个疾病，所以她同意我和子悦走艺术设计的道路，但我还是很难过。我们给亲人带来烦恼之外，条件合适的话，也可能成为很出色的人，为社会贡献特有的表现力、文学、艺术、思想，甚至领导力。

可是，这小子居然想让我把心爱的包包都卖掉来救他，哼，妄想！我没那么伟大，何况这点钱对于他的案子来说完全是杯水车薪。之前我是买过鹿房宝，那只能证明我也是受害者，并不意味着我要用自己的钱去填他经营上的窟窿。之前那封信写得挺感人的，可书稿里的内容就激怒我了，我才不想去求助我妈呢，你鹿江就等着将牢底坐穿吧。真是烂泥扶不上墙！想到这里，我又开始生气了。

全文看下来，鹿江根本就不是在忏悔，明明是在抱怨。他并没有从心底认为他的P2P生意是个错误，甚至还找出大学时的创业经历来为自己辩护。平日里我并没觉得他的鹿房宝有什么社会危害，此刻我的观点与媒体高度一致，不管集资的出发点是否用于经营，都不足以支持那么高的利息。最终他们害了投资者，P2P集资最终成为一场骗局，何况金薇的股权套现也有资金使用不规范的嫌疑。

鹿江写我的情绪表现，是来气我的吧？只要不提我的情绪，风险便会小很多，可他偏偏要提。他已经不是头一回这么做了。

虽然子悦跟我的症状差不多，但我们很少交流此事，也几乎没一起发作过，所以两个小家庭之间似乎还保留着一点儿"隐私"。可有一次，鹿江偏偏要在子悦跟盛夏跟前引发我的情绪，让我这姐姐形象一落千丈，颜面扫地。也许，他也不是故意的，但结局便是如此。我认为他有丰富的应对经验，明明可以闭嘴的，为什么非要在那个时候做解释？男人做解释，在女人看来就是顶嘴，何况还是我们这样的女人。

那是个冬日的温暖午后，我们四个在人民广场刚吃过饭，都感到有些懒洋洋的。鹿江偏偏一边开车一边问我："回家吗？"我没好气地答道："不知道。"实际上这天我们是因为楼内有邻居装修才外出的，此时回家，电锯声、砸墙声一定不绝于耳。但我又不想为了午休去酒店开房，还要经过前台登记等流程，太麻烦了。吃饭时，跟子悦就没讨论停当，究竟是去新天地还是上生新所喝茶呢？似乎都解决不了疲惫的问题。

鹿江又说："那么去新天地吧，离得近。"

"前天刚去。"我回道。

"那么上生新所？"

我回看了后座的子悦一眼，似乎她也没任何主意，于是我说："好吧，上生新所，一年没去了。"

可延安高架有点堵，十几分钟的车程已经耗光了我所有的体力和耐心，抵达上生新所门口时又不想去了，于是我有点生气了："回去睡觉吧，跑这里来干吗？待两个小时，什么意思也没有，到时候还累得要死。"

偏偏这时鹿江多嘴："别生气啊。我也犯困，不是还开车带你来吗？你们还可以在车上眯一会儿，我可得一直睁着眼睛。"

"本来就是要回家，提什么建议啊？！一会儿新天地，一会儿上生新所，我是迁就你的提问才说来这里的。"

鹿江："啊？！刚才我不是问你要不要回家吗？"

他平时都是闭嘴的，偏偏这个时候多嘴。这是因为子悦和盛夏在场，非要跟我讲理吗？我不禁怒火中烧，顾不得许多："问什么问啊？还用问吗？不回家干吗？我都困死了，还带我跑来跑去！"

鹿江："哎呀，怎么又来情绪了，不要生气嘛！你想回去，我就带你回去。你说怎么安排，我就怎么安排。"

他居然在子悦和盛夏面前说我有情绪。似乎所有责任都在我，而他要在旁人跟前表现得毫无过错。

我开始咆哮："我没生气！这就是我的表达方式。你凭什么说我生气？！凭什么说我来情绪了？！不是因为你老是问、问、问，我需要讲话吗？！"

这时子悦和盛夏一句话也不说，他们也非常清楚发生了什么。何况子悦当下的情绪也不太好。

鹿江又开始无效劝说，无非是"不要生气""我这不开车带你们回去嘛""多大点事啊""要不我们就去酒店休息嘛"……

然后我便一直喊叫："我说过不去酒店！我讨厌酒店！不要再给我提酒店两个字！我说什么就是什么！你凭什么叫我不要生气？！就是你把我惹毛了！你是故意的吧！我知道你是故意的，你看有人在，就以为我不敢发飙了是吗？！你今天别想好过，你毁了我一天，我要你付出代价……"

当时我最介意的，就是他不该在别人跟前引起我的情绪升级，更不能把生气、情绪这样的字眼说出来。而当下，他居然写成了故事。这就好比说，历史事实归历史事实，你不说他不说，不一定有人知道，而一旦写出来就会有人传播，而且不可避免地带有个人观点，所以哪怕你是司马迁，也得承受帝王的怒火。

他写了那么多废话，最后才提到解决方案。他想早点出来，出来后也得摆脱债务才行。唯一的解决方案是将借出去的钱收回来。由于资金投放收益不高，扣除经营成本后本金必然打折，需要达成谅解协议后同比例还给投资者。如此一来，投资者实际损失少，社会负面影响降到最低，就可以减刑。按照刑法相关规定，处理非法集资，有三年以下、三到十年，以及十年以上几种量刑办法，如果认定情节轻微，他很快就可以出狱了。鹿江和他的经营团队没有将筹措的资金用于大笔个人消费，除了金薇那笔金额不算太大的套现之外，都是用于经营的，如果借贷两清，便可以清盘了，情节轻微成立。当然，任何案件都是要人来处理的，深究起来，某些投资者的资金来路不明，还可能涉及洗钱，情况就复杂得多。细节我不懂，得找律师才行，还要惊动父母，我为什么要帮这个忙？

文中关于他心理感受的一些片段让我很震动，比如："也许五分钟后君欣就会变脸，变得面目狰狞，就像追逐魔戒的咕噜一样。这样可怕的反转，几年来我已经见过无数次了。我多么希望她是弗罗多，因为拥有单纯的内心而最终能够抵御魔戒的诱惑。可是，她的魔戒藏在每一个细胞的每一个基因中，注定无法救赎。"啊？我居然有咕噜那么可怕？！说实话，我完全体验不到他的感受，不会是"双相"患者很难拥有同理心吧，还是说只有我这样？

又读了一遍他上次写的信，依旧感动，他说："我们面对的每一个人，不是有这样的缺陷，就是有那样的缺陷。我们原本很在意的点，可能没那么大副作用。从生物学角度来看，没有什么是遗传缺陷，都是正常的基因复制，所谓缺陷，只是某些人的看法。如果从生活中的表现来看，每个人都有性格缺陷，究竟是什么缺陷，或者是不是缺陷，取决于大家怎么看。如果都是正常的，就不会有人打架，不会有人犯罪，我也不会莫名其妙地进来了。"说明他懂我，不管是这封信，还是整篇文稿，字里行间还是在为我说话，即便抱怨，也是关于疾病本身。不管写这些东西目的如何，他都是爱我的。至于他费尽心思赚钱，不也是为了给我买包包，满足家中的生活需求吗？他并没有将钱用在自己身上。至于出轨，他确实有过错，不过我一直冷落他，从这个角度来想，似乎也可以理解，"犯了天下男人都会犯的错"，只是不该闹得路人皆知。路人皆知，那是金薇的错，她似乎很爱出风头，居然将照片发在高金班群里，这点很难用醉酒来解释。

幸好晓鹿回外婆家了，阿姨也休息，我得以独自发泄情绪。几乎在一天内经历了这辈子曾有过的所有情绪：狂躁、抑郁、平静、感动……地上满是我摔碎的碗碟、装饰品，以及丢弃的衣物等，尽可想象。怎么办？

今天明明是艳阳天，可眼睛里看到的东西像是黑白的，大脑里时而充满了愤怒，时而又懊悔不已。这是怎么了？难道症状又加重了？我知道自己的情绪受天气影响很大，阴天几乎一定发作，强光刺激有一定作用，所以往年只要冬天里有太阳，鹿江和盛夏就会拖着我和子悦去郊游。天气好的时候，我们会觉得自己无所不能，世界过于美好，美好得很不真实，想要感恩一切，对鹿江和盛夏说很多好话；而恶劣天气我们大概率是要发作的，什么样的症状都有可能。只有雨天例外，春天的小雨或夏天的暴雨我都很享受，听着滴答、滴答的声音，躲在舒适的空调房中，我容易感到幸福。"若无闲事挂心头，便是人间好时节"，只部分适用于我。有人说"双相"是闲出来的毛病，"如果有生存压力，就不会有情绪了"。我不愿意跟这样的人争论，他们根本不懂得什么是"双相"。妈妈说过，在20世纪七八十年代，几乎每条马路上都有一两个疯子，平时抱着破衣服破被子走来走去还挺正常的，发作起来见人就破口大骂，那就是躁狂发作。家人受不了他们，任由其流落街头而已。躁郁症就是一种基因病，穷苦人家这些患者生存状态非常糟糕，根本不是什么"惯出来的毛病"。

也许还是累了，于是又昏昏睡去。我曾怀疑自己得了嗜睡症，为了逃避现实，得空就睡，以为这样可以扭转自己的情况。事实证明，过度睡眠没有获得感，只会更加空虚，后来我又强迫自己坚持到累得不行才能闭眼。如此纠结几个回合，还去看过睡眠科，也没形成一套有效办法。

醒来后我明白又犯错了，拿自己的东西出气，而这些东西跟过错方毫无关系。鹿江在狱中算是逃过一劫，否则他24小时内别想吃喝、睡觉。爱与暴力，是构成斯德哥尔摩综合征的两个基本要素，我在无意识的激烈情绪中将这两个工具运用得炉火纯青。我又想起他背部和腰部还有伤，都是我踢的，现在还疼吗？

难道，前夫也是夫，前妻也是妻？我要跟他复婚吗？不，妈妈不会同意的。她在我们离婚之前就预言了鹿房宝会出事，如今已兑现。在她看来，我跟鹿江复婚，就等于自己往火坑里跳，没有比这更蠢的事了。何况，他的那些债主，就会据此认为我们家接管了鹿江的债务，开价更高，不会同意打折退款的方案。

我是不是该跟妈妈谈谈？可去找妈妈之前，我想先跟子悦聊聊，毕竟，她是另外一个我。

当我将书稿分享给子悦，问她的感受如何，她说："我当然不会满意，因为鹿江对盛夏的描写一点儿也不公平，他根本不了解盛夏。当然，他们都是男人，同性相斥，这一点我理解。盛夏有话不多说，年轻的时候当他老成，现在人到中年就嫌他木讷了，但他绝没那么浅薄。鹿江写得有一定道理，过于简单了，他肯定没意愿去了解盛夏。不过我且当它是本传记小说，小说总有虚构的成分，偏颇难免，就像杂志社写我们两个一样。我能忍。如果不是性子急，我跟谁结婚都一样。我的婚姻进展到现在，也不是不可以拿出来让人点评一下。话说第一次见鹿江的时候，我就觉得他不像看起来那么老实，心里想法多得很。男人没点想法不可爱，可想太多也麻烦。我认为，如果妈妈肯原谅他的话，从他爆雷开始就已经出手了。"

"那怎么办？事到如今，他也坐了这么久的牢，妈妈的气也该消了，现在去捞他，不算惯着他吧？"

"问题在于怎么捞。要爸妈出面，那是不可能的。早就说过鹿江会出事，鹿江不听，还出轨，才把她惹恼了。出面去捞他，有损于她铁娘子的形象啊。另外，提前出来又怎样？难道你们还要复婚吗？不会有人同意的。"

"如果资金追回来，有多少算多少，都退给投资人，事情就好办了。他已经坐了几年牢，不用捞人也出来了。"

"捞人容易还是追债容易啊？不如想想，假如，我说的是假如，他们愿意去捞他，会找什么人，怎样操作？"

"这可是在上海，我想是不是该追债。"

"在上海追债更难。人海茫茫，权力和资本的力量都没那么管用，追债和捞人都存在同样的问题，人家为什么要听你的。何况我们家的资源主要在浙江，来上海追债？还是算了吧。"

"试一试才知道。我想的是，直接找陈可富他们，把鹿房宝借给他们的钱要回来。"

"谁去找陈可富？你代表鹿江？作为他的太太？还是什么人？都不合适吧。"

"我谁也代表不了。他们不会听我的。"

"我知道谁能办成这种事。可是爸妈怎么会因为鹿江的事去找陈可富这种亡命之徒呢？就算是愿意，他们也不可能自己出面的。问题就在于谁能去帮鹿江把钱要回来，越完整越好。如果经历一番波折后还能把钱拿回来，那些投资人一定感恩戴德，哪怕是打七折也行。有时候保本比赚钱还开心，说不定以后还死皮赖脸地跟着你走。"

经历这一番谈话，我居然觉得子悦成熟了许多。之前我们姐妹俩在一起无非就是吃吃喝喝，谈设计、谈好玩的，跟小时候没什么差别。哪怕是结婚离婚的事，也跟讨论游戏没多大差别。这是头一回遇到真正的"事"。唉，都三十几岁了，我居然忘了她跟我年龄是一样的，都怪姐姐妹妹的称呼，搞得我什么时候都要以姐姐自居，人为造就了性格差异。

"还能找谁呢？"我终于展开了迷惘的一问。

"嗯，我想想。这段时间你见过于叔没？"

"没有。都几年没见了，好像鹿江出事后就没去过。"

"我也只去过两次。这个没什么的，疫情占三年，没见过的人多了，现在去找他正常。找其他人，都得通过爸妈。"

"我总觉得，他不会管这件事。"

"刚才你说的，不试试怎么知道？自己都不愿尝试，还想找别人去做事？"

子悦说得有道理，在头脑中推演和实际操作是两码事。我都不愿意动手的事，怎么能推着别人去做呢？

于叔是个和善的人，和善得让人觉得不让他帮忙就是不尊重他的那种。我精心准备了礼物，挑了个阳光灿烂的日子去拜访他。我喜欢阳光，意念中只有阳光能驱散我脑中的黑雾，希望它能给我带来好运。虽是为鹿江跑腿，最终目标还是重建自己内心的秩序，不希望他被过分惩罚。

于叔的小花园相当整洁，植物品种不多，但都有生气，遮阳伞下早早地备了三把藤椅和茶几、水壶。于婶也在。他们家是坚决不请用人的，于是她来回走动，一会儿泡茶，一会儿拿小零食，让人不得心安，我怎么能让老人家为自己做那么多事呢。于叔是将中药当茶喝的，单独使用一个保温杯。那些茶具、零食只为我一人准备。这让我突然想起那套从汉奸旧居带回的咖啡杯，不知放在哪个角落，或者已经被我哪次生气时摔成瓷片了。这所宅院也是有历史的，于叔搬进来之前的大几十年换手率特别高，听说上届主人也是20世纪90年代下海炒股后来从事房地产的，衰败的原因和去处不详。记得第一次带鹿江来时，我问他这房子怎样？他说挺好，就是故事太多，有点慌。我说，你得好好跟于叔学学，啥叫唯物主义。一旁的于婶听了只是微笑，忙着泡茶，跟当下一样。恍惚间，十年就过去了。

曾有段时间我对二老的称呼感到奇怪，明明他们比我父母大那么多，为什么还让我们叫他们于叔于婶呢？后来才明白，原来于叔、于婶是父母对二老的称呼，我们小时候不懂事跟着叫，没想到人家相当乐意，因此沿袭下来。大家本非亲戚，所谓称呼也是由于名讳编造出来的东西，差不差辈分其次，方便受用才重要。

正要起身帮忙，于叔摇了摇手："小欣，你坐，不用管的，医生说你于婶就是要多走动多摆弄这些小物件的。坐啊，坐，说说你的想法。"他直接帮我打开话题，避免我再去想客套话，真是太贴心了。

于婶也笑了，关注点从我身上转移开来，开始去摆弄那些花草。我见她佝偻着腰身，还是总有上前帮忙的冲动。可以说，我有一半的精力都放在克制自己的这种冲动上了，不过分散了注意力也好，似乎讲述自己的诉求也就不那么尴尬了。

"于叔，您不知道，因为跟鹿江分开这件事，加上他后来又进去了，我都不敢来见您。"

"小欣，看你说的，这种时候更应该来坐坐啊。有些事对年轻人来说石破天惊，但对我们老人家来讲，未必。都半截入土了，以前管那么多人，还不经常遇到些事啊？何况跟公检法打交道，就是天天接触这些。"

"唉，我真是的，早知道当时鹿江刚出事就应该来找您的。"

"没错，就当来散心啊。鹿江这孩子，心太急，容易走偏。他还是太年轻，可能想不明白，有些事别人做不算什么，轮到自己就不那么回事。小欣，你说是不是？"

于叔的话太有道理，像老电影的台词，我只得点头表示赞同。

"他被带走的事，我当时是听说的。不过，小欣，你知道你妈妈的态度，她比你们年轻人看得远，总归是站在你们姐妹俩立场上来看问题的，有时还得遵从她的意见。"

　　如果要先征求妈妈的意见，我还跑来找于叔干吗？我又介绍了鹿江在狱中的情形，想证明他改造有进展，但又不想让于叔认为我还对鹿江留存幻想。所以偶尔也要贬损他几句。不过无论如何，鹿江的婚外恋是不能提的。

　　如此聊了半天，还没涉及关键话题。于是，我试探着说："如果他能早点出来，负面影响可能会小些。等晓鹿上小学了，事情就不那么好解释。"

　　不想于叔说："不着急，年轻人先吃点苦头，倒不见得是什么坏事。"

　　说明我的话还不能命中要点。我恨不能将鹿江的信跟书稿从我的普拉达尼龙包里取出来，让文字说话。总觉得那些文字能打动我，也就能说服别人。但我没勇气，因为我始终不知道于叔是否了解我跟子悦有遗传性精神疾病，即便了解，主动说破也极为尴尬。事情的传播范围到底有多广呢？我每次与熟人见面，都觉得对方脑子里藏着一只薛定谔的猫，猫到底死没死，我永远不可能确定，永远不会有人傻到跟当事人来讨论对方有无精神病的问题，何况他们都是极其有涵养的人。

　　我只好用自己的语言复述了一遍鹿江在文中的辩解："他们没有将资金用于消费或者挪到海外去的情节，如果能认定为情节轻微，就好办多了。"说这话时，我心情急切，在那套茶具上比画，将公道杯比作鹿房宝的资金池，茶杯比作陈可富等受资方。

　　于叔说："嗯。"

　　我又想到了金薇那笔款子，严格地说起来，那个应该算违规。唉，真的，居然还要替金薇掩盖真相。其实这笔款占比太小，完全不必提，不过只要想起就恶心。另外，鹿江在发行鹿房宝产品之后还给我买过包包等奢侈品，不知当时他的CEO正常收入能覆盖消费不。这些细节也是我不掌握的，数字比金薇那个还要小，几可忽略不计。

我将杯子里的水倒回公道杯，又从公道杯倒回茶壶。"如果放出去的资金，能收回来，再还给投资人就闭环了。可鹿江在牢里，也没能说得上话的人，就连他高金班的同学，搞长租公寓的，借了鹿房宝的钱也不愿意还。前几天我还跟子悦商量说，假如有人能够约束他们就好办了。"

于叔又说："对。"说完后沉默许久。

我只好喝口茶，然后提子悦跟盛夏。

于叔的回答还是相当简短。

如此喝了一肚子茶，于叔也没发表观点，我只好跑去看于婶弄花。

最后，于叔送我出来时说："让于叔好好想想。下次你回越阳，跟你妈妈好好聊聊，不用担心。"

路上，我一直猜于叔这两句话是什么意思。

晚上讲给子悦听。子悦说，有什么好想的，明天开车回家吃点好吃的。

回到越阳，除了进补，依然是餐厅"留堂"，母亲果然有话跟我讲："昨天晚上，鹿江的父母给我打过电话。"

奇怪，居然是鹿江的父母。往常双方父母逢年过节会电话问候，我们离婚后，就很少联系了。为什么偏偏在这时打电话？他们又不认识于叔。难道是鹿江安排的？他与外界沟通不便，不可能有如此效率，更没那么凑巧。

"哦，他们说什么？"

"还能说什么，想让他儿子早点出来啊。"

"那怎么才能早点出来呢？"

"我怎么知道。他好好改造，有立功表现，不就能减刑提前出来了？"

"啊？妈，你该不会就这么对他父母说的吧？"

"这么说有什么问题吗？"

"不会吧？你真这么讲的？"

"我怎么讲的重要吗？监狱又不是我开的，我说让他出来就出来？"

"鹿江已经坐牢快三年了，如果能把投出去的钱收回来，再还给那些投资者，就是情节最轻微的非法集资，顶多三年就可以放出来了。"我急了，几乎用最简洁的语言脱口而出。

"你研究得很透嘛，怎么不赶紧行动呢？"

"我……"

卡住了。母亲居然讽刺我。

停顿了一会儿，母亲道："我们需要确定一件事。鹿江出来后，你还是你，他还是他。还是说，你有别的想法？"

我能有什么想法？如果有别的想法，她会出手吗？

假如复婚，过去没解决的问题，将来也不会解决。鹿江继续照顾我，可是能延续多久呢？我每周至少发作两次，而他书稿里写过的，宁可坐牢也不愿意被我折磨。也就是说，他在狱中失去了自由，但获得了另一种自由。复婚后，恰恰相反，等于回到了原来的"监狱"，这"监狱"的主人是我。他照顾我的原因，是我们帮他解决鹿房宝的死结，将他捞出来。以报恩心态生活下去，能持续多少年？生活就是一种痛苦压制另一种痛苦的过程，时间长了，好了伤疤忘了疼而已。出狱几个月，他就会认为住在我的豪宅里还不如坐牢舒心。何况书稿中还有这么一句："跟金薇在一起的两年，更加自由而轻松，一想到她，我就欲求满满。"一个人体验过毒品，就很难被普通烟草所吸引。或者说得好听些，一个人尝过外界的各种美食，才发现家里的饭菜原来那么难吃……

不如给他自由。

至于晓鹿，他可以常去看的。假如他有能力维持晓鹿的生活质量，我不介意更改监护权的，不过目前看来没有。

对父母来说，鹿江除了照顾我，没其他价值，而且有可能带来相当大的风险——声誉上的风险。他们认为鹿江总在试探各种商业模式的底线。

我帮他的原因是什么？晓鹿算一个。其二，他照顾过我，我也折磨过他。其三，他坐了三年牢，已得到应有的惩罚。其余的，没了，或者我想不到。

在母亲的威严下，我在大脑中迅速总结了前因后果，就像小时候在老师规定的时间内拟定中心思想、段落大意一般。

于是，我对母亲果断地说："想清楚了，鹿江出来后，我还是我，他还是他。"

"你该想清楚了。这个男人，正路不走，尽捞偏门。跟他一起，迟早害死你，还把大家一起拖下水。"

"我知道了。"

"好。其余的事，就不要管了。"

跟子悦回到上海，又恢复日常，画画、设计、参展、办展、参加艺术时尚派对。于叔也说，鹿江的父母在活动，应该很快有结果，就不用操心了。

我不明就里，也只好在电话里简短地回应鹿江，说人是找过了，事情在往好的方向发展，应该在按计划行事，只是他懂的，我做不了具体的事，也了解不到什么。将来他好好发展，各自安好。鹿江愣了一下，说他父母来看过他，他们也说有进展，只不过不知是什么样的进展，似乎不便交流。总之，他最后说："谢谢！"

鹿江在电话里不是很有精神，像一个病人，却没有明确的生理病灶。他更像是一位抬头仰望的受捐助者，除了谢谢，很难说出什么有价值的话来。写信时洋洋洒洒，话到嘴边却一句动听的都不会。看来我们确实已经疏远许久了，只能在纸面上发挥想象。他似乎也没很强烈的复合愿望嘛。面对着一沓纸枉自多情，我真是傻得可以。既然没有复合计划，那就对自己说：好吧，一个有需求，一个有愿望。达成一致，仅此而已。

我累了，需要经常休息。

临近春节，子悦安排了一次亲子旅行，我们带着孩子去日本长野县的白马村滑雪。白马村位于日本本岛的中部，与关东、关西两大平原的距离差不多，去东京稍微方便些。这里有高山有温泉，北靠日本海，冬天雪量充沛，被称为东方瑞士，甚至连山脉都被称为北阿尔卑斯山，但冬季更长，其实更像北欧，几乎所有的度假别墅都是北欧式的，为了防止大雪压塌房屋，屋顶都设计成陡峭的斜坡。白马村办过冬奥会，所以有很好的基础设施。

子悦有个朋友在这里买房开了一家民宿。我们带着两个小朋友住在四周茫茫白雪的山间小木屋中，白天暖阳斜射，夜里雪地映月，像进入了童话世界。壁炉的柴火一直很旺，房东源源不断地提供造型各异的东西方点心小吃。晓鹿和晓夏开心极了，不用上学，光堆雪人就能玩一整天。每天陪着小朋友们吃喝玩，几乎避开了现实生活的所有烦恼，如果不是春节逼近，真不想回国。

就这样过去好多天，直到有次滑雪回来，居然遇到一个熟人。那天下午，子悦进一家咖啡馆买饮料，我则在旁边的树林中陪孩子们玩雪。晓鹿找到了新乐子，将地上的雪花高高扬起，夕阳照射下形成光雾，逗得晓夏咯咯大笑。此时，我突然听到咖啡馆门口有人说中文，心想白马在中国的名气真是越来越大了。定睛一看，居然是大学时的院团总支书记黄颖。他乡遇故知，古人不欺我也。

热烈地拥抱过后，她说："陪家人来过春节的。因为每年都在杭州过，想着今年换换地方，结果一下子就跑这么远。"

"你是怎么发现白马这个地方的？"

黄颖于是转身示意，然后我就看见了一个抱着孩子的小伙子，应该是她先生吧？她看到了我眼中的疑问，于是点点头。

于是一个可以想象的画面发生了，他们一群人向我们热情招呼，包括黄颖的女儿。原来他们也是两个家庭一同出游的，只不过人来得齐整，有老有小，将近十位。考虑到日本旅游签证刚刚恢复，带领这么多人出国过年确实不易。当然，一群人中，我和子悦只记住了黄颖的先生，似乎在黄颖组织的一次婚前单身派对上听人提起过，她先生比她年轻。年轻就年轻吧，居然还是娃娃脸，像个大学生，看起来年龄至少相差十岁，这样一来，妥妥的姐弟恋。子悦悄悄地对我说："回国后，你一定要请黄颖吃饭，因为我要逼她老公说出冻龄秘诀来。"

由于我们先来几天，居然产生了东道主意识，我约黄颖晚上单独去旁边的居酒屋坐坐，她和她可爱的先生欣然同意。

我提前做了晓鹿的思想工作，让他允许我晚上离开一会儿。他居然想了很多理由拒绝，比如担心我被雪怪抓走，或者碰见熊，最离谱的是他觉得我不该幻想自己是《冰雪奇缘》里的艾莎公主，"不是每个女孩子都能练出魔法来的"，估计是幼儿园里的对话场景被他挪用了，语气像极了他爸爸。这有点让我生气了，"假如我有魔法，就把你的小脚冻在地板上。"晓鹿当即哇哇大哭。不得已，我只得哄他到东京后给他买个奥特曼，子悦则承诺了机动战士高达。每次买了高达还得当妈妈的来拼，不知道这样容易引发我的情绪吗？真是个馊主意。所以我打算将拼高达的事委托给盛夏，也算是闭环处理。鹿江离家之后，很长一段时间的水电煤还是他交，直到他进监狱。没办法，花钱的事总不好委托给家里的阿姨，银行卡密码、网上的口令总归还是要自己保存，真烦心，除此之外，鸡零狗碎的事尽可托付盛夏。

雪地居酒屋果然别致，北欧加日式，户外雪白简洁，室内昏黄温馨，能够体验到某些日本文学作品中的情调，许多故事就是在这样的环境中讲述的。酒真是好东西，经历了旅行经验介绍、大学时光回忆、育儿经验分享之后，我们终于各有几分醉意，大脑开始变得晕晕忽忽，产生了奇妙的感觉，最终还是提到了鹿江。就像鱼香肉丝里没有鱼，主料换成了花生和鸡丁，并不妨碍大家讨论做法时经常提到鱼。

黄颖说："鹿江出狱指日可待了，只是还要委屈他在狱中过年。这一次，还真要感谢何正太不计前嫌地帮助。"

"何正太？"这是哪跟哪？他怎么会跟鹿江的案子有牵连？

看我一脸茫然的样子，黄颖不知道问题出在哪了。

"他不是你们越阳人吗？"

"对啊，可是我们几乎不联系，我都不记得上一次见面什么时候了。"

"按我的理解，何正太参与鹿江的案子，肯定是提前向你们家打过招呼的。他不可能不告知。"

看来，事情和母亲的安排有关。至于为什么是何正太，他是怎么参与进来的，我真是震惊加好奇。可是我不能表现得太心急，毕竟，鹿江已经不是我的丈夫了。在交流顺序中还是要先将这一点理理清楚。

"我前段时间是去见过鹿江一次，他说假如鹿房宝的事情处理好了就能早点出来，想让我们家帮忙。我妈说知道了，叫我别管了，后来的事情就不清楚了。我想她只是不想让我跟鹿江走得太近。"

"哦，是这样啊。"

"帮忙的话，也等于是帮我。我妈担心我想跟鹿江复合。她早就彻底放弃这个女婿了。不想让我参与太多吧。"

"还是挺遗憾的。对我来说，特别如此。毕竟，你们还是通过我认识的。"

"不，没遗憾，我还是非常感谢你。"我怎么说起客套话来了？遗憾、感谢，都不该是我熟人圈里该出现的词。"今晚只有我们两个，也只敢在这里说，这里是日本嘛。"我继续解释道，"其实，我的内心对鹿江没有太多怨言，我应该是爱他的。不过这句话我对他也不敢说。如果感觉不幸福，我也不会结婚，对吧？他对我，一直比我对他好。所以呢，我的感受要好过他。我不知道该怎么表达，你懂吗？"

黄颖点点头，我望着她的眼睛，不知道她是真的懂了，还是跟我理解的不在一个层面上。她知道我的精神缺陷吗？依然不确定。不过按上面的逻辑，我们就不该离婚，所以还得继续闭环："结婚的时候总是开心的，家人也没反对的。嗯，到离婚的时候，没太有主动权。可是，你知道鹿江这个浑蛋，他出个轨还搞得世人皆知。我妈知道了，该怎么收场？其实我们家都原谅他了，他后来又搞了个鹿房宝。鹿房宝是P2P嘛，我妈最反感这种东西了，她说实业不算实业，房产不算房产，金融不算金融，会拖我们家下水，就安排人去查。查来查去，居然查到他跟那个金薇又在一起了。我还有别的选择吗？"

"嗯，我听说过那个金薇，很要出风头的一个女人，听说她行事的目的性特别强。"

"没错。我妈说，狗要吃屎，你就不要养那只狗了。话说得那么难听，但是，真的很有道理。我不能跟一坨屎去竞争。"

黄颖依旧点点头。

骂完别人是坨屎，该转换话题了。我想了解点别的事。

鹿江要是知道何正太参与他的案子，估计宁可将刑期坐满。是怎么一回事呢？千万别把事情搞砸了。于是我问道："何正太是怎么回事？"

"当然不是直接参与。鹿房宝的投资客，还有资金使用方，大多是浙江人啊。不是说了，只要把资金要回来还给投资人，鹿江就能减刑吗？何况正太根本不用自己出面。你懂的，生意人都有商会、行业老大之类的。"

"哦。"

"我想是你母亲不想自己出手。"

"不过何正太参与这件事对他自己有什么好处呢？"在我的印象中，他并不是一个助人为乐的人，且江湖气十足。刚转学到哲学系那段时间，我拒绝过他。我也不愿意他参与到鹿江的事情中来。

鹿江与他有"鸿门宴"过节，而我站鹿江，后来还结婚了，虽然现在离婚了，鹿江终归是我孩子的父亲，有着某种类似亲戚的关系。

"就他自己说，大家都是同学，举手之劳，况且不是自己的手。但我理解呢，是你们家默许，有人通过他来统筹这件事。"

"他不是政法委的干部吗？不担心有什么影响？"

"外人怎么会知道，又不违法乱纪，又不动用公权力，都是民间力量啊。而且，鹿房宝的事本来就是一个结，只要钱回来就好。那些借钱的，本来也该还钱啊。"

"就是说何正太充当了一个幕后大佬的角色？我在电影上看过，黑帮老大开个会，大家的矛盾就解决了。"

"有点这个意思，不过他们不是黑帮，也不需要开什么会，把人叫过来表态就好。也许，这对他将来的地位有帮助吧。"

"还是不明白，我们家跟何家没什么交情。"

"这就超纲了，我更不明白。"

黄颖表示她的确不掌握更多情况，更不了解我一无所知。不过她坚持人是会变的，"正太可能跟以前不一样了。环境改变人，工作这些年，接触社会多了，大家都是同学，何不顺水推舟呢？！"

话题到此又该转换方向了。醉酒后的两个女人，关于男人，还可以聊得更多。我说她老公一看就是好人，好可爱，不需要变来变去。她说大家看到的是外表，所有婚姻揭开盖子都不是外人想象的那样。我正想象他们之间是哪种情形，黄颖忽然长叹了一口气："唉……难道老公之外，就没什么可聊的了吗？"什么情况，她有什么秘密？她紧接着问我："既然鹿江成为过往，就没别的故事了吗？"我没法跟她说，像我这种状况，任何男人想要靠近都是危险的，所以怎么会有新的故事呢。所以只好简单地答复没有。女人之间的八卦都是需要对等的，既然没有新故事交换，黄颖后来只提了她在自己老公之前的一段恋情，将刚才到嘴边的现实故事隐去。如此正好，免得明天酒醒便后悔。

回到民宿，子悦说："你相信人会改变吗？一个成年人。何正太绝不可能这么简单。之前我听你们讲过何正太跟鹿江的事，听盛夏说鹿房宝刚成立时，何正太还想参与呢，所以，他怎么可能只是来帮忙的呢？！"

"所以，这件事我还想了解一下。"

"你不方便出面，回去后我跟盛夏去打探一下。"

"鹿江从事的是金融业务。他出事的时候就有各种传闻，比如有人将P2P业务称作金鱼池，等鱼养大了再想办法从中牟利。公权力只能按规定办事，并不能直接接管公司业务，需要涉事企业的上下游、金融机构等配合，如果有人狐假虎威、浑水摸鱼也不奇怪。盯着这些公司的太多了，还有联手制造跑路事件的，就是将资金转移到国外然后玩失踪。"

"很多事情都是大鱼吃小鱼、小鱼吃虾米。小鱼因为自己吃过虾米，有原罪还不敢抱怨。"

"鹿江就是条小鱼，可何正太是什么角色呢？"

"不好判断。幸好我们家是大鱼。"

"大鱼、小鱼、虾米都是相对的，资源、人脉、商业规则、做事风格都要有一手，我们比起父母来说差太远了。说起来，我们都是在他们的庇护下生活，所以，我才没底气反对她的意见。"

"鹿江不就是例子吗？自以为很有才华，离开了资源、背景，又剑走偏锋。"

"这个我们讨论过，他说主流行当里没有可以走的路。"

"照他的意思，还是我们家这样的挡住了他的路？"

"当然不是。回过头来看非常清楚，他想走自己的路子，新兴行业里才有机会。能走出第一步，还是靠我们的家族背景。只是后面走歪了，鹿房宝属于集资。"

"妈妈说得没错，他就喜欢捞偏门。"

回到上海，鹿江的出狱日期定下来了，3月3日。有人查了万年历，说是个周五的下午，北外滩容易堵车，并不算什么好日子，除了就医之外，"余事勿取"那种。可历书上也没"宜出狱"的说法，日期和时辰都是狱方说了算，并无可选择余地。

马燚等人嚷嚷着要去接鹿江，他们高金班的微信群里一定又热闹非凡，不知金薇在不，又说了什么没，这些情况在鹿江离婚前就不得而知，现在更无法了解。金薇连两人的半裸照片都能发出来，可见是一群怎样的狐朋狗友。母亲说得有道理，大家不属于一个圈层，就不必有太多交集。

当然，不仅鹿江出狱我不能去接他，之后一段时间也不方便出面，唯一可以考虑的是待他见晓鹿时聊上几句。约好的时间是出狱后第二周周末，他需要一周时间好好整理自己，让晓鹿看到一个正常的爸爸。

3月3日之前还有个小插曲，我居然在上海国金中心碰见了陈可富。那天，我跟子悦在巴黎世家专门店外排队，居然有个穿大号西服的矮个子男人撇下挽着他手臂的太太径直向我们走来。

"郁大小姐，你们好！"假如不是熟人，这么称呼人很没礼貌，可眼前这个男人明显"不在五行中"，一副乡下来的暴发户模样，笑容满面，似乎很热情的样子。他走近之后，我已注意到他的西服上布满了大小均匀的金色路易威登标识，生怕别人不知道品牌的那种。

"您是？"我和子悦对过眼神，确认都不认得这个男人。

"我是陈可富啊，鹿江高金班的同学。"

"哦。"我下意识地简单回复。

"原来是陈总。"子悦做出了回应。

这时他太太也过来了，一位染着橘红色短发的中年女士，手上拎着最为经典的爱马仕铂金包，向我们微笑。显然，他们已经盯上我们有一会儿了。

"内人。"一种奇怪的口音，就是该卷舌时不卷，不该卷舌的时候特别卷的那种。他居然在大庭广众之下这么称呼自己的太太。

"幸会。"陈太太伸出手来要与我们握手。按说握手礼也是常见的，不过我总觉得有哪里不对劲。许久以来，习惯了太太之间点点头，如果是熟人就拥抱，对于握手还真不太习惯。我总觉得这是男士之间的商务礼仪，比较生硬。不过人家已经主动出手了，我和子悦只好接招，先后捏着她的手心摇了摇。她的手既不温暖，也不厚实，我认为非常适合医学生了解筋骨构造。

陈可富笑着说道："本来想说恭喜的，又好像不合适，鹿江要恢复自由了。"

跟陈可富一比较，我才觉得鹿江讲话已经算动听的了。

"哦，是的，不过呢，他跟我姐已经没什么关系了。"子悦帮我解围。可是排队的人都听着呢。

"哦，是啊是啊。"陈可富表情略显尴尬，"本来想找个机会去拜访令堂，一直也没有，只好现在向两位令爱表达歉意啊。汇报一下，我们最近经营状况不错，到上周为止，所有借的鹿房金服、鹿房宝资金都连本带息还清了。"

令堂，令爱，这些词从他嘴里说出来为什么那么奇怪。另外，他在这里提什么鹿房金服、鹿房宝，别人会以为我们都是骗子的。他读的是什么商学院？难道老师没教在开放式空间不该提商务吗？

"好呀，好呀，这里是公共场合，我们就不谈这个了吧？"子悦道。

"是呀，是呀，不谈，不谈，感谢两位。"他就更尴尬了，"有机会继续合作。3月3日，我们都会去接鹿江。"

"好呀，好呀，你们辛苦了。"还是子悦帮我回答。

接下来陈可富不知道该说什么了。他太太又开了另外一个话头："两位小姑娘好漂亮哦，真的是长得一模一样。"

长这么大没见过双胞胎还是怎么了？现场尴尬得让人汗颜。

我只好挤出笑脸来说："陈太太今天气色不错啊。陈先生、陈太太，我们在这里还要排一会儿，就不耽误你们逛街了，改天我们再来贵公司登门拜访。"

"欢迎，欢迎！谢谢！谢谢！"陈可富如释重负，一边说，一边弯腰致意，终于牵着太太的手离开了。

看着他们的背影消失在对面的通道中，也终于轮到我们进店了。

后来才知道，有关鹿房宝的借出资金清理行动中，陈可富的房产租赁公司是最难啃的。他是有钱不想还，帮鹿江的人放了些狠话才奏效，所以陈可富见着我们后想表达某种歉意，以期消解紧张关系。盛夏分析说这种内心自卑的男人见到年轻大气的女性就不会说话，何况心里还有鬼，"没想到高大上的高金班居然也有这种人，真是不去也罢。"盛夏这么说，好比讲鹿江的盲棋对手里也有不如他的，似乎彼此棋艺便相差不大了。

子悦去见了于叔。原来，早在鹿房金服阶段，正太就找过于叔，想要跟鹿江"强强合作"，但被拒绝了。后来鹿房宝阶段，再次通过第三方提出，同样没得到回应。

我翻了一下鹿江写的《忏悔鹿》，当中确有提及，看来他跟于叔有过单线联系。鹿房金服和鹿房宝，"两鹿"如日中天阶段，媒体将鹿江塑造成了金融业的弄潮儿、时代精英，一时间从者如云，风头盖过了许多老牌企业家，大家都以为金融创新的时代到来了。除了我父母之外，没几个人提出风险给予警告。于叔虽然不参与，但基于他的"江湖地位"，来找他充当"掮客"的人不少，何正太就是其中一位。于叔比较保守，他只在鹿房金服初始阶段关注过，而正太却始终关注着整个行业的发展。我似乎有点明白了，何正太将来在体制内未必能走得很远，但依然有很大想象空间，他想成为于叔的"接班人"。

"他想怎么参与呢？"我问子悦。

"当然是通过别人代持。不过现在不同了，事前跟事后参与的情形完全不同，现在就是清盘，完全没有赚钱的机会。"

"但可以获得江湖地位。"

"这个，于叔没讲。他也是跟黄颖一个说法，都是同学，顺水人情之类。"

"哦，于叔自己信吗？"

"呵，信个鬼。于叔把我当小姑娘对待而已，毕竟我不是当事人，没必要说那么明白。连前面'代持'两个字都是我自己总结出来的，人家于叔原话说的是'他有很多朋友从事小额金融'。而且他这个年龄，这个历练，只可能说这样的话。将话说白了，他就不是于叔了。"

"上次我去的时候，于叔怎么一点风声都没透露呢？"我轻叹了一口气。

"我们是晚辈。他就是一种替人父母关心孩子的心态而已。真遇到点事，还是要跟爸妈他们商量的。应该是那天你离开后，他就给妈妈打了电话，那时他们就商量好了该怎么做。"

"我记得是鹿江的父母给妈打电话。"

"鹿江的父母得到某种暗示，所以他们在明面上活动。怎么说呢，这个电话，其实是为了获得一种谅解，一种妥协。"

"不过鹿江父母，是怎么跟于叔，或者说何正太有联系的呢？他们之间应该没什么交集啊。"

"这个就不懂了。之前爸妈不是给我们四个讲过一次生意经吗？只有胜利者、操盘手才能知道项目成功的真正原因，失败者是不可能真正总结出经验教训来的。有的老板对下属吼，说什么'我可以接受失败，但不能接受不明不白的失败'，根本就是一句屁话。谁会把自己生意成功的最高机密告诉别人？那是有可能掉脑袋的啊，即便没那么严重，很多时候也是见不得光的，见得光的也不会说，说了就等于把钱送给别人。爱讲秘密的生意人肯定做不大。"

"没错。不过不应该体现在鹿江父母怎么跟他们有交集这个点上，我觉得他们找人打个招呼很容易的。刚才不是说，正太在这个事情上不赚钱，但可以获得'江湖地位'吗？鹿江出狱这件事，真正的秘密不在于他们怎么沟通交流的，甚至也不在于怎么操作，而是他们怎么获得这种江湖地位的。于叔是怎么成为于叔的，我们真的了解于叔吗？何正太也不是我们当年认识的何正太了。他们在某种程度上走了一条我们完全看不清或者看不到的路。"

"君欣，太厉害了，是什么让你的分析能力更进一步的？"

"还能是什么，鹿江的牢狱之灾。"

"听起来鹿江像是扫雷的。说起来，鹿江和正太，走了两条完全不同的路子啊。我们之前看不上何正太的所作所为，可是，人家不是帮鹿江减刑了吗？鹿江做的那些事情好像跟别人也没关系啊。"

"不对。鹿江正是因为无路可走才到今天这个地步的，不得已向曾经的手下败将低头。"

"这是哪跟哪？鹿江跟盛夏一样，不至于无路可走吧。另外，他在牢里，可能还不知道何正太、于叔他们在参与这件事吧。"

"唉，不说了。鹿江的父母又不知道他跟何正太有什么过节，他们怎么沟通的，不了解。细节也不那么重要，外人看到的事实是鹿江向何正太低头了。"

"听你这么说，鹿江一副任人摆布的样子。别人会以为你放不下，这可不好。放松些吧，事情跟我们没什么关系了，现在也插不上手。不管怎么说，你已经帮过鹿江了，他也即将出狱。恢复自由，卸下债务，才是最重要的。"

"但愿如此。我是担心，他从此又掉入另外一个大坑。"

"什么坑？"

"不知道，只是一种感觉，或许是错觉。"

"能有什么坑啊，不要那么被迫害妄想症好不好。何正太毕竟是个政法干部，有约束的。于叔也是个好人，顺水推舟而已，难道他们将来还能指挥鹿江去做什么坏事吗？另外，鹿江是经历了大风大浪的人，一个独立的成年人，他有自己的判断力。既然爸妈这么安排，一定有他们的道理。而且你忘了，我们两个才是最需要别人关心照顾的，把自己照顾好，不给人添麻烦，才是最好的。"

"有道理。不过你知道，我们这种人就是容易多想，况且我是当事人。情绪这种事，就是说来就来的，今天我能这么理性分析，已经不容易了。"

子悦于是立刻停止讨论，避免我陷入新的情绪陷阱中。

"我们去吃一家新开业的川菜馆子吧，这家店宣传口号是'不改良四川菜'，说实话，已经很久没吃地道的川菜了。"

"不改良四川菜"？这个口号好。我们这几个，都是不改良的，病人和犯人。

还是子悦好，说到推己及人，她是最有条件最懂我的，知道好吃的东西能够刺激多巴胺分泌，知道怎么帮我排解情绪。我们是各自的另外一个自己，互为彼此的影子、镜子、备份。感谢爸妈，在一种不幸降临的时候，又给予我们抵御不幸的物质和精神条件，让我们不会孤独地面对这个世界。

除了子悦，照顾我的责任还有一部分落在盛夏身上。当然，他也因此承受了一部分本该鹿江承受的"无妄之灾"。不过，他也习惯了，子悦跟我的情况差不多，拳打脚踢算不了什么，还常有引刀自刎及跳楼的威胁。独自生活也会爆发情绪，有时候还相当严重。有次，阿姨发现我一整天没出门，始终在阳台上徘徊，还从餐厅端了把椅子过去垫脚。她偷偷地给盛夏打了电话。结果我被"偷袭"了，盛夏进来后一个横抱将我拖出阳台，跟司机一起将我塞进了汽车后座，直奔宛平南路600号。小区门口有行人瞧见正在拍打车窗玻璃的我，立马报了警。后来警察跟精神卫生中心确认车牌号、司机跟乘客身份，才消解这次报警。

等待医生诊断的间隙，我发了一条朋友圈："算你狠，把我送精神病院。我宣布，与爸爸妈妈、妹妹妹夫彻底断绝家庭关系。"还觉不够，于是又发了一条："盛夏，挪用公款五百万。还骗我妹妹钱是找人借的。"随后又点评："案件已经过追诉期。"

后来打了镇静剂，意识清醒了些，知道自己总归能出来，妈妈不会将我一直关在精神病院的，但我的情绪还是非常低，于是又发了一条："呵，当长阳路遇见宛平南，一个诈骗犯和一个疯子的交集，悲惨世界。"

为了让自己尽快康复，我还主动要求了电击疗法。

我总算是赶在鹿江出狱之前出院了。鹿江出狱那天，他幻想的一切都没有发生。监狱门口没鲜花，没人群，没车队，更没红地毯、游艇，甚至他的父母也由于年纪较大被劝退，答应一周后再从灵江来上海。只有马燚和另外一位高金班同学来接他。当然，现场也不适合举行任何欢迎仪式。他们开车直奔位于外环的一个聚餐地点，高金班同学中只要人在上海的都来了，除了已经去世的老张。鹿江在那里跨了火盆，鸣放鞭炮，并接受了鲜花，算是完成了策划已久的仪式。一群狐朋狗友能聊些什么呢？！谁又会那么不懂事地提到金薇呢？！我不知道，也不想去猜。聚餐结束后，马燚将他送回他父母为他买的房子里。

说起这套房子，我确实对鹿江的父母有点意见，因为我看了《忏悔鹿》才知道它的存在。虽然它跟我的房子一样属于婚前财产，我也根本不会想去看它一眼，但这种"留一手"的做法我还是不认可。而且很有可能，鹿江父母觉得他们去找何正太帮忙也是"留一手"的结果，要等到鹿江亲自揭开谜底，他们才会了解真相。

周六，我见到休整后的鹿江。服装跟入狱之前没什么差别嘛，反应迟钝的现象也好多了。人在这个年纪是不会变老的。三年过去，就像刚离婚时每周一次交接孩子差不多，情景没什么变化。他对我说了几句感谢的话，我说怎么客气起来了，才过去两个月而已。他陪晓鹿玩了半个小时，果然有点陌生，但相处融洽。晓鹿很听话。鹿江说要不先带晓鹿回住处，明天中午再送过来，因为他父母今天中午也到上海，所以想要一个比较完整的相处时间。我说当然可以，干脆明晚吧，我晚饭后再来外滩金融中心接晓鹿。我问晓鹿可以不，回答是没问题，算是展示了私立双语幼儿园的教育成果。他前段时间跟爷爷奶奶视频对话过的，上次见面也才半年多，另外对三年未见的父亲也没什么排斥。挺好，完美。

第二天，他们是一家人一起来的，因为鹿江父母要特地来向我表示谢意。

然后鹿江说："再给我半个小时。"

我学晓鹿道："没问题。"

于是，鹿江父母带着晓鹿继续逛商场，我和鹿江在B1楼的书吧聊了一会儿。

"小欣，事情里面怎么还有何正太？"

"我也是刚听说。子悦问过于叔后才知道的。怎么？你是来兴师问罪吗？"

"那不敢。我当然知道你不会去找何正太，其中的原因只有我们两个知道，所以感到奇怪，来对一下情况，后续心里有个底。"

"哦。事情不是我经办的。何正太怎么认识于叔的，也不清楚。我是听子悦转述于叔的话，再回去看了你的书稿，才知道何正太一直想参与你的生意。"

"何正太也是你们越阳的，他认识于叔很正常。他最早是通过于叔找我，想入股鹿房金服。后面搞了鹿房宝之后，他跟马燚谈过。我都没回应。我当时觉得他参与进来怪怪的。"

"有没可能，他参与进来就不会有事了？"

"怎么可能？该出事还是会出事。整顿集资、判定标准，都是上面定的。他们这些人，不可能左右司法，也不可能真金白银地自己掏钱，都是找金主来凑数，自己幕后占干股，然后这些不记名的收益再滚动投资，最后再找个地方洗出来。出了事跟他一点关系都没有，根本无据可查，所以不管他是想入股，还是想洗钱，我都不想跟他有交集。"

"那他是怎么搞定陈可富他们的？"

"陈可富是福建的，按说跟何正太没什么直接关系，可是我们的投资客大多是浙江的，这些人找到何正太，知道他认识上海打非领导小组的人，想让他帮忙把钱拿回来。何正太做的全是顺水人情，狐假虎威。他让马燚把陈可富带过去喝茶，说：相关部门决心要清理鹿房宝的事了，借的钱不能不还、不如早还；另外郁家也下了决心，要让我早点出来。陈可富一听就乖乖地还钱了。"

"呵，还打着我们家的幌子。"

"这种威逼利诱的事，见人说人话，见鬼说鬼话，无凭无据的，就别管他了。"

"他是怎么忽悠你爸妈的？"

"于叔不方便出面，委托给他，因为知道他有自己的诉求，只要达到同样目的就可以了。他当然要摆谱，立即放风给马燚，说鹿房宝的事，找他管用。于是，马燚联系我父母，让他们找何正太。我父母得到信息，不知真假，又非常心急，就给你妈妈打了电话。你妈妈知道是于叔安排的，就安慰他们没问题，履行家属流程就好了，只是记住别花钱在任何人身上。这些都是在一天内发生的事。"

"不见他又如何？"

"没错，换作我们都不可能去找他。可是我父母心急，又不知道我们跟何正太以前的事，只当是我们的同学，再说，毕竟是何正太在幕后处理这件事，他们觉得必要的礼节还是需要的。"

"何正太见到你爸妈怎么说？"

"同学情谊，尽力而为。"

"他的目的是什么？"

"成为像于叔一样的人。"

我心中一动，原来鹿江的判断跟我一样。

"他可以吗？"

"不知道。于叔是你爸妈的老交情，所以我们天然信任他。也许那些浙江投资人将来也会同样信任何正太。'江山代有才人出'嘛，教主也要换代。"

"搞了半天，于叔也是一个教父。"

"没错，你跟子悦，差不多算是于叔的教女。只不过你们不是通过宗教联系，而是通过同乡关系。"

母亲处理问题的办法超出了我原来的想象，果然，兵不血刃就达到了目的。既满足了我的愿望，又给足老乡面子。同时再次教训了鹿江，潜台词是：生意场上都是资源交换，别以为自己有多能，到头来还得认尿。

我很尴尬，不想看到骄傲的鹿江沦落到需要昔日手下败将施以援手的地步。但是我无可选择。

沉默许久，我只好说："不管怎样，出来就好，债务也两清。"

"嗯，是。小欣，还是感谢你。"他说这话时，眼睛里充满了真诚。

"谢我？"我又一次被他感动了。于是打开了自己奔涌的情感。"你是不是为了我，才这么拼命赚钱的？你不想让我用我妈的钱是吗？我知道，是我的购物狂症状逼迫你拼命去搞钱的。"

"不是。至少，不全是吧。这个，只能算次要因素。我只是想，在这个世界上能发挥自己的作用，能证明自己。"

我泪目了："鹿江，我也想证明自己啊。我搞不定太复杂的事情，后来跟子悦一起做艺术设计，搞展览。可是，这条路也不太好走，感觉走不出来了。"

"不，小欣，那不一样。你的作品很好。我确实不该去搞鹿房宝，不该走最后一步臭棋。"

他递给我纸巾。

于是，我便放任眼泪流下来："我不知道。从来没想过，我们怎么会走到现在这一步？记得上大学时我们一起看张爱玲的《半生缘》吗？每个人看一章，轮流看，然后讲给对方听，后面自己再去读，觉得这样对照着读很有意思。"

"记得。"

"顾曼桢十几年后再次见到沈世钧，你记得他们说的是哪句话吗？"

鹿江知道我说的是哪一句，但是他不说，只是泪水在眼眶中打转。

我："我们回不去了。"

于是，我们轮流抽纸巾，抽到担心后来人没纸用。印象中，似乎第一次见到鹿江流泪。

"你自由了，用三年牢狱之灾，换取了一辈子的自由。"我在啜泣中说完这句话。

"哪跟哪！我坐牢，完全咎由自取。"

"不，假如我妈愿意出手，相信你这三年牢也不用坐。我折磨了你十年，你终于自由了。"

"小欣，我自愿的，自愿照顾你的。鹿房宝的事没那么简单，非法集资，没人管得了。你妈妈也不可能将资源用在我身上，她要是帮我，确实有将自己公司拉下水的风险。都是我的错，我承受自己应该承受的后果。"

他居然从口袋里掏出湿巾来递给我，跟多年前一样，不过这次应该是给晓鹿准备的。他继续道："小欣，其实这个社会更狂躁，相对来说，你是最正常的那个。

"我在监狱里想了很多，最近想到一个词叫躁进。躁进这个词特别适合当下，提篮桥监狱里很多犯人都是经济方面的原因，所以被人称作财大分校，就是大家都太躁狂了，急于追求成功，不管是基金、证券内幕交易，还是财务造假，都为了钱，或者替人消灾掩盖什么。一旦出事，轻则资产流失，重则妻离子散、家破人亡。进监狱算不得什么，还有跳楼的，下毒的，比比皆是。而你生气时，影响的人很少，无非是我、你家人，几个人而已，一所房子之内，并没有危害别人、社会。

"你内心是善良的，何况在艺术设计上还有非凡的创造力。从大学创业到现在，我认识到，踏踏实实工作并不足以勤劳致富，不管是新的商业模式，还是什么发明创造。你妈妈说得对，在这个环境里想要赚到大钱，一定要资源交换。对于我们这些并不笨，一门心思往上走的人来说，似乎只要良心上放任那么一点点，就可以赚到钱。

"愿意出卖自己良心的聪明人太多了，所以世界才会变得癫狂、躁进。叔本华说过，'世界上最大的监狱，是人的思维。我们每个人都被自己的认知牢牢禁锢其中。'严格来说，每个人都在蹲监狱。大学里那个研究天台宗的老师说得对，大学生是读不懂哲学的，非得到一定年纪。我觉得，监狱里的一些人反而更像哲学家。"

他讲得头头是道，那铿锵有力的声音让我感到些许陌生，像是我俩之外，来自空中的旁白。不过他大概忘了，我最不喜欢讲道理，大段的说教也会引发我的情绪。

我最不喜欢的就是有人引用哲学家的话，大学四年，受够了。何况西方哲学史中提到的许多哲学家在生活中都是渣男，对女性不够友好。鹿江还喜欢写PPT，喜欢长长的公号文，而我恰恰相反，认为PPT就是标题党，公号文就是裹脚布，这些东西只会让我窒息。有些人只在乎名人说了什么，而对为什么这么说以及名人说错了什么并不在意，真理是什么？何不一句话表达清楚呢？有一次，我骂鹿江："一个男人，干吗说出来的话、写出来的文字，非要像女人的肌肤一样丝滑？"

哭了半天，我都忘了鹿江出轨这回事了。现在突然想起，便有止泪的效果。

我擦干眼泪："你现在自由了，可以去美国找你的金薇去了。"

"金薇？她早跑没影了。"鹿江一副轻飘飘的口吻。我不喜欢他这么说话。

"啊，你的书稿里，还说她要跟你生孩子呢。说不定已经生好了，在美国等你吧？恭喜啊，太平洋两岸，各有一个女人给你生了孩子，还帮你带大。真是天将降大任于你啊，苦其心志，劳其筋骨……"

"小欣，这……别挖苦我了，哪有什么美国的孩子啊。"

"我挖苦你？你不是这么写的吗？"

"回头我删掉。"

"别删，一个字都别删，这点容忍度我还是有的。"说实话，我并不觉得他在忏悔，分明写的是一个犯人和一个疯子的故事。

"那份书稿，写得不好。"

"我觉得挺好的啊。我自己都不知道，原来把你折磨成这样。"

"不，我不该写那些。"

"我觉得挺真实的，你不记录下来，过些年我也忘了。你更翻不了案。"

"为什么要翻案？我自愿的啊。"

"千万别，我醒悟了，我承受不起你对我的照顾。没有谁是欠谁的，也没有什么是应该的。我妈的想法也是错的，我和子悦，将来只能自己照顾自己，自己面对自己。耗费别人的人生，也是一种罪过。"

"我错了，不该写什么忏悔录。"

"不，挺好的，否则我根本认不清楚这个世界的逻辑。我真的觉得你写得很好，让我清楚认识自己。很多人一辈子都做不到。你这本书做到了。这不只是你的回忆录，也是我的。我想过了，联系出版社，顶多换个书名，印出来可以让更多的读者看到。我们的事，有点像明代'三言二拍'里面的故事。"

这时，我听到了晓鹿的声音，"妈妈，我们回家吧。"他的爷爷奶奶牵着他的小手走上前来。"回家"这两个字让我心里得到很大安慰，晓鹿还是只认我这个家的。同时，我在鹿江眼中看到了落寞。

但此刻我的情绪已经逆转，从抑郁转向有些激动。擦干眼泪后，我又不同情他了。

"妈妈，我们回家吧，明天还要去幼儿园呢。"如果不是晓鹿的声音超级治愈，我又要对鹿江发怒了。

鹿江于是起身，去跟他父母说话。我便领着晓鹿告辞。

开车回家路上，晓鹿对我说："妈妈，我有一个疑问，爷爷奶奶家早就搬到上海来了，为什么我从来没去过呢？"

我看了他一眼，没回答。

"我有一个大胆的猜想，爸爸不是出国去了，而是一直躲在爷爷奶奶家。不过，他为什么没来看我呢？"

我还是不回答。晓鹿便不问了。小孩子都是这么变懂事的。

周一下午茶，子悦问我周末会面的情形。

"怎么跟鹿江聊了那么久？"

"不知道。"

"这家伙啰啰唆唆、缠缠绵绵的，他在想什么？鹿江以前不太会说这些甜言蜜语的。三年牢狱生活，他可能变了，你要小心。不会还是想跟你复婚吧？"

"他已经自由了，干吗跟我复婚？"

"那他当初干吗跟你结婚？有区别吗？"

这个问题是不是有人问过？谁？也是子悦吗？想不起来了。

"我回答不了一个自己回答不了的问题。"

"呵，这算什么答案？"

"他早就意识到，我才是他的监狱。"

"离不开的，就不算监狱，那是家。"

"他好不容易离开，就不会回来。"

"妈妈会说：最好如此。"

又是妈妈说。我不喜欢她这么讲话，可我从不跟子悦吵架，每次想生气的时候都想办法告诉自己，她是另外一个我，这三年来我们相互纠偏，没有彼此便过不下去。

我和子悦计划在景德镇的三宝村另开一间工作室，跟我们上海的文化公司分割开。为什么选景德镇呢？那里是我独立创作的起点，那套黑白瓷就是在景德镇三宝村定做的，相信那里会成为我的福地。工作室完全是我们自己投资的，商住一体，没有别人参与，因此要忙上一阵子。趁这个下午茶时间要将装修方案定下来，周末还得赶去现场做艺术监制，所以话题从鹿江身上移开。盛夏周末也会过去帮忙，不过他不参与工作室的业务，主要作用是帮我们安排行程，以及在现场"镇住"装修公司的人。当然，他始终不忘还有一个额外工作，就是要照顾子悦的情绪，以及在我们需要进医院时，将我们分别送进宛平南路600号，并在合适的时候接出来。

我和子悦之所以决定还是要做点什么，是从一部美国电影《亚当》得到的启示。那是一部讲孤独症患者的喜剧片，影片关于症状的表现有点过于美好，不如鹿江描述的现实、残酷。我们理解导演那么安排的原因，真相一点儿也不美好，而电影要在有限时间内给予观众相对美好的体验，就不能对真相过于执着。不过这部影片给予我们的启示并不在于此。我们的总结是，人的一生中，有些关键的坎总得自己迈过去，不可能让别人帮助你，哪怕是父母，哪怕父母的能量巨大。亚当作为孤独症患者，想获得适合的职位，还是得自己克服社交障碍去应聘；女主角不管如何关心爱护亚当，总归还得实现自我价值，不可能退化成亚当的保姆。我们当年既然能考上重点大学，现在也一定能做成点什么。只有独自获得社会的认可，才能根本上缓解内心的焦虑。人是不会在一夜之间改变的。现在的所有，都可以在既往中找到点点滴滴的影子。所能产生的突破，也早有端倪，只是当时不够明显而已。幻想在心如止水、衣食无忧的情形下做出理性选择是不现实的，想法总会被干扰。人们是在漫长的生活中找到自我的。

忙碌的日子过去几个月，转眼进入夏天。景德镇的青山绿水让人放松，炙热的土地和空气让我对世界的感知更加真实。工作室进展顺利，我的精神状态也有所好转。于是，我们又带着小朋友一起去景德镇过暑假。相对于以冬季滑雪为特点的日本长野白马村，景德镇三宝村的特色当然是陶瓷。本以为这些瓶瓶罐罐很容易被小朋友碰坏，结果并没有，他们非常爱惜这些作品，也没出现追逐打闹的场景。夏日的山村植被繁茂，蔬果丰盛，傍晚带着小朋友们在田间、小溪边追逐蚱蜢和蝴蝶就足以贡献许多美好的时光。我和子悦除了创作自己的作品之外，还带着晓鹿和晓夏一起制作一些可爱的、适合低幼儿童的陶瓷作品，因此，我们四个还可以在室外三十多度高温时躲在空调房里忙得不亦乐乎。

盛夏有自己的工作，只能在周末前来景德镇与大家相聚，被晓鹿称为"周末先生"。他一个人出行乘坐高铁更方便，又总是穿着白T恤加短裤。于是晓鹿捏了一辆高铁，晓夏创作了一个"爸爸"的泥塑形象，我们一起上瓷、涂色，送去隔壁烧制，形成一套"周末先生"儿童陶瓷作品。这件作品后来在少儿创作大赛中获奖了。不过，我仍然分辨不清究竟是我们的作品好，还是人脉太好。

关于设计，有一次大家聊得开心，盛夏趁机建议我们多考虑市场需求。不过话刚出口，就被子悦堵住了："不需要你多嘴。最讨厌什么都想指导的人了。"

经验丰富的盛夏居然没有注意到子悦的情绪变化，辩解道："不敢，不敢。我只是想，你们之前创作的作品，能看懂的人太少。这次不妨放低点姿态。"

"你是不是被这个社会洗脑了？搞什么中庸之道，在艺术设计领域没有前途。"

"设计先锋点没问题，但考虑到市场，多一些跟消费者的交互也没什么不可以啊。"

"别跟我扯什么先锋、交互，在设计这个事情上，大多数消费者或者说甲方，刚开始根本不知道自己想要什么。只有你做出优秀的作品，得到业界认可了，或者突然拿出来，大家一看，哇！我喜欢！或者慢慢地审美都跟上了，觉得好看了，才会接受。你从一开始就妥协，死定了。"

"不，其实我跟你说的是一个意思啊，只是……"

"不会说话就闭嘴。什么放低点姿态，低你妈啊！"

平时极有礼貌的子悦开始破口大骂，盛夏才意识到事态严重。幸好他当天就回上海了，才没有闹大。此后，再也没人敢对我们的工作室说三道四。

这件小事也引发了我的思考：我们的毛病，永远不可能凭空消失。不管结婚还是离婚，事业发展得顺利还是不顺利，它将永远伴随着我们。伴随这个词也不够准确，它有时发挥的是主导作用，是精神自我的一部分，我们甚至不能认为它只是一种病，从基因到情绪，从情绪到价值观，浑然一体。也就是说，渣男渣女之所以渣，除了家庭环境、社会因素，还可能有生理上的原因。从这个角度来解释人无完人就非常好理解了，任何人都经不起解构。假以时日，科学技术也许会解构掉所有的哲学、心理学门派，甚至艺术、社会学、历史、政治……或许有一天，小孩子一出生，测个基因就能预告他将来的行为方式了。

又有个周末，盛夏说收到一个浙江财经界的非正式私人聚会邀请，就在景德镇某五星级度假酒店。参会者中还有不少越阳人，所以也邀请了我和子悦一同参加。盛夏直接从高铁站前往，子悦和我则从三宝村直接开车过去，由当地雇佣的阿姨暂时照顾两个小朋友。

所谓会场，也就是宴席。看不出一点儿会议的影子，没有横幅，没有标牌，可是场地相当气派，身份审核也很严格，设有两道关卡，每个席位都是固定的。

就在我们即将走进宴会厅的那一刻，我一眼就认出来一个人，那就是何正太。虽然脸型微胖，服装式样也较以往有所不同，但那种气质一望便知。我立即拉住子悦："等等，看见何正太了，我得回去。"

这时，盛夏远远地看见了我们，迎了上来。我不能等待，不能让别人看见我们三个在一起说话，从而被何正太发现我。盛夏看见我要转身，觉着奇怪，又加快了脚步。这下真的引起了何正太的注意，他转过脸来。我不知道自己被他发现了没有，反正三步并作两步，快速走出宴会厅。

回到三宝村的住处，见到晓鹿和晓夏，心态顿时平和了许多。只要跟孩子在一起，情绪问题就能缓解大半。

只是看着他俩一会儿专心致志地玩，一会儿相互打闹哭喊，不由得又回想起自己和子悦小时候的事情来，我们真的是在成年后才出现症状的吗？小朋友的哭闹和苦恼，成年后记得的有多少？什么样程度的不听话，才算是"双相"的早期症状？

记得疫情防控期间媒体上有一段视频，说的是上海闵行区一个10岁左右的小男孩每天踩着平衡车去做核酸，工作人员担心他影响排队秩序，加以劝阻。

言语交锋数次后，男孩说"信不信我拿刀砍死你"，说完真的回家拿来一把菜刀（有说法是菜刀形手机壳）。

众人连忙阻止，他继续喊道："我今天必须砍死你！没有人可以阻止我！"旁人一边摁住他，一边指责他没教养。

小男孩当时喊叫的话语还有——

"我做什么了！你们凭什么对我这么凶！"

"你这个垃圾人！我就知道这个社会都是垃圾人，全都是垃圾人。"

"我要自杀！活着有什么意思！"

后来男孩的家人在社区群中道歉并解释说孩子已经确诊"双相"。但社交网络上还是骂声一片，几乎很少人认可"精神病"的解释，说——

"这个社会一定会替你管教孩子。"

"早点送进监狱算了。"

"不是一句孩子病了就可以开脱的，家长的责任！一定是娇生惯养的结果。"

"被摁在地板上了，结局大快人心！"

"放过他就是犯罪！"

很多网友是非常无知和盲目的。面对精神疾病，无法讲道理的时候偏要讲道理；而面对有组织的违法，该讲道理时却闭嘴。流言蜚语之恶，一个来源是整齐划一的无知，还有一个来源就是替人发声。

另外，网上居然还有许多所谓的"专家"撰文指出"双相"的主因是缺乏家教，然后兜售他们的家庭教育网课……

只有家属和病友才能理解"双相"患者。我很能共情这孩子，因为我青春期之前也曾一度认为这个世界上都是垃圾人，几乎所有人都毛病多多，没有一个是善茬，总在给我们设置各种障碍，让我各种不自由。周边人都很没礼貌，喜欢说风凉话，做事也不讲规则。关键是他们学习成绩都不如我，对这个世界上的任何事物都是一知半解，然后以中庸之道自居，还以为自己具有生活智慧。我讨厌大多数人，不喜欢跟他们打交道。事实证明，我们的生活习惯比大多数人好很多，比大多数人礼貌，智商也确实在大多数人之上。我与子悦，不费吹灰之力就双双考上985大学，还是同一所学校的同一个专业。

我比这个小男孩幸运，由于父母营造的良好环境，大多数情形都不用跟人挤，也没有合适的机会将心里话喊出来，当然也就不会被人指责为没教养。其实我的内心跟这个小男孩是一样的。

照这么分析，我在青春期之前就出现躁狂的早期症状了？我不能确定。

晓鹿呢？晓夏呢？

每次遇见他们打闹，我和子悦都相当惶恐，跟我们的母亲一样，担心"房间里的大象"跑出来。

听着他们的对话，观察他们的动作、表情，以及开心的样子，似乎跟正常孩子没什么两样，至少比我和子悦好得多。

这种恐惧会一直伴随着我，直到"大象"真的跑出来或被永久禁闭，直到我生命的最后一刻。也有医生说，如果他们到30岁依然没有任何躁狂或抑郁的迹象，才能确信他们跟我们的母亲一样，只是相关基因的携带者而不是病人。他们30岁时，我该多老了，像《泰坦尼克号》里女主角一样活成鸡皮老太吗？我不要啊，不要在担心恐惧中度过30年啊……

相关的基因片段、位点，在他们身上，究竟是显性的，还是隐性的？有分子生物学者告诉我，可能事情没我们想象的那么简单，显性和隐性可能只是跟血型分ABO那样让普通人好理解罢了，具体到生物医学要复杂得多。

我问那要怎么理解？有推荐的相关论文吗？英文的也行，我能凑合着看。

对方说："算了，我研究了半辈子精神疾病，从心理访谈到分子层面，发表了论文无数，也说不出所以然来，不敢拿不成熟的东西来误人。"

"科学没有进展到这个程度。基因编辑受精卵不合法，深圳那个科学家剔除艾滋易感基因都坐牢了。筛选胚胎也不行，这个位点太多，根本没法筛。也就是说，每个胚胎都会存在不同的致病基因的，不是二选一或三选一的关系。还有很多基因位点根本没有认识到。我的专业知识，在行业内讲讲没问题，研究成果也只能在学术会议上向医生们炫耀。面对实际的患者，我的内心是慌张的。人类面对疾病是相当无助的。医生只是帮助患者康复而已，面对更多的疾病根本束手无策。甚至有些疾病没有被科学发现。都说攻克癌症比登月还难，其实癌症并不是最难的，精神疾病也许比癌症难一百倍。所以大多数科学家都不敢选这个方向……"

每当与孩子们一起玩得开心时，一股莫名的忧虑就会袭来，愉悦和担忧交织在一起，像是一条毒蛇缠绕着美丽的苹果树。我大脑中会出现一些幻象：晓鹿，或者晓夏，突然像网络视频中那个小男孩一样，狰狞着脸，举起小刀扑向我……啊！太恐怖了，这些幻象无时无刻不影响着情绪，让我疲于应付。

我的确是个疯子。不过，世界上所有人都是疯子，在未来的AI机器人世界看来，人类的情绪都同样不可理喻。从某种角度来看，今晚宴席上的人们也处于躁狂状态，他们的财富游戏偏离了正常的轨道，之所以热衷于此，极有可能也与某些性格基因相关……未来尚未来到，我还不得不一辈子背负着疯子或精神病人的污名。当别人在多巴胺的海洋里开怀畅饮、纵情放歌时，我却要在"荒漠"中哭泣，将自己的愤怒或忧郁撒向最亲密的爱人……

大约不到晚八点，盛夏和子悦就提前回来了，因为他们担心我。

"我被发现了吗？"我问子悦。

"哦，他看见你了。不过我们说你有点事，而且要回去照顾孩子们。理由嘛，随便编一个，没必要管它真不真实，重要的是离开，我也觉得应该走。"

"我真没想到他会在。"盛夏表示很抱歉。

"又是一场鸿门宴。"

子悦道："不算鸿门宴，跟我们没什么关系。我们那一桌都是越阳的，大家还是很尊重我们的，从位子的安排上就可以看出来。你的座位也一直空着，没人敢占用。"

我问："怎么想到在景德镇开会？"

盛夏："碰巧了。就是找个景区、度假村开会而已，以前都是在浙江，去年在歙县，今年选在景德镇，离得不远，大家过来方便些。"

"我来讲今天的情况吧。"子悦知道我想了解什么，所以省得我主动发问。"何正太算是他们这个圈子的话事人，他们要成立一个私募基金，然后，让鹿江成为前台的CEO。"一句话，就把事情说清楚了。子悦怎么做到的？

真是个令人震惊的消息。这个世界太躁狂了。子悦表达得很平稳，她知道这个信息不得不说，不如直接点，而且不必让这样的话从盛夏嘴里讲出来。

子悦继续道："鹿江接下来就会参加他们的活动了，但我们是再也不会去的。这些投资人真有意思，他们还是相信鹿江，相信何正太。所谓新金融，本质上还是利用人性的弱点集资。看来他们对所谓的集资诈骗认定并不在意，一旦有新的模式出来，还是趋之若鹜。一群捞偏门的，活该！"

盛夏："那是。鹿房宝大部分本金都返还了嘛，在所有P2P中算是清理得最好的。而且人家确实没用于消费，也没转移资金，矮子里面挑高佬，算是盗亦有道……"

我们没讨论太多，话题转向两个孩子，夸他们乖，夸他们有创造力，大家都在努力冲淡不愉快的氛围。然后盛夏想起我可能还没吃饭，将注意力转向外卖……

夜里，我睡不着，在手机上预约了宛平南路600号的专家门诊。然后一个人摸下楼，去画室绘瓷瓶。不一会儿就累了，我将所有的灯关闭，静静地坐在那儿发呆。月光透过玻璃顶，均匀地洒在画室的每个角落，像是一盏远距离的氛围灯。假如从山巅看下来，画室一定像个宠物小屋，温馨而孤独。

九、"击鼓传花"

抱歉，故事进展到这里，讲述人又要发生变化了。

我是盛夏。

大概没人料到，但现实如此，且待我细细讲来。

话说君欣在景德镇为自己预约了宛平南路600号的专家门诊，返沪后，也没发现有什么特别的情绪，医生说没异常不用住院。我想，大约她已释然，而且超出她自己的预期。

子悦每天都下楼去看她，讨论书稿的安排。关于《忏悔鹿》的处理方式，君欣原本的说法是"一个字都别删"。那是她没有创作过长篇小说并达到可出版程度，脱口而出的想法。专业作者的文章都得千遍改，何况鹿江。受制于监狱环境，以及当时的精神面貌，鹿江的稿子有点像工作报告，必须大改。为了让叙事方式更像小说，单单调整故事架构，君欣就折腾了几个月。然而，在我看来，她整理后的文档还不如初稿可读性强。

写书真是一件相当累人的事。符合文法、不出差错只是最基本的要求，为了满足各种人群的阅读需要，得心思缜密地安排各种细节，读起来才有趣。另外，人们常说"开卷有益"，还须确保读者花了时间能有收获，否则人们为什么要去读书而不是刷短视频、浏览网文呢？

花一天或几天设计个柜子、制作个花瓶，君欣可以做到，因为那属于她的独立创作。整理别人的作品就不那么令人愉快了，从鹿江出狱到现在，又一年多过去了，她只写成了自己那两章。对"双相"患者来说，持久地做一件复杂度较高的事很不容易。长篇小说的创作并不比建筑设计更简单。每一轮修改她都爆发过情绪，春节过后，她又住进了宛平南路600号。

出院日，我陪同子悦去600号接君欣。

按说，子悦最好不要去医院，避免接触负面信息。可总得有亲属到场。其他人都忙，我又不好单独前往，子悦便得去。实际上，在住院这件事上，十多年来一直是姐妹互接互送，我和鹿江都属于陪同签字的角色，否则别人会说老公将老婆送进精神病院，一定另有企图。起初两年，她们去接自己的"同胞"（真是同胞，同卵，就是同一个细胞）都会带上一束鲜花，后来发病频繁，懒淡许多，我与鹿江操心的事太杂，也没能协助坚持这个传统。不想这次子悦兴致高，给君欣带的鲜花占满了半个后座。大胆猜测，应该是君欣住院期间，子悦卖出了好几件艺术品，所以情绪大好。

从家到600号相当近，步行可达，可她们走几步路就喊累，只接受乘车，而且需要乘坐自己的车。去程，子悦笑盈盈地玩着手机，估计在跟君欣聊天。从医院出来，她们就改变了主意，不想回家。子悦预订了环贸的一家餐厅，说要简单地为君欣接风，洗去晦气。好吧，变来变去又不是头一回了。作为司机，只能一路无话，十多年的经验提示我，她们情绪好的时候，千万不要节外生枝，任何带有否定意味的建议都可能导致严重后果。期待美好的一天能够延续下去。

事与愿违，接下来没几分钟，情况就发生重大变化。这段短短的路程偏偏最为拥堵，经过几个红灯的折磨，两人情绪急转直下，刚开始无话，后来居然又讨论起鹿江的《忏悔鹿》来。唉，君欣不就是因为这个进去的嘛。记得前不久刚看过网上一段视频，一位女子在出租车上因为左转红灯时间太长而爆发歇斯底里症状，八成也是"双相"患者。子悦和君欣都因为堵车发作过，幸亏乘自家的车，歇斯底里也不会被外人瞧见，更不会被拍视频在网上传播。不过，刀口向内也是不对的。我跟鹿江一样，哄不过来，也很辛苦，也会感到万分沮丧。

墨菲效应发挥了作用。好不容易抵达目的地，停车又耽误了不少时间。子悦开始抱怨了，她说我太磨蹭，早就应该找路边停车位。她忍受不了停车的过程，而我们的车比较宽大，一般商场的立体停车架上不去。子悦总喜欢在我停车的时候发难。我便说想停车方便，干吗来环贸，去丁香花园不好吗？她更愤怒了，说我质疑了她的选择，并拒绝下车。君欣和我劝导了一刻钟，说超出了餐厅约定的时间，她才打开车门。然后对我大声喊叫："盛夏，你就不能主动点，把改书稿的事接下来吗？"

什么？我来写？头脑中闪过几个感叹号和问号。后排有两位患者，当然没敢反问。讲真，这事跟我有什么关系？何况鹿江在书稿中对我还相当不待见。这哪是去吃大餐，简直领任务来了。如今我头顶上有三个霸道女总裁：子悦、君欣、丈母娘。我不但在工作中被她们领导，生活中更是被全面掌控，简直太令人窒息了。十多年来，我已经做了无数跟自己毫无关系的事，只要她们想安排。

君欣倒是挺平静，她说："没错，盛夏合适。"

这句话活像最高法的死刑复核，我还能说不吗？

子悦看出了我眼中的迟疑，又补充道："君欣说了，这本书必须完成。现在除了你还有谁？"

子悦随时可能发病。人在屋檐下，我只好暂时点点头。从避免危机的角度，我是成功的，双胞胎没有进一步发作，只是这顿饭味同嚼蜡。

子悦交给我的上一个任务是给她们景德镇的公司做财务。不管房地产还是文化艺术，只要是做买卖，涉及金钱往来，就会产生价格谈判、开发票、税务、运输交付、售后服务等事务性活动。刚开始姐妹俩商议好了，这次创业外人不要参与，也和妈妈的公司绝缘，所以打算什么都自己干。我的理解是她们要证明自己。她们找园区代办了工作室注册，非常顺利，因此得到鼓舞，越发觉得一切流程都能自己搞定。

直到有一次，我刚到景德镇，子悦就急吼吼地对我说："帮我开发票好吗？这个买家是公司付款，所以需要发票。还要补签合同，唉，真是麻烦。"

"好啊。金税盘呢？"我嘴上应着，心里却在想：又不是摆地摊，注册工作室不就用来处理这些事的吗？

"是不是一个白色的小盒子？注册公司的时候所有资料都放在柜子里了，动也没动过。"

"搞了半天，原来你们前面卖出去的几件都是个人付款啊？"

"是啊。"

"那么出项呢，你们买设备买材料交房租，不让对方开票吗？"

"这个倒是知道，抵扣费用嘛，要不我们开公司干吗？"

结果我打开柜子一看，除了公章、税盘、网银盾之外，还有一堆散放着的购物发票或小票，一次账都没做过。

"都没入账啊。再说，连进项都没有，抵扣什么？"

"所以这次要开票了呀。"

于是我打开电脑，接上金税盘。

"密码呢？"

"不知道。"

我发现自己多此一问，她们连金税盘都没接触过，怎么会知道密码，一定还是初始密码。于是我又去查找初始密码。

"对方的开票资料有吗？"

"等等，我微信转给你。"

"普票还是专票啊？我们现在只开通了自开普票权限，专票要去税务局代开。"

"等等，我问问。"子悦不愿意给对方打电话，只愿意发信息。

"还有，开票内容是什么？陶瓷工艺品还是服务咨询费什么的，对方有要求吗？"

"怎么不一次说清楚啊？我又要问人家。"

"我又不是专业财务，一步一步走下来才发现啊。再说了，这些信息本来就应该对方一次性提供啊。"

"不要再问我问题了。"子悦开始不高兴了。

我只好利用这段时间安装调试发票打印机。

结果又等了两个小时，对方才回复：专票。

都过了下班时间。

"现在开不了专票，得下周上班去税务局代开。"

"哎呀！人家催了很久了。"子悦从不高兴到发作，一般不到一分钟。

"那么你再去问问对方，普票行不行嘛。我觉得他们不一定需要专票的。"

"说了是专票。"子悦怒了，不过还是发了信息给对方。

"现在没有专票啊。"

"可是人家等了两个星期了。"不对劲，她已经不讲理了。

"你两个星期前没让我开票。"

子悦正式发作："啊，懂点这个很了不起吗？一直拿话堵我。我们只是想量入为出，这个阶段不想招财务而已，让你做点事，又把责任推在我身上，搞得我跟犯了多大错似的。还有，说了不要问我问题，你今天一来就一直提问，就是想把我逼疯。"

"子悦，安静，安静，我没有责怪你啊，问题不是我造成的，我是来解决问题的。"

"我就知道你这种人，装作很高尚的样子，往我身上泼脏水，说什么我有病。你才有病呢，你们全家都有病。"

如此咆哮了许久，直到她发现对方回了个信息，说普票也可以的。于是，我半个字没说，立马开票，快递寄出。这时，刚好君欣带着孩子们从山上下来，说去城里吃饭吧，子悦才缓过劲来。

于是接下来几个月，我既是一家大型房地产公司的CEO，又是某小工作室的财务兼商务，真是进得了大会堂，又做得了小跑堂。难怪同事们都说，再没有像盛总一样能体谅基层的老板了。景德镇的业务量起来后，我第一时间帮她们在当地请了个管家兼财务兼商务，一个月工资才5000块。

我常在子悦心情好的时候劝解："不要对无关人员发脾气，更不要针对发现和解决问题的人，而应该找出制造问题的人。"但劝说通常是无效的。

她最简单的解决之道就是对我咆哮，通过咆哮解决一切困难："我要的不是找原因，是解决问题。"显然，更容易执行的是：搬不动谁，就避开谁，去找那些能够解决问题的人，哪怕对方与此事毫无关系。简言之：柿子专挑软的捏。说起来，不只是"双相"患者这么想，全社会都在这么做。整个世界就是一个大的精神病院。

接回君欣后，已经过了一周，两人情绪都挺稳定的，但也没有放弃让我改稿子的想法，还一直催促。我说，虽不是主创，也需要时间构思，已经等了一年多了，不缺这几天吧？子悦脸色大变。我只得哄她：其实已经想好一些思路了，再细化两天就开工。

既然如此，我也得想办法把事情推出去。可是，还能找谁呢？唯一的可能还是鹿江，为什么鹿江不自己继续创作下去呢？呵，有点像击鼓传花的游戏，我得在鼓声停下来之前，尽快将"花"传回始作俑者，争取脱离这个死循环。

这事电话里说不通，得见面聊。不过，要见鹿江也不那么容易，除了路途遥远，还得提前预约。

说来话长，鹿江后来确实又东山再起了，比之前还发达，但还不至于因此而在我面前摆谱。见他不易，是另有蹊跷。我给他发了信息，又通过朋友打了几天电话，才联系上。挑了个阳光灿烂的日子，我对秘书说跑个远郊，便独自出发了。晚上还得赶回来，避免向子悦做不必要的解释。

我不喜欢开车，因为业务电话太多。但不得不经常自己开，比如这次，不能让别人知道我的行踪。

刚过G60新桥收费站，还没打开巡航模式，就接到一个电话。从接手集团自持业务以来，总有一些之前的朋友、熟人来要项目，甚至还有鹿江他们高金班的同学，比如搞长租公寓的陈可富，找上门来提合作。无非欺我年轻，怂恿我做错事，比如设立小金库之类，从而抓住把柄，获取稳定房源。自持物业产权是自己的，物业管理、租赁业务经验也算丰富，我们为什么要跟他这样的二房东合作？这种吃里爬外的事情我干不来。拒绝陈可富容易，礼貌地说声抱歉就好。可一些有来头的主，就不那么容易对付了，否则人家也不会在电话里讨论生意。比方说这通电话，对方是老丈人的旧交。人家满以为给我们这种小辈打个电话就搞定呢，结果碰了一鼻子灰，每个项目都被我堵了回去。还能怎么办？总不能让他去找老丈人吧。通话末尾，我还得极谦卑地说，过段时间去他府上拜访请教。对方年纪大了，耳朵不灵，我光解释自己在开车就重复了四五遍。用车载免提，高速路上噪音大，对方听不清；戴耳机呢，自己耳朵被震得不行。听不清时嗓门都大。通话结束，都到嘉善了，顿觉嗓子干涩、耳鸣眼花。

还没到嘉兴，接到第二个电话，法务打过来的，关于子悦、君欣名下注册在上海的文化公司变更事宜。按市场监管条例，总归有些手续需要她们签字、脸部识别之类。举手之劳而已，可每次做人脸识别子悦都发狂。因为她不卸妆，就与身份证照片差异有点大。最近她们又常去景德镇做文创，导致公司常常找不到自己名义上的老板。我便借此提出更换法人代表，帮她们降低风险，丈母娘同意了。偏偏这时，有人举报这两家公司存在洗钱行为。"谁干的？谁这么了解情况？"子悦的第一反应是这个。谁都有可能，谁干的不重要，当下第一要务是避免法律风险。这事跟双胞胎一点关系没有，丈母娘才是两家文化公司的真正操纵者，但程序上大家都脱不了干系。于是，我找了集团公司律师收集应诉材料。律师分析后，建议直接注销两家公司。我问他："注销后还有多大风险？"他答道："不注销，随时可查。注销了，查证有难度，其他都一样。但总有人怕麻烦懒得查。""明白了。"这是当天最为简洁的一次通话。

第三个电话是杭州办公室的一位女同事打来的。前期有个写字楼租户质疑分时电费和公摊电费，要求退回部分费用。其实账务都是明明白白的，按租赁面积和电表收费，但该租户最近经营状况不好，又觉得其他楼层租户工位密度大，周末和晚上还加班，实际占用资源多，心理就不平衡了，对公摊办法和数字产生质疑。杭州公司的基层人员没协调好，导致客户上网到处发帖子，闹到市场监管局去了，还向税务举报。

"他们搬走了没？"

"上周就搬了。"

"把质疑部分退掉不行吗？"

"上次开会，董事长不是说，都这么搞的话，公司还怎么赚钱？"

"不要争议，直接退款。董事长管不了这么细，如今市场不景气，气头上的话。这种小事我们处理完结束。"

"还需要请示集团法务吗？"

"不用了。在商言商，大事化小，小事化了，一线要勇于承担责任。"

最不喜欢这种不信任的语气，又不直接说，拿什么集团法务来说事。什么集团法务，集团法务事无巨细都要通报董事长，也就是我的丈母娘。女同事清楚得很，就是担心我说了不算，想继续往上汇报。当然不可以，事情到我这里就结束了。

"舟过临平后，青山一点无。大江吞两浙，平野入三吴。"反过来体验更好。从杭嘉湖平原进入浙西山区后，车流稀疏不少，电话也不响了，阳光洒在茶山上，碧空如洗，顿觉神清气爽。难怪鹿江要住在山沟沟的寺庙里，城市中有太多的烦心事。

别误会，鹿江并非"遁入空门"，也不是参加什么总裁班来禅修的。按我的理解，他可能只是来避避风头，想找他麻烦的人太多。

事情也得从景德镇说起。鹿江出狱后不久，便与何正太前嫌尽释，当时我从同学情谊来理解，认为他俩还蛮大气的。直到那次在景德镇，了解到鹿江即将出任由何正太牵头的鑫鹿私募基金CEO，惊得半天缓不过来。那天，回三宝村的路上，我一直在想该怎么跟君欣说这件事，才不至于导致她的情绪爆发，幸好子悦三言两语解了围，也没闹出什么乱子来。

跟我们预想的一样，鑫鹿私募主要活动就是操纵股价，收割中小投资者。鑫鹿私募积累财富的速度一点也不亚于当年的鹿房宝。鹿房宝涉嫌庞氏骗局，放贷收益覆盖不了承诺的利息；而鑫鹿私募完全没有这些顾虑，他们不需要承诺，不需要宣传，甚至不需要销售，光是巨额收益就让投资者趋之若鹜。散户们发现自己中了招，顺藤摸瓜，也掌握了鑫鹿私募违规操纵的一些证据。何正太等人以为，以他们的背景，即便有人举报，也都能摆平。如此延续了大半年，眼看鹿江风光的日子又回来了，连他们高金班的同学，但凡参加酒局，提及鹿江都"嗨"得不行。

然而，这一次的泡沫比上次破灭得更快。何正太及他的父亲居然在同一天被双规，前期毫无征兆。一周后，鑫鹿私募被查，鹿江再次被关进了看守所。究竟是何正太的父亲被暗中调查了多年，波及鑫鹿呢，还是鑫鹿过于高调，引发大家对他们的关注从而牵出了当年的电老虎呢？各种说法都有。

显然，被推至前台的鹿江并非办案机关的主要目标。作为有前科的人员，鹿江清楚地知道该怎么配合，所以鑫鹿的案子办得比鹿房宝更快。由于重大立功表现并达成和解，没两个月他就出来了。鹿江究竟交代了什么，跟办案人员达成了什么样的协议，外人无从知晓。总之，他事后守口如瓶，从公众视野消失。

按鹿江的指引，我假装普通香客进了一座很小的寺院。穿过山门，在正殿外花了几分钟烧香拜佛。鹿江说要往功德箱里投币100元，可我搜遍了全身的口袋，以及车子的每个角落，只找到一枚10港元硬币。四下无人，便将就投了进去。绕过藏书楼，找到鹿江所说的只对内部人员开放的小门，走了出去。咦，不就是刚才看到的山路吗？我都看见自己停在马路边的车了，真是脱裤子放屁。

满山满谷的茶园，青翠欲滴。若无闲事挂心头，这一大片山便是最好的风景。不过我是有心事的人，没空欣赏。鹿江指的路并不明确，岔口又多，弯弯绕绕也有十来分钟了，对我来说像是过了半天。为什么不约在庙里，找什么茶亭，鹿江八成在耍我。早春的阳光虽灿烂，但山里的空气还是冷的，身上晒出了汗，闷在衬衣里，风一吹，凉飕飕的，立马感到肚子不舒服。四下无人，想着干脆找个角落解决了吧。可茶树低矮无法隐蔽，万一来人便一览无余。山坡上有大树，于是我赶紧爬坡。

树下有半间木屋。窃喜，该不会是传说中的茅房吧？总算有机会体验了。便急吼吼地解开了皮带，冲将进去。糟糕，有人。急退两步，差点滚下山去。咦，怎么想的，哪有茅房建在山坡上的？八成是茶农的看护窝棚，人家正喝茶呢，还是赶紧回庙里找厕所吧。

此时，一个声音飘了下来："施主，哪里去？此地甚好，处处皆为五谷轮回之所。"说完大笑。

唉，原来那人是鹿江，他又道："佛曰，有缘千里来相会，无缘对面……"

"别废话，佛没曰过。我想上厕所，在哪？赶紧的。"

"呵，这里哪有什么厕所啊？另找棵树吧，跑远点。"

我撒腿就跑。

"方向反了，注意风向、风向。那边是上风，你得往下跑。要不待会儿就没法喝茶了。"

我哪分得清什么上风下风，直接蹲在下方茶园的一条小沟里了。

一身轻松后，回到了鹿江的茶亭，不，窝棚。

他头发还在，灰色居士服，只是衣裤都破旧，又胡子邋遢，细看像个逃犯。虽然免了罪，也算是生活的逃犯。也好，逃离了城市，话语都变得俏皮起来。

"非得进庙烧香吗？山路上直接岔过来不更快？"我觉得多此一举。

"这话说的，大老远来了，总得讲究个仪式感。你给我们单位捐点款不挺好吗？刚来的时候，我也跟你一样，心浮气躁。住几天就好了。"

他的单位？真够幽默。

"我连这10块钱港币还是在车里找的。现在都电子支付，哪来的现金。你们该学学人家，搞个二维码扫码支付。"

"阿弥陀佛。"

"看你导的航，绕了半天。"

"这不挺准确的吗？一点路都没绕，准确地找到了我的茶亭。"

"狗屁茶亭，像个茅房。我要不是着急找厕所，能跑这上面来吗？"

"哈哈，哈哈，所以才叫有猿粪嘛。"

"怎么选了这么个地方？"我对着茶山说。

"人少。漫山遍野都是茶园，没人指引，谁能找到这来啊。"

"这座寺庙不是很有特色。"我自以为很会说话，没说这间寺庙穷、破、小。

"特色？回天台山最有特色，那边一顿饭才两块钱。可是游客乌泱乌泱的，怎么去得？"

我知道他说的是哪家寺庙，十多年前还挺清净的，如今跟灵隐寺差不多，香火极旺，肯定不适合藏身。他连一顿饭几块钱都在意，确实返璞归真了。联想到刚才寺庙里空无一人的场景，原来往功德箱投币是鹿江的一种精巧安排，他总不好意思向我要钱，那10港元可能是鹿江今天唯一的收入，不禁有些内疚。

"你不是说负责网络和信息管理吗？还有什么文创周边开发。我觉得只有名气很大的寺庙才能支撑这种岗位。这里，怎么会有？"

"当然没有，瞎编的。虚虚实实的，才能应付各种状况。那种公开招募的，容易被人盯上。我在这里就一个人负责所有打杂，所有他们不懂的、不方便出面的，都交给我来打理。相当于……相当于科研机构的管家，你懂吧？编外管家，不过事情不多，做完了，一切自由。你看，这地方风景多好，还没人，不需要花钱。其他方面呢，跟出家人差不多。我跟他们学念经，《妙法莲华经》，现在能看懂一半了，这次是真的一半。"

我注意到他中途换了话题，便顺着往下说。

"那么，你有法号吗？"

"当然，在这里大家都用法号，没人知道我的名字，我也只知道他们的法号。"

这是废话，出家人隐姓埋名是标配。人在生活中失去了对效率的要求，就会讲废话。

"你的法号是什么？"

"宛平。他们都叫我宛平居士。"

"宛平？"我不禁大笑。"哈哈哈。这法号显然是你自己选的，真幽默。宛平，宛平南，以后我可以用'宛平男'指代你吗？安全也好记，哈哈。恐怕，寺庙里也没人知道你选宛平这个法号有什么含义吧。"

他也笑，笑容已然回归当年的模样。第一次在越阳见面，大家就是这么笑的。大概一个人只要没钱了，回归到最原始的衣食住行需求，都会变得质朴，就是那种傻傻憨憨的样子。不知他父母怎么看待他如今的状态，十年前，二十年前，三十年前，怎么也猜不到。当然，有比这离谱的事垫底，可能好接受多了。监狱并不比这里更好。我又心生几分同情，差点忘了此行的目的。

一泡茶过后，我开始整理话术，切入正题，否则到杭州就得天黑，晚上不能准时回到上海的话，子悦又要抓狂。

鹿江听说书稿落在我手里，有点尴尬，点点头："当时想法太简单，躁进了。可现在没有表达的欲望了。我再想想。"

"不需要有表达的欲望，修改修改以前的稿子就行。"

我不能表现得太急，否则有损于连襟之谊，于是又聊了些其他话题，《法华经》、茶道、寺庙见闻之类，然后告辞。

唯一记住的是，他们这里很快会迎来一年中最热闹的一周。寺庙外的集装箱临时房里，马上会住进一大批采摘明前茶的临时工，大多是从中原、淮海地区来的中老年女性。

鹿江知道我得往回赶，也不留吃饭，只送至山门外，挥一挥衣袖，便转身进去了。如此正好，免得被人瞧见。

上了高速才想起一个好点子：后山的茶园属于寺庙，那这么大一片茶园，完全可以包装运营一个很好的茶叶品牌嘛，然后收购附近居民的茶叶，再做大做强……这些事也是他负责吗？忘了问，罢了。也许鹿江也想到过，只是不再有心情运作。

鹿江几天后通过邮件发给我一份稿子，附了两句话："修改了一些细节。如今心态如同出家人，往事不堪回首，改不动了。抱歉！"我快速浏览了一遍，还行，确实改了些句子，调整了段落顺序，至少可作为这些天的工作成果充数，不过距离出版的要求还很远。

击鼓传花的游戏真不好玩，如今任务又回到我手上。世界上有些事就是那么离谱，当局者纷纷逃避，非要我这么一个局外人来解决。你们都有理由推脱，那么我的人生价值和使命又是什么？！

然而抱怨是没有意义的，我必须想清楚该怎么做。作为故事的配角之一，书稿中的情节，我在生活中都经历过或者听说过了，即便没写的也会脑补，内容太熟悉了，所以也发现不了什么漏洞。不过我长期陪伴子悦，现在还要帮她照顾君欣，这些独特的经历是有价值的，所以我应该在书中细化她们的发病表现，以方便读者理解什么是双相情感障碍，什么是躁郁症，从而帮助到其他患者，这也是双胞胎推动该书出版的动力所在。

想法明确了，落到字面上却不那么容易，常常写不到百字就卡住了。思路卡住了，就总想着逃避，工作忙是最好的借口。比如说出差，一下子就可以逃避好几天。集团在澳大利亚开发的项目需要收尾，需将资金挪回国来救急。丈母娘信任的人当中，有一定英语基础的只有我了。这个理由足够充分，子悦也不会阻拦。

于是，我飞到了悉尼。这边是秋天，恍惚中会觉得半年又过去了。

国际部的同事们惊诧于我的到来，许多账务都来不及准备。丈母娘要的就是这个效果。如果我在会议室，大家都感到紧张。于是，我每天只花两个小时开会，安排必要的审计工作，其余时间出去逛逛。

我的逛街效率很高，子悦想要的包包和手表都买好了，我又不想写东西，以至于只能无目的地城市漫步，比如去悉尼歌剧院附近的海边看夕阳。

中国游客真多，从导游举着的小旗子就能看出来。前边刚过去一队，后面又来了一群。我正打算避开人群，去总督府旁的草坪坐坐，突然听到有人叫我的名字。果然，在地球的各个著名地标，都容易碰见熟人。

"盛夏，真的是你吗？"

一位举着导游旗，身材窈窕，漂亮的中国女孩迎面走过来。相当熟悉的面孔，似乎在哪见过，又一时想不起来。

"盛夏，我是金薇啊。"她开始嗔怪我了。嚯，居然是金薇，世界真小。

她第三次叫我名字了，是担心旁人记不住吗？被这么多人围观，还都是中国人，仿佛置身于上海外滩。

公司告知高管人员最近出行要小心，尽量避免暴露身份。房地产市场进入下行通道以来，集团公司资金相当紧张，常有供应商安排人上门讨要款项，比如农民工讨要工资。尽管我们并不与他们发生直接财务关系，中间隔了三五层呢。我负责存量物业，也属于集团高管，加上众所周知的家庭关系，也是他们的目标之一，所以每每在公众场合听到有人叫我名字，我就紧张得很。

"你怎么在这？"我下意识地回了一句，装作热情和惊奇的样子，只希望她别继续强调我的名字。

"说来话长。你是来出差的吧？"她倒是一语破的。

"嗯。"

"留个联系方式。"

"就国内的手机呗，我又待不了几天。"

"哦，我有你的号码，但好像从来没打过。"

"是的，你应该有我的电话。"我明明记得她打过一次，鹿江头一回被公安局带走那天晚上，她急得打电话到处找人。

"好啊，等会儿喝杯咖啡。等我把这个团带回酒店，就给你打电话。"

"好啊。"

为什么要说好？怎么不拒绝？他乡遇故知，有时真算不得什么惊喜。来不及反应？还是好奇她怎么在悉尼？算了，一杯咖啡而已。

日落后，她就来咖啡店找我了。店铺人很少，且不太会有观光客过来消费。

"盛夏，你一点都没变。"

虽然只有我们两个，她还是要叫我的名字。多么老套的开场白。三四十岁的年纪，差个两三年能变到哪去？我们之前也没单独交流过，顶多是人多的场合偶尔聊过几句。不过她一开口，那热情的态势就像老同学见面。

"你也一点没变。"我是话中有话，既礼貌地回应，表示她还跟原来一样妖娆漂亮，也暗示她的说话方式一点没长进。不过，后面这个意思人家大概率听不出来，也就成了自"嗨"。

寒暄过后，她开始主动介绍起自己这些年的经历，并一反常态，不再美化自己，尽曝光自己的黑料，当然是从她自己视角出发的黑历史。话比较长，说完咖啡都凉了。我只能掐头去尾，简单总结一下：原来，她去美国拿的只是商务签证，最多只有半年的回旋余地。玩了半年，按说黑在那里也不是不可以，可是她想尽快解决永久居留权问题，于是将鹿江抛在脑后，找了个出生在美国的南欧裔男子。她认为自己有一定经济基础，外貌又颇具国际化特色，完全配得上这位风度翩翩的帅哥。不想对方是个彻底负资产的骗子，光有一副好皮囊和好口才，既没打算结婚，也不想玩长线，没多久将她带来的钱骗个精光，还举报了她的非法移民身份。金薇说，那人只有通过举报她，才能迫使她离开美国，自己才会比较安全。没有身份没有工作的她只得听从朋友的建议，来澳大利亚做了导游。因此，现在的金薇绕了一个圈圈，又回到了起点。

她说了这么多，居然不向我打听鹿江的近况，要么不关心，要么已经有所耳闻了。我便试着问："你了解鹿江的情况吗？"

"了解一点。"

"我最近去看过他一次。"

"在哪里？他们寺庙是不是跟龙泉寺差不多？他是什么级别的

和尚？"

她这个反应符合预期，说明鹿江隐蔽得既成功又不成功。大家都知道他去寺庙了，但不知道具体在哪，也不知道他其实没出家。信息社会，能达到如此效果也不容易了。由此推断，高金班作为他们这个群体的信息中枢，一定传递了不少信息，也一定有人知道金薇在澳大利亚，只是没告诉我而已，或者没有告知的必要。

我便随意答道："一个很偏僻的地方。就是很普通的和尚。"

"哦，也好。"

她不再提问，我也不便多谈，便回到她刚才的话题："你的经历很有传奇色彩嘛。"

"我知道，我过去就是个捞女，现在得到报应了。"没想到她的自我总结如此彻底，连报应这么狠的词都用上了。

"唔，也没那么严重。鹿江也有一半责任吧。"我站谁的立场？子悦？其实完全不必发表评论的，只觉得她也受到过别人的伤害，人家正卖惨呢，此情此景，不说点什么不好。

"假如有机会，我一定要向君欣道歉。"

"……"我无言以对。

君欣才不想见到她，也不想了解任何与她相关的信息。

"在子悦和君欣她们看来，我完全是咎由自取。"金薇这么说时，眼眶泪盈盈的。

"啊，这个，一码归一码，现在你也是受害者。"

唉，最见不得女人哭了。她现在的语气，轻柔、简练，像诚恳道歉的样子，又像老情人重逢。不对啊，我们很熟吗？虽说身处异国他乡，但是很安全啊，没有那种要救她于水火的必要吧？况且我也没有劝人从良的癖好。

"外面天气不错，出去走走吧。"

外面天气？不就是黑夜嘛，没下雨，不冷而已。也好，走走就早点结束谈话，回酒店去。个人以为，秋天比春天更适合散步。大概是春捂秋冻的道理，秋天凉爽而不冻肚子，空气中有一种淡淡的果实的香气。

于是我说："好啊。"

走在路上，金薇又讲了一些以前在国内的事，跟鹿江所写《半岛誓言》情节大体类似，看来所言非虚。而且金薇作为当事人，她的讲述无疑要精彩许多，比鹿江的文字更有画面感，不就相当于当事人出演话剧嘛。她的语气和声音起伏特别大，具有一定的演艺天赋。讲真，听了金薇的故事，这会儿我突然有点儿心得，知道怎么改写《忏悔鹿》了，今晚回到酒店就先改金薇这部分。基于这个小算盘，我也该给她一点时间。假如能录下来，那就更好了。可惜好面子的人做不了这种暗藏心机的事，只得凭记忆。

"哎呀，肚子疼。"转过一个路口，金薇停住了。

"哦，是不是对这里的咖啡不耐受啊。"

"不是，不耐受是心跳加速，不会肚子疼。"

金薇双手捂住小腹，一副痛苦的样子。糟糕，什么毛病？该不会妇产科方面的事吧，或许是南欧佬闹出来的，怎么这时发难？

出于人道，我只好搀扶着她的胳膊。

"这段时间常常疼那么一阵子，也好，人都瘦了。"

相比因吃药而发福的双胞胎来说，金薇真瘦，全身倚靠在我身上也不觉得重。

她又说："可能真是报应，见郁家来人了，加速报应。"

我一时没明白过来，"啥？"

"不说了，好疼。"接着额头就冒出汗来。不像是装的。

"去医院吧。"其实我也不知该送她去哪个医院，手续如何办理。这妇产科的事，万一还得家属签字……就说不清了，太麻烦。不过没办法，面对患者，只能如此建议，心里巴不得她说：算了，不碍事，老毛病了。

"算了，不碍事，老毛病了。"

神奇，居然一字不差。我松了一口气。

金薇又说："送我回家吧，家里有药。"

一个病人，只是以虚弱的声音要求回家，简直太可以满足了。于是，我拦了一辆出租车。她对司机说"Belmore（贝尔莫，后来了解是当地华人较多的一个地方）"，随后就顺势躺在我怀里睡着了。幸好我们不是明星，当下的场景，要是被狗仔队拍到了还了得？

她住的是一间老旧公寓，室内装潢相当简陋，说是房租便宜，价值和实用性都远不如她在上海的商住公寓。我没见过她上海的公寓，但觉这间屋子确实太过寒碜。卫生也不太好，床头和沙发上还随意地丢放着内衣和裤袜。当然，作为单身公寓也可理解，她出门前也没想过今天会有外人造访。

她让我帮着泡了一杯冲剂，包装上的文字我看不明白，不过冲出来像咖啡，闻着就苦，澳大利亚也有中药冲剂吗？不便多问，只希望她尽快恢复正常，我好赶紧回酒店。

一杯冲剂下去，不几分钟，她就能坐直，并开始聊天了。这药真好。

她说："也可能是外面太凉，风吹的。"

我说："哦，难怪大家都说，多喝热水。"我觉得只有热水才那么速效。又开始疑心她是装病，可是，刚才额头豆大的汗珠怎么回事呢？难道是按单定制的苦肉计？这病也太随叫随到了吧。

"你真聪明，下次我只喝热水试试。"金薇说话像个小姑娘，这是症状刚消失就开始发嗲了吗？

"对，试试，有效的话，下次就不用喝这么苦的药了。"我便起身，"那么，我就告辞了。"

"哎呀，再陪我坐一会儿嘛。"金薇开始正式发嗲了。

虽没经验，我也知道不对劲，得赶紧跑。当年鹿江就是这么被搞定的？呵，他的定力肯定没我强。

"晚上还要回去开会呢。"

"瞎说，澳大利亚都不加班的。"

"要审计啊，都是派来的中方员工，我让他们加班，就得加班啊。"

"你这小资本家，怎么不懂得遵守当地的法律啊？"

资本家就资本家，为什么非要加个小字啊？前半句特别轻柔，像是在挠痒痒，这么嗲，实在受不了。

"我真的要走了。酒店里还有同事等着开会呢。"台词慌不择路，也不知道前言是否搭后语。我真的有点慌，这会儿不知道能否成功逃脱，真不该来。

"哎呀，男同事还是女同事啊？小心子悦知道。"这句台词真是大失水准，肯定留不住我，我向门的方向又前进了一步。真不知道她是怎么搞定鹿江的。

不过她还没放弃。

"盛夏。"她又叫我的名字，音量提高了两个级别，并一个箭步以身体堵在了门口。

"别走。"

啊？公然拦截。

"明天再回去。"眼神迷离、含情脉脉，话音又似乎没得商量。简直太直白了，我被吓了一跳，像是唐僧遇到了劫色的妖精。

她又缓和了一点："这张沙发也可以当床的，我睡沙发你睡床。"

真是个好演员。如果我没看过鹿江的文稿，或许会信她一丢丢，可是我清晰地记得里面还有那么一句，"反正照片已经发了，人也在被窝里了，到底要不要"。这女人太危险了，如果今晚不走，明天早上就会传到国内，不等回到上海，就会接到子悦的离婚通知。其实一个男人有没有定力，全靠外力拉扯，千万别心存侥幸。算了，承认吧，我只是害怕，恐惧才是让我保持理智的唯一因素。

不对，她什么时候脱的外套？香肩与锁骨尽显，又露出了肚脐眼和小蛮腰。糟糕，我快要失控了。快，必须在一分钟；不，三十秒；不，十秒内离开这间屋子。

"今晚真有事，还得跟子悦视频电话。明天吧，你这屋子很温馨，我很喜欢，明天一定来。"我只得空口说白话地撒谎。她虽露骨，我不能点破，否则恼羞成怒更糟糕。

"骗人。"她口上虽这么说，已经不很拦我了。

于是，瞅准时机，拉开了房门。嚯，外面的空气真好。

"傻子，比鹿江还傻。"她在后面喊道。

"晚安。"我还是礼貌地回头招呼。

回酒店的出租车上，我对金薇讲述的故事情节又产生了怀疑——

南欧裔男子的好皮囊、好口才，存疑。外貌的事情说不清，又没谁见过，暂不分析。拿口才来说，大概率就是她自己骗自己，愿意相信而已。金薇的英文水平并不高，仅够日常交流，很难听出以英语为母语的人话语中的深意。人这物种，都是一物降一物的。对鹿江来说，金薇口才算好的；对金薇来说，南欧男子的口才算好的；假使鹿江遇见南欧男子，未必落得下风，说不定还能第一时间揭穿他的骗局。金薇吃定鹿江，跟别人吃定她一样，都只是抓住了对方的软肋而已。

来澳大利亚的理由，也许并非被举报到移民局那么简单。至于什么原因，猜不出来。假如真被举报，又是怎么乘上来澳大利亚的航班的呢？难道被骗一大笔钱，就这么算了吗？换作别人，宁可被遣返，也要报警。当然，我的怀疑没有确切依据，也可能是错的，也许金薇的行事模式就是如此偏门。

到酒店后，我立即开始改写《半岛誓言》那一段，将金薇昨晚讲的内容补充上去，连说话的表情和音量变化都加上了。刚写了两段，又开始自责，觉得还是有点"心机婊"。怎么说服自己呢？整个世界都是各取所需啊。昨晚差点中了她的计，写她不是我的主意，我只是根据事实将故事补充得更生动一些。不管怎么说，有激情的时候尽快写，采不采用后面再说。

改写完这个章节，天就快亮了。自己觉得写金薇的这一段可读性还比较强，于是激动地在房间里走来走去，越写越精神，干脆不睡了，等到十点去公司开会，回来再休息。

接下来写君欣的症状表现部分。这可不是熬上一夜能解决的问题。鹿江对于症状的描述过于概括，有点像工作报告，而君欣写自己的那两章又过于意识流，很难让读者理解她的心境。我知道君欣发病的表现和子悦差不多，但其中有些细节毕竟没亲历过，担心把握不好。怎么办，按子悦的情况"平替"吗？不好，差之毫厘谬以千里……一想到这些，便感到倦怠，写不下去了。

本想躺在床上思考，不料立刻入睡，直到同事打电话来催开会。

"盛总，您到公司了吗？马上开会了。"

"啊？现在几点？"

"十点一刻。"

"好，我马上来。"幸好酒店离公司就几分钟。

我一边赶路，一边查看手机信息。

首先是金薇的问候信息，我当作没看见，默默拉黑。

糟了，昨天晚上到现在，一直没看子悦的信息。她有一长串留言——

"你还要待一周？那么我也要去玩。

"你忘了跟我视频电话了。今天又在搞什么审计？比在上海还累啊。

"昨天又卖出去一件。开心（表情包）

"你说我和君欣这么做下去，是不是要发了？

"我不要做那种死后才成名的艺术家。张爱玲说过，成名要趁早，来得太晚的话，快乐也不那么痛快。你说，我是不是快出名了？

"不认可你那个朋友的说法，凭什么商业化的艺术就不叫艺术啊？他懂艺术吗？

"想着我和君欣马上就要成功了，就兴奋得睡不着。我们景德镇的公司这样算是做起来了吧？

"陪我说会儿话，否则要发飙了。

"唉，算了，你睡吧，我听会儿音乐。"

半夜里——

"做了个噩梦。

"梦到你去鬼混了，我气得发抖，然后就醒了。

"阿姨说我喊得很大声。唉，又把她吵醒了，她睡眠很浅的。

"我在梦里打人了。

"手背有淤青，不知道甩手的时候碰到哪了，床头柜还是台灯，反正灯掉地上了。

"梦里你骂了我，说不该打小三，说我和君欣平时连拧瓶盖这种小事都要你来，但生起气来力气特别大。我很愤怒知不知道？

"你必须给我道歉。

"我做这样的梦，你是有责任的。"

过了一会儿，又说——

"你知道吗？金薇也在澳大利亚。

"前段时间听人提到的。还没来得及跟你说。

"你要是碰见她，要躲得远远的哦。

"上次君欣和我在日本的山区里滑雪都能碰到熟人，更别说澳大利亚这种华人多的地方。

"我妈说最近去哪都要小心点。别说我没提醒你。"

看到这里，我整个人都不好了，女人真有第六感？昨晚的事，我是说还是不说？

然后是今天早上的——

"外面的鸟儿叫得真好听，我猜是什么珍稀品种刚迁徙来的。

之前都没发现，还是都睡过去了？

"昨晚几点睡的？"

又发了一张照片。

"皮蛋瘦肉粥，成了，我自己煮的哦。

"我叫了君欣一起上来喝。

"原来这么简单啊，早知道我就一直自己煮了。

"连米都是自己洗的。姜丝、皮蛋、葱花都是自己准备的，盐也是自己放的，不咸不淡哦。

"其实不用熬那么久，一个小时完全够了。

"阿姨说鲜肉要加淀粉，就这一点是听她的，我要实事求是地说。除了这点，其他全是我自创的。

"我觉得一点也不比粤式早茶的差耶，米都煮碎了，你看看，跟什么酒店大厨做的一样。

"你掉海里啦？怎么不回信息呢？

"君欣说鹿江出轨那阵子，她就经常做噩梦。

"我还帮你们说话呢，说我们一直都做噩梦。

"但是梦到的事情不一样，以前不会梦到你出轨啊。

"告诉我，昨晚你去哪了？

"我有澳大利亚签证的，随时可以飞去查你的。

"说话啊。还没醒吗？你不是说你的生物钟是早8点吗？

"真掉海里啦？再不回信息，我要给你们公司打电话让报警了。

"真要去买机票了。我托君欣帮我照顾几天晓夏。

"我要买包。

"我要自己去买包，我和君欣今年赚的钱，已经够我们花两三年了，没有理由不给自己买东西。"

…………

"机票买好了，晚上的航班。惊喜不？"

然后是行程截图。

又不是第一次了，她想飞就飞，我一点儿也不觉得奇怪。还有狂发信息这事，以前我看到就很紧张，有经验后已经不担心了，适当的措施补救一下，还是可以哄过来的。从上海到悉尼，这段长途旅程相当于防火墙，子悦还没有哪次发作能够跨越类似的行程。她能乘飞机，就说明没有发作。

我给子悦打了电话，表示真的很惊喜，马上周末了，可以先去黄金海岸玩。等她明天到了澳大利亚，我带上新买的包包和手表去机场迎接，再去吃大龙虾。她又无工作安排，作为游客，吃好玩好住好，只要不堵车，没有理由心情不好。

如此看来，昨晚能从金薇住处全身而退，真是太幸运了，否则今天子悦给的惊喜就会变成惊吓。

今天早上有个会议是总部组织的，通过视频接入。我看了业绩表，除了我负责的自持物业租赁业务，全线下降，前期贷款利息过高，债务有违约风险。董事长，也就是丈母娘，亲自讲话。大概是说市场持续恶化，每个员工都要有危机意识，公司会缩减一切不必要的开支，但也有足够的资源和信心渡过难关。那些持有公司股份的，就不要在这个时候兑现了。想要离职的，也不拦着，反正许多房地产公司都在裁员。总之，公司净资产足够抵销债务，要对外传递积极信号，不能传播不实信息。

退出会议后，我发信息问律师，子悦和君欣名下的公司注销进展如何。

律师说："公司是注销了，但账务往来被人盯上了还是麻烦。不过也不必太为此操心，因为类似的公司注册过十几个，都是不相干的人担任法人代表，所以就算查出问题来也是并案处理，记在集团头上。"

我问："对集团来说，风险大吗？"

"类似的公司都有类似问题，做生意嘛，难免的。谁不是风风雨雨过来的。"最后又补了一句，"其实董事长还挺乐观的，说大不了回到二十年前。"

二十年前？子悦还没上大学呢，土地拍卖制度刚从杭州起步……不太明白。

会议结束后，我就回酒店补觉去了。

闹钟定在傍晚，我与子悦约好这时通电话。她已经在浦东机场的休息室里候机了。

"听我说件事。"子悦的语气很紧促。

"什么事？"我紧张地从床上爬起来，坐直了听。

"我跟你说啊，今天下午我发现了一个'双相'。"音量很小，像悄悄话。但子悦向来吐字清晰，再小的声音也不会影响表达。

"咳，吓我一跳，以为发生了什么大事。"我又躺下了。

"记得我带你去过一家开在写字楼上的美甲店吗？能看见静安寺的。"

"哦，当然记得。"

"原来给我美甲的那个小甜也有'双相'。"

"哦。"我并不记得谁叫小甜。

"我还是预约过的，结果一进门，发现气氛不对劲。"

"怎么了，当着客户面吵架啊？"

"也不算吵架，你先听我讲。一进门，小甜就跟不认识我一样，说：'下午不上班了，请回吧。'我没反应过来，心想我上午刚跟你们老板预约的啊。小甜平时挺可爱挺健谈的呀，怎么成这样了？然后她们老板赶紧上来道歉：'对不起，今天我来为您做指甲吧。'我想，也行啊，晚上的航班，没时间换地方了，就坐下了。结果小甜嗓门就大起来了：'说了做不了啊，你要送我去医院啊。'老板呢，很尴尬，不，是相当尴尬，不过还是很温柔的，说：'不用去医院啊，你进去休息吧。'小甜又喊：'我发病了啊，谁送我去600号啊，必须要有人送啊，还要花钱的。你是老板，你不管谁管？'老板没敢回话，小甜也安静了一会儿。我以为这事就过去了呢。没想几分钟后，小甜又喊起来：'快送我去医院啊，下午不能营业的，我发病了。不送我去，今天你生意也别想做。'声音很大。你不知道，我真担心她会冲上来跟她们老板打架。这时候，我就进退两难了，指甲才做到三分之一。她们老板当时不敢说话，事后才打电话给我解释，说我进门前几分钟小甜才发病。可能是下午天气不好，空气比较闷，或者她男朋友跟她说了什么。又说小甜是她们老家的人，平时挺好的，从来不在外人面前发作。每次送去精神卫生中心也只是开药，因为不算很严重嘛，家里经济条件也不好。我就问是不是'双相'，她说是的。然后，她就一直道歉，道歉到我都不好意思了。我就说没关系没关系，我很能理解的。哈哈，她不知道我这个很能理解是什么意思，她肯定不知道我跟小甜一个毛病，哈哈。"

"旁边有人吗？"

"啥？"

"你现在旁边有人吗？"

"没有。"

"那就好。你提了好几次'双相'，还说跟你一个毛病，小心被人听见。"

"哦，那没有。所以啊，我现在回想起来，小甜平时那么健谈、眼神那么亮，这么优秀的一个女孩子，为什么在做美甲工呢，原来是有'双相'。"

"不是说'双相'不适合做细致的工作吗？"

"美甲也不算吧。人家医生说的不是细致，是复杂，美甲复杂吗？有很多矛盾冲突的才叫复杂，比如要跟人交流啊，要协调各种资源啊什么的，单纯耗时间的只能叫细致。"

"没错，你说得有道理。几句话就讲明白了。"

我心想，把这些话记下来，不比挖空心思地编故事强多了？子悦这次来，兴许能帮到我。

虽然要在飞机上过一个通宵，子悦却没利用机上的Wi-Fi发信息轰炸我，我想她是睡着了。

果然，经过长途旅行的子悦一点儿也不疲惫，她一上车就兴奋地说："知道吗？景德镇那边，邀请君欣和我办个展。君欣已经答应了。你说，我们是不是太膨胀了？"

"这有什么，你们在上海办过很多展览了。"

"那不一样，上海的展览，我们的作品算是参展，景德镇是个展。而且陶瓷作品，在工艺大师云集的地方，感觉有点班门弄斧啊。"

"不对，人家邀请你们，就说明你们有价值。那边每年办很多艺术展的，大家展示各自的特长嘛。虽然你们有自知之明，但也不用妄自菲薄嘛，总归是受邀的，不是什么人都会接到邀请。"

"你说，我们在景德镇办展，不会有什么人来捣乱吧？"

"捣乱？不会。如果不是对艺术感兴趣，谁会特意跑去景德镇？艺术圈和地产圈，隔得好远。就算在杭州和上海办，那些人也不会不请自来。我们的供应商大多还是有底线的，父母的生意，跟子女没关系。去景德镇闹艺术展，不会得到舆论的支持。"

"我看网上有些开发商爆雷挺可怕的，供应商什么拉横幅，闹跳楼讨薪都敢的。"

"我们不会爆雷，顶多算暂时的资金困难。大部分供应商还是相信我们的，不至于走极端。"我不一定有信心，但一定要给子悦信心。

"君欣说，展会上还可能遇到一些奇奇怪怪的人。比如她怀孕的时候，办的那个室内装饰艺术展，金薇就跑过去了。还假惺惺地恭维，还竟然敢加微信。你说，过分吧？我听说她后来跑到这边来了，估计过得也不怎么好。不过她是个妖精，很会魅惑人，很有手段的。"子悦说完，又瞄了我一眼。

什么意思？子悦第二次提到金薇了，会不会了解到什么了？金薇该不是在房间里安装摄像头了吧？怎么办？偶遇金薇的事要不要提？

到酒店放置了行李，洗漱，下楼吃过龙虾大餐后，子悦一点儿也不疲倦，反而越来越精神，提出要去海边散步。我知道，这是她情绪的波峰期，最有激情和创造力的时刻。

结果她又拉我走到歌剧院附近，也就是前天偶遇金薇的地方，停住了："你说金薇会不会在这里搞一个什么悉尼誓言啊？"

真是太恐怖了！我思前想后，决定还是把昨晚的"奇遇记"告诉子悦。反正没做亏心事，怕什么？

…………

"真的就在这儿？"子悦的音量瞬间拔高了很多。

说实话，我很紧张。

"是的。"

"哈哈，故技重施，结果不灵了。"她居然没生气。

"哦，灵就麻烦了。"我只好顺着说。

"她太心急了。这种事需要点基础的，鹿江是她高金班的同学呢。想一个晚上就取得别人的信任，没那么容易吧。"

"所以，我才脱险了嘛。"

"不。"她若有所思的样子，"我想好了，偶遇金薇这一段你写进去。"

"哦？"

"因为它是真实的，而且很有画面感。也许她真病了，就当作人道主义援助吧。嗯，今天你主动告诉我了，我开心，暂时不介意，不过以后不好说哦。"

"啊，没关系，将来你不高兴的时候，拿这个生气总比找别的理由方便啊，否则找生气的理由也累啊。"我居然学会这种花言巧语了。

"呀！我想到了，我想到了。"子悦高兴时便一惊一乍，我已经习惯了，并不觉得她这时会有什么突破性的发现。

"什么？"

"记得昨天晚上我讲小甜的故事吗？"

"记得。"

"我知道你应该怎么改稿子了。就把一些类似的故事情节，还有君欣的那些想法，用她自己的话写出来，最好是独白或对话的形式，读者就有现场感。你不了解的细节，我去问君欣，你做记录就好。"

"哦。"

这不正是我的想法吗？子悦自己提出来，就好办多了，至少君欣那边的素材，她可以心甘情愿地帮助采集。

于是，周末的黄金海岸，出现了这么一幅场景：子悦在海里玩得飞起，我则在岸边抱着电脑聚精会神地码字。

夜里，子悦一边给君欣打电话，我继续一边抱着电脑聚精会神地码字，只不过写的内容，就是她们正在讨论的。不知不觉中，时钟跑得飞快。

她说："故事改来改去，一个比一个抢戏。"

我说："那是因为你和君欣的语言表现力强啊。"

她说我像个编辑。

我说她像个主编。

说话间，酒店窗户的缝隙红光乍现。我掀开窗帘，一轮红日正从南太平洋的海面上腾空而起。

子悦："真好，第一次躺在床上看日出。君欣在稿子里提到过的，我们家阳台上就可以看日出，可十几年了，有几千次机会，我却一次也没体验过。拥有的再多，也要有所经历才懂得。"

我正想顺势恭维，子悦却以食指堵我的嘴，并倚靠在我的肩上："谢谢！你们，一定不要放弃我们，好吗？"